U0898402

继承与超越

芥川龙之介文学的现代性批判研究

周倩／著

中国出版集团
中译出版社

継承と超克

芥川龍之介文学におけるモダニティ批判

本书承蒙

上海师范大学文科项目“日本女作家的战争叙事与身份书写研究（1931—1945）”（310-AC7031-21-003013）

上海高校青年教师培养资助计划“课程思政视域下外国文学课程的中国话语建构研究”（307-AC0302-21-005455）

资助出版

本书系上海市“世界文学多样性与文明互鉴”创新团队阶段性成果

凡　例

一、本書における引用文献の中には、現在の用語基準に照らして不適切な表現がある。これは、本書が対象とする時代特有の歴史的・文化的背景に基づいたもので、分析・批判のためには必要な表現であると判断し、そのまま引用している。論者個人の立場や価値観などを反映したものではない。

二、芥川龍之介の作品引用は特記のない場合、すべて『芥川龍之介全集』（全二四巻　岩波書店　一九九五年〜一九九八年）による。

三、資料の引用に際して書名は『』に、雑誌名・新聞名・論文・新聞記事等の個別文書名は「」で括ることとした。漢字は適宜新体字に改め、引用文中のルビは基本省略することとした。年代の表記は西暦で用い、漢数字の記載は、19→一九、1900→一九〇〇のように、「十」の数字を省略した形で表記するが、引用文においてこの限りではない。

四、引用文中の傍線、「／」はすべて筆者による。「／」は改行を示す。

五、引用文中の用字などの誤りは原文のままとし、ルビもそのままを付した。

六、本文、参考文献の年号は原則として、西暦で統一した。

刊行の辞

周倩さんは、二〇一五年九月立命館大学大学院文学研究科日本文学専修博士課程後期課程に入学され、二〇一九年九月博士の学位を取得されました。

当論文は、芥川龍之介文学の中で中国（古典作品含）または中国人を題材としている作品に着目して、従来の先行研究を精査し、その問題点を指摘したうえで、作品ひとつひとつを細緻に解読することでその共通する主題（テーマ）や意味について解明しようとしたところに特徴があります。本論考の成果は、六点挙げられます。第一は、他者である中国人の視点に立って〈戦争〉を見返す姿勢を指摘したことです。第二は、「文明／野蛮」といった二分法的眼差しに疑問を呈し、近代化を優位とする一方的な見方を疑う態度を指摘したことです。第三は、植民地主義（南進論）への批判的な眼差しを読み取っていることです。第四は、中国艶情小説への親炙によって、芥川はそのロマンチシズムよりも秩序や制度から自由な野生の生命力を汲み取り、それを中国人女性像に反映していることを論証していることです。第五は、娼婦を主人公とする一連の物語が帝国主義的な抑圧への明確な反発の標しであると指摘したことです。第六は、芥川龍之介の中国古典に対する懐古趣味が現実の中国ではすでに空虚で無意味であるとの現実認識に至ったとの指摘がなされた点にあります。上記の論点を勘案し、論文全体を見れば、芥川文学における中国のイメージや女性像は、西洋列強が中国に対して抱いたオリエンタリズム的な眼差しと大きく一線を画し、自己の内なる他者と向き合いつつ、他者とのインタラクティヴな眼差しに基づくものであることを精確に論証し得ています。これまでオリエンタリズム的視点への批判は、主に中国人研究者によって部分的に言及されてきましたが、その多くは結論ありきの演繹的な問題提起であったのに対して、本論は芥川の各作品と正面から向き合い、緻密な分析・考察を通して、上記六つの論点を積み上げる帰納的な論理展開によって結論を提示し、大きな成果を上げています。先行文献を広く渉猟しながらそれに埋没せず、論旨も明解で、日本の近代化の過程で、「抑圧」・「排除」・「周縁」化されたものに対する芥川の認識とその表象を明らかにし、芥川文学（作品）の位相を示す優れた論考と成り得ています。

周さんは、学会や研究活動にも積極的で、国際芥川龍之介学会や日本文芸学会など国内外で研究発表を行い、専門家から高い評価を得ています。また、私が顧問をしています近代文学研究会や日本近現代文芸研究会では幹事役を担ってくれ、後輩たちへ的確なアドバイスや助言など親身な対応を行って、他の学生たちからも信頼されていました。大学では、ティーチングアシスタントとして複数講義のサポートなども行っていただきました。

大学院在学時から将来の目標を研究職と定め、ただ専門性を高めるだけでなく、教育面での興味・関心も強いことから、このような経験を通して研究と教育の両面で自己を伸ばして行こうとする姿が看て取れます。何事に於いても明確な目標を把持し、情熱をもって継続して取り組み、達成して行こうとする姿勢は、周さんのもっとも選れた長所だと言えます。つねに真摯に研究対象と向き合い、研究への情熱を継続し、研究者として成長し続けられています。指導教授として、博士学位論文を基底に一冊の著書の刊行を心底より願っておりました。今期その機会を得て出版の運びとなりましたこと、たいへん嬉しく思います。近代文学、とくに芥川文学を研究する方々や芥川作品を愛する読者の皆さんに広く読まれることを希望いたします。

立命館大学大学院文学研究科長・文学部教授
瀧本和成

目次

序章

一　研究の背景

芥川龍之介は一八九二年三月一日、東京市京橋区入船町八丁目（現東京都中央区明石町一〇―一一）で生まれ、一九二七年七月二四日未明に「自死」の道を選び、三五年の短い生涯を閉じた。芥川は、明治・大正・昭和という三つの時代を生き、一九一六年二月「鼻」（『新思潮』創刊号）で漱石の激賞を受け華々しく文壇にデビューしたあと、人生の最後まで創作し続けていた。芥川の文学世界を探究するには、彼が生きていた時代の問題を把握しなければならない。彼の少年期までの日本は、明治初期の混乱期を経て、急速かつ全面的に西洋の制度・文化などを吸収しようとしていた。そして、旧来の「東洋文明」の影響を取り払いながら、アジアないし世界における日本の新しい位置づけと新たなアイデンティティーを模索しつづけていた。ただし、無分別に移入されてきた新文明と旧来文明との間には、必然的に亀裂と葛藤が生じることとなった。こうした時代の流れにおいて、日本の知識人達も自己の主体性の確立の問題に直面せざるを得なかった。また、こうした自己把握の過程で、常に前面に押し出されているのは「東洋」と「西洋」の狭間に生きることであろう。これも、森鷗外、夏目漱石など芥川文学に大きな影響を与えた明治文学者たちの重要な創作テーマである。

アヘン戦争以降、「夷狄」と見られてきた西洋の侵略を受け、負け続ける「清国」の衰弱は、「華夷秩序観」の崩壊を加速させ、十九世紀後期の日本の知的な世界にも大きな衝撃を与えた。これについて、マリウス・B・ジャンセンが「日本人の世界観の上で中国はあのように中心的な位置を占めてきたのであるから、その中国が西洋に屈辱と敗北を喫したとの報は十九世紀日本人の態度展開の上に重要な働きを及ぼした。政府役人、官学儒者、洋学者など、多くの者がこの中国敗北の詳報に接し、彼らをとおしてさらに多くの者がその話を聞いた。（中略）それらのなかでも中国偏向の儒学者たちほどこの報に深い衝撃をうけたグループはなかった。……そしてそのような事態の進行のうちに彼らは、その文化の優越性についての評価の変更を余儀なくされたのである。」[①]と述べているところは、近代中日関係を考える上で参考に値する。一八五三年のペリー来航が長年にわたった日本の鎖国状態を終わらせ、「日米和親条約」（一八五四年）及び不平等条約「日米修好通商条約」（一八五八年）が締結され、江戸幕府の崩壊を促した。一八六八年に発足した明治政府は西洋の脅威と自国存亡の危機から脱出するため、西洋を打ち払う「攘夷」から転換して積極的に西洋文明を受けいれ、国際世界へ参入しようとした。その過程において、アジアの領域及びその中での位置を再規定しようとする動きも出てきた。その代表として、福沢諭吉が『文明論之概略』（一八七五年八月）で打ち出した「文明」、「半開」、「野蛮」という三つの段階規定が挙げられる。福沢の論述においては、「欧羅巴諸国並に亜米利加の合衆國」を「最上の文明国」とし、「土耳古、シナ、日本等、亜細亜の諸国」を「半開の国」と称し、「阿非利加及び墺太利亜等」を「野蛮の国」と位置付けている。また、「文明」は「半開」と比較する場合に「文明」とし、「半開」は「野蛮」に対する場合「文明と云はざるを得ず」と相対的な文明観を表明する。さらに、「野蛮は半開に進み、半開は文明に進み、其文明も今正に進歩の時なり」と発展可能な文明論を展開する②。福沢の西洋文明を評価基準にした社会ダーウィニズム的な文明論は、日本の西洋追随を促すと同時に他の東洋国との差異を作り出す基準ともなっていた。日本の近代的自画像の制作過程は、常に野蛮なる他者像の生産・確認を伴っていた。一八八五年三月一六日、福沢は「時事新報」に掲載した社説「脱亜論」において、文明開化してきた日本が西洋に「支韓両国」と同一視されないため、「其伍を脱して西洋の文明國と進退を共にし、其シナ朝鮮に接するの法も隣国なるが故にとて特別の会釈に及ばず、正に西洋人が之に接するの風に従て処分す可きのみ」③と主張するに至った。福沢の文明論以外にも、多くの知識人達が独自の文明論を試みていたが、明治・大正期の日本論・中国論は福沢論の大枠にある④との指摘もあるように、福沢が提示した図式の射程は広いものであった。こうした文明認識が、文学・新聞などの言語空間にも共有され、一般大衆にまで普及していく。その結果、西洋／東洋、前進／後進、文明／野蛮、近代／前近代、科学／迷信など様々な二項対立の構図が作られ、たびたび自他表象の構築に使われていくようになった。これらの構図は、「進んだ」国が「遅れた」国を教化し、管理するという植民地主義理論とも結びつき、その正当化としても作用している。

一方、近代化・西洋化がある程度達成された大正時代になると、近代西欧の知の体系への根本的な反省が生じ、明治期の時代傾向に対するアンチ・テーゼが起こった。ただし、それは安定して同質な社会を成立させたのではなく、むしろ新と旧、文化と政治、自己と他者、先端科学と民衆伝統などさまざまな二項対立を乗り越えようとしつつ、それらで括りきれないほどの新たな対立や抗争などを生じたのである。「二〇年代のモダニティ」について、吉見俊哉が指摘しているように、「階級的に複雑な屈折を帯び、ジェンダーやエスニシティをめぐる差別や欲望、恐怖を多重に内包したダイナミックなプロセスとして理解していく必要がある」。さらに、「決して同時代の家父長制度的な権力や帝国主義の実践、ファシズムや総力戦体制への道程から切り離された空間で花開いたのではない」⑤のである。このように、日本の一九二〇年代は、「近代」の諸相が先鋭に問われ、近代的な国民国家体制が完成すると同時に根底から揺らぎはじめた時代であった。こうした時代のうねりは、この時期の文壇で活躍していた芥川文学において、多様な面相を持って具現されている。なかでも、近代中国関連の作品においては重層的かつ多様な近代認識が仮託されていると考えられる。本書では、そうした芥川文学が内包していた継承と超克、構築と解体、葛藤や差異、抗争など「近代の諸相」をめぐるさまざまな表象を、芥川の中国関連作品に焦点をあてて、検討していく。

一九二〇年代の日本では、中国の文物に対する熱情が再び盛り上がり、いわゆる「中国趣味」が大正文人達の間で流行した。ただし、「中国趣味」は失われた古典への回帰志向とそれへの憧れであると同時に、「植民地およびこれに類する地域の文化に対して、エキゾティシズムの視線を向け、同時に差別的に表象するというオリエンタリズムの構図」⑥という負の側面も内包するとされ、多様な内実を有している。長い間、芥川もこの流れを作った一人とされている。確かに、幼少期から『西遊記』や『水滸伝』などを愛読し、小学校時代から漢詩を学びはじめた芥川は、早い時期から中国古典文学への愛情を育んだ。「文学好きな家」で育ち、一中節や囲碁、盆栽、南画などに親しむ養父の影響で、芥川は幼い頃から芸術的才能に開眼し、東洋的な文物にも親しんでいる。そして、青年期から英文学に接近しながらも、漢文学への興味は弱まることなく、大学時代も『珠邨怪談』、『新斉諧』、『西廂記』、『琵琶行』などを読み漁っていたことは周知の通りである。このように、芥川の作家としての素質の形成過程において、中国古典文学への情熱は絶えたことがなかった。そして、作家芥川の初期・中期の創作も、中国の古典世界と深く関連しつつ展開し、「酒虫」（「新思潮」一九一六年四月）、「仙人」（「新思潮」一九一六年八月）、「尾生の信」（「中央文学」一九二〇年三月）、「杜子春」（「赤い鳥」一九二〇年七月）など、古典中国を舞台とした所謂「中国物」と称される作品の創作に夢中になっている。

読書の世界に浸るのみならず、芥川は中国旅行の夢も抱いていた。一九一二年八月二日付藤岡藏六宛の書簡で、「鈴木は大連から手紙をくれた支那料理の饗應をうけて支那の芝居をみにゆくのださうだうまくやつてるなと思ふ灰色の平原と青い海の鋼鉄のやうな面とが眼にうかぶ紅い灯の光になげく鳳管や月琴の聲が耳にひびく（中略）楊子江の柳に光る日の光は是非一度あびたいと思ふ」と早い時期から中国旅行への憧れをもらしている。一九一八年、中国へ移住した旧友西村貞吉からの連絡を機に、中国旅行の念が再び燃え上がり、一一月二〇日付西村宛の書簡で、「僕も支那へ行きたいんだが銀相場は上つてゐるし金は更になし行きたい行きたいだけで暮してゐるその点で君などは大に羨しいよ一体上海ぢや一月いくらで暮せるだらう安ければ僕も一月位行つてゐたい」と中国旅行計画を本格的に立てることとなった。一九二〇年五月九日付南部修太郎宛書簡においても、「君の支那旅行の経費算用の綿密なのには敬服したなる可く都合して一しょに行き給へボクも貧乏旅行をする心算だから」と頻繁に中国への旅行願望を洩らした。一九二一年三月の下旬から七月の中旬まで、長年の願望が叶い芥川は大阪毎日新聞社の特派員として、激動の只中にある中国へ旅立った。上海、蘇州、鎮江、揚州、南京、長沙、北京、天津などを遍歴した後、朝鮮を経由し、釜山から下関に帰国したのである。その後、「上海游記」（「大阪毎日新聞」、「東京日日新聞」一九二一年八月一七日～九月一二日）、「江南游記」（「大阪毎日新聞」一九二二年一月一日～二月一三日）、「長江游記」（「女性」一九二四年九月一日）、「北京日記抄」（「改造」一九二五年六月）など中国での旅行体験を記録した文章を発表した。一九二五年一〇月、これらの作品に「雑信一束」を加えて単行本『支那游記』が改造社より刊行された。紀行文のほかに、「母」（「中央公論」一九二一年八月）、「将軍」（「改造」一九二二年一月）、「第四の夫から」（「サンデー毎日」一九二四年四月）、「桃太郎」（「サンデー毎日」一九二四年七月）、「馬の脚」（「新潮」一九二五年一月～二月）、「湖南の扇」（「中央公論」一九二六年一月）、「女仙」（「譚海」一九二七年六月）という中国関連の小説を生涯の最後まで創作し続けていた。

右の創作活動からもわかるように、芥川文学において「中国」は始終重要な位置を占めしていると言える。その内実について、従来の研究では、主に以下の方向からアプローチしてきた。その一つは、中国旅行前に発表された古典中国を舞台とした「中国物」を対象にした考察である。そこから芥川文学の出発に付きまとった「一種の鬼気迫る風趣」[7]を発見する論や、「その怪異をもってネガチブに描き出された人生の真実への開眼」[8]という創作方法の提示がひとまず挙げられる。そのほか、現実の世界と対蹠的な「抒情的なエキゾティシズム溢れるロマネスクの世界」[9]への憧れを読み取る論と、「失われたユートピア」[10]、「精神の安息場」[11]としての「詩的中国像」を析出する論なども傾聴すべく。もう一つは、芥川の中国旅行及び紀行文『支那游記』に焦点をあてた論考である。『支那游記』が発表された当時一部の中国知識人の反感を呼び起こしただけでなく[12]、日本国内においても、長い間否定的な評価が続いていた。たとえば、「中国の現在や将来を深く洞察し得たものではない」[13]という見解や、「生きた中国は見ていない。(中略)過去の艶史文学みたいなものだけを見てくる」[14]という評価がそれにあたる。そのほか、エドワード・W・サイードのオリエンタリズム理論を援用し、『支那游記』を日本式オリエンタリズムの言説と見なし、そこで描かれた「中国」が「日本文化の優位性を確認するための他者でしかない」[15]とする論説も一時期流行した。それに対して、八〇年代以降、芥川文学を再評価する傾向のなかで、芥川の中国旅行の意義も見直されはじめた。青柳達雄[16]が『支那游記』における批判精神を掘り出したのを、関口安義は『芥川龍之介——闘いの生涯』(毎日新聞社　一九九二年七月)、『特派員　芥川龍之介——中国でなにを視たのか』(毎日新聞社　一九九七年二月)、『芥川龍之介の歴史認識』(新日本出版社　二〇〇四年一〇月)など一連の著作において、「『支那游記』一巻は、龍之介のジャーナリストとしての才能が遺憾なく発揮された旅行記であった」と高く評価し、中国での見聞は「龍之介の社会意識」を確実に育て、プロレタリア文学への接近や「世間を見る眼は、中国旅行を経て一段と深まっていた」[17]と肯定的に評している。二十世紀以来、日本文学における中国要素関連の研究が、中国の研究界で盛んに行われいている。そのなか、芥川龍之介の『支那游記』も研究焦点の一つである[18]。秦剛は芥川の中国言説から「「観念」としての「支那」の「過去」と、「現実」としての「支那」の「現在」とを混同せずに、それぞれ直視するという正当な姿勢」を読み取り、「とりわけ、中国旅行後の芥川の「支那」言説から「反〈支那趣味〉的・脱〈支那趣味〉的性質」[19]を析出している。高潔も『支那游記』から中国の有識者に現実の厳しさを伝えようとした切迫な心境を掘り出している[20]。そのほか、韓国の研究者金孝順は中国旅行を経て芥川が「日本社会の〈中心〉で行われている帝国主義や侵略主義への批判と〈周縁〉の価値を積極的に主張する『将軍』『湖南の扇』『俊寛』『第四の夫から』等の作品を発表するようになる」[21]と論じ、中国旅行を通して芥川の批判精神が確実に育てられたとしている。

ただし、「古典の中国」にせよ、「現実の中国」にせよ、芥川文学における「中国」は常に作者の内面問題や時代認識と深く関わっている。「中国」という「他者」を表象することにより、「自己」に内在する関連の問題も相対的に浮かび上がってくる。換言すれば、旅行前後を問わず、「中国」を語り続けた芥川の関心は、「中国」に向けられながら、「日本」・「自己」の問題に回帰するものだと言える。したがって、「中国」関連の作品における「他者表象」の特徴や「自己と他者の位相」などを考察することは、芥川文学における中国像の有り様と作者の中国認識の内実を究明するだけでなく、日本近代化に対する芥川の認識を解明することにも繋がる。こうした問題意識のもとで、本書は、近代中国関連の作品を軸に、開化期の日本を描いた芥川の作品も視野にいれながら、これまで看過されてきた側面や取り上げられてこなかった作品に焦点をあて、芥川文学において「現代性」（モダニティ）がいかに語られるのかを考察しつつ、同時代における芥川文学の位置づけを検討する。この一連の作品に共通して見られるのは、近代以降構築してきた「日本中心言説」とそれを支えるイデオロギーへの反省、批判であり、日本の近代化の過程で、抑圧、排除、周縁化されたものが常に「執拗低音」として再評価されるところである。本書の研究目的は、近代的な言説を内面化しつつ、またそれと対立し、対抗する芥川文学の様相と方法を提示するところにある。

二　研究の視座

芥川の生きた時代には、日清・日露戦争及び第一次世界大戦という三つの戦争が起こった。一八九四年八月一日から一八九五年四月七日までの日清戦争は、日本近代史における最初の対外侵略戦争である。その勝利によって、日本は不平等条約の改正と西洋主導の「万国公法」への編入を実現し、「帝国」への道を歩みはじめた。その十年後に起こった日露戦争は、朝鮮と中国東北での権益をめぐる戦争であったとも言える。この二つの侵略戦争で勝利を収めた日本は、中国の台湾・サハリン（樺太）南部・朝鮮などの植民地を獲得し、中国大連と旅順及び「東清鉄道」の旅順と長春間の支線の租借権も譲渡された。芥川は、日清戦争の当時二歳で、日露戦争当時は十二歳である。日清戦争に対してリアルタイムの記憶はなく、随筆などの作品における言及も少ないのに対して、少年期で体験した日露戦争に関連する言説は多数ある。最新版の『芥川龍之介全集』第十七巻に、「日本海々戦の大捷を祝し奉る　東京府立第三中学校一年級　芥川龍之介」という内容の軍人郵便絵葉書（明治三十八年六月二日付「出雲」艦長宛）の写真が収録されている。そして、随筆「追憶」（「文藝春秋」一九二六年四月〜一九二七年二月）のなかで、芥川は「日本海々戦」当時の回想を次のように述べている。

僕らは皆日本海々戦の勝敗を日本の一大事と信じてゐた。が、「今日晴朗なれども浪高し」の号外は出ても、勝敗は容易にわからなかつた。すると或日の午飯の時間に僕の組の先生が一人、号外を持つて教室へかけこみ、「おい、みんな喜べ、大勝利だぞ」と声をかけた。この時の僕等の感激は確かに又国民的だつたのであらう。僕は中学を卒業しない前に国木田独歩の作品を読み、何でも「電報」とか云ふ短編にやはりかう云ふ感激を描いてあるのを発見した。

（『芥川龍之介全集』第十三巻　三〇一頁）

日露戦争当時の、高揚した国民主義に共感していた少年芥川像がここでは躍然としている。関口安義は井川恭（後、恒藤恭）の日露戦争関連の日記を紹介しながら、「芥川にしても井川にしても、ロシアとの戦争は、「我国開闢以来未曾有の大事」（「井川日記」一九〇四年一二月三一日）として理解され、そこには戦争を支持する考えはあっても、戦争批判は見られない」㉒と指摘している。後で詳述するが、芥川が日露戦争前後に創作した「大海賊」（一九〇二年四月（推定））、「廿年後之戦争」（一九〇六年四月）などの初期習作では海洋冒険の夢を高揚した国民主義に重ねて表現している。ただし、少年芥川にとって戦争は、イデオロギーよりむしろ一種のロマンとしての性格が強い。また、「追憶」の「久井田卯之助」の項で、実家の耕牧舎で働いていた社会主義者との交際が描かれ、「僕はこのヒサイダさんに社会主義の信条を教へて貰つた。それは僕の血肉には幸か不幸か滲み入らなかつた。が、日露戦役中の非戦論者に悪意を持たなかつたのは確かにヒサイダさんの影響だつた」と語っている。芥川が「久井田卯之助」と誤記した人物は、「明治・大正期の社会主義者久板卯之助」だ㉓とされている。近代日本における対外侵略戦争への批判は日清戦争直後から日露戦争期に起こり、急速に成長したとされる。内村鑑三のキリスト教的戦争廃止論から幸徳秋水らの社会主義的反戦論まで、さまざまな立場や世界観にもとづく非戦・反戦の主張が為されていた㉔。芥川は一人の社会主義者を通して、こうした時代の空気に接し、戦争批判への転向を胚胎させていたのであろう。一九一六年一二月一日、芥川は英語の嘱託教授として横須賀の海軍機関学校へ赴任することになり、「不愉快な二重生活」を送りはじめた。これは、ちょうど第一次世界大戦の終戦に向けて、日本国内が軍備拡張計画を図った時期と重なっていた。赴任した芥川は度々小島政二郎宛の書簡で、それに対する不満を吐露している。例えば、一九一八年九月二二日付の書簡では「慶応の件来年から海軍拡張で生徒が殖ゑ従つて時間も増すのと戦争の危険も略〻なささうなのとで急に毎日の横須賀通ひが嫌になつたのです」と語り、一〇月一八日付の書簡でまた「何しろ来年から生徒が殆三倍近くも殖ゑて授業時間も今の倍以上になるんだと云ふから大変です」と書いている。同年一〇月二一日付の書簡では、「どう考へても僕の機関学校へ就職した理由と海軍拡張とは根本に於て相容れさうもない」と軍備拡張に対する嫌悪を表わしている。プライベートな書簡に留まらず、海軍機関学校に務めていた芥川は、生徒に「敗戦教官」と呼ばれるほど、「敗戦の物語であり、衰亡の歴史」を生徒に教え、厭戦的な感情を隠していなかった。また、課外講話において、人間の純粋性を讃美したり、勝つことのみを取り扱ったことを「日本軍の在り方の大きな欠陥」としたり、「戦争というものは、勝つた国も敗けた国も、末路においては同じ結果である。多くの国民が悲惨な苦悩をなめさせられる」[25]と当時日本の主流言説にそぐわぬ戦争観を公的な場でも述べた。このように、少年期から青年期に至って、芥川の戦争観は確実な変容を見せつつ、また、中国旅行前後に発表されたいくつの作品でより明瞭な形で表出されている。したがって、「戦争」は芥川文学を考察するうえで、重要な手がかりとなる。

芥川が近代中国を語った第一作「首が落ちた話」（「新潮」一九一八年一月）は、従来中国古典文学『聊斎志異』との比較を中心に評価されるのは一般であるが、日清戦争を背景とした点では、中国女性をヒロインにした現代物「奇怪な再会」

（「大阪毎日新聞」夕刊　一九二一年一月五日～二月二日）とも共通している。また、この作品では、「他者」（中国の兵士何小二）の立場から、戦争批判を打ち出しており、同時代の戦争言説と一線を画した。作者独特の時代認識を検討するうえで重要な作品である。そして、「運命の不思議な力」をめぐって論じられた童話作品「アグニの神」（「赤い鳥」一九二一年一月～二月）も、戦争成金を狙っていたアメリカの商人に「一体日米戦争はいつあるか」という話を持ちださせたところに、第一次世界大戦と当時の「大戦景気」を想起させながら、その夢は結局のところ実現できないと描き、戦争成金へのアイロニーも織り込んでいる。さらには、上野戦争の前夜という歴史的時間のなかで、「貞操」をめぐる争いを描いた「お富の貞操」（「改造」一九二二年五月・九月）も、戦時下の性暴力問題と絡めながら、戦争認識を喚起させるテクストになりうる。一方、芥川の生きた時代には、「日清戦争」、「日露戦争」、「第一次世界大戦」という三つの戦争が起こったにもかかわらず、「国内が戦場化しなかったので、日本国民は、帝国主義戦争が文明を破壊するだけではなく、いかに理性的な人間秩序を放棄させるものであるかということを、まったく認識する機会をもたなかった」[26]。日本国民が戦場と類似した体験をしたのは、一九二三年九月一日に発生した関東大震災が初めだとされている。関東大震災と芥川文学の関係について、関口安義の一連の研究成果が挙げられる。関口は、震災の翌月及び翌々月に発表された十編ほどの震災記録を整理し、芥川の震災への対処を考察している。特に、芥川が自警団を務めた体験に着目しながら、「大震前後」（「女性」一九二三年一〇月）と「或自警団員の言葉」（「侏儒の言葉」）（「文藝春秋」一九二三年一一月）の記述に見られる「芥川の朝鮮人迫害への告発、自警団への批判」[27]について述べている。山中秀樹は関口の研究を引き継ぎ、震災後芥川の「作風の変更」と「小説観の変更」を指摘し、関東大震災によって、「〈仮構の生〉の基盤たる〈大川端〉の地は焼失し、小説家芥川龍之介の存在の根拠となるものが失われた」ことを機に、芥川が「出自と〈狂気の母〉という自分の内側の問題へ目を向ける」[28]ようになったとする。ところが、作者の人生観だけでなく、大震災は芥川文学の深層にも影響を与えたと考えられる。あらゆる文明を一瞬のうちに破壊する力を持つ大震災に直面した経験は、近代文明への無力感と時代の不安に繋がっていく。また、治安回復という大義名分の下で戒厳令が公布され、同年の九月と十一月に二つの詔書が発布されるなど、国家権力による言論管理と国民統制が一層強まっていった。それに加え、震災直後に起こった三つの虐殺事件―「朝鮮人・中国人虐殺事件」、社会主義者を弾圧した「亀戸事件」と「甘粕事件」を機に、軍部と結びついた右翼勢力が台頭し、後の「十五年戦争」へ走っていた暗い時代の幕開けにつながると言っても過言ではない。こうした時代の動きを、芥川も敏感に感じ取ったに違いなく、またそれが文明の自明性への反省、暴力に対する批判及び「近代国民国家」を支える枠組み（国境・制度・社会的自己同一性）への懐疑として、震災後に発表された「第四の夫から」（『サンデー毎日』一九二四年四月）と「桃太郎」（『サンデー毎日』一九二四年七月）で明瞭に表出している。しかも、こうした志向性が結実する過程において、同時代の言説で「野蛮化」され、「他者化」された側は、常に自己（日本）の問題を喚起し、あるいは照らし出す装置として機能している点も指摘しておきたい。

そして、近代中国を語る際、しばしば女性表象に託し、しかもヒロインがいずれも「娼婦」であるところに芥川文学の特徴がある。また、よく「迷信」、「狂気」などと結びつけて語られる側面も見逃せない。エドワード・W・サイードが『オリエンタリズム』で繰り返し言及しているように、西洋は東洋を語る際、「西洋社会のなかの諸要素（犯罪者、狂人、女、貧乏人）」[29]と結びつけて表象する傾向が強い。それは、外なる他者としてのオリエントに近代化の過程で排除され、周縁化された要素を付与することにより、オリエントの後進性を照らし出すためであり、同時に、オリエントを「女性」に置き換え、そこに己の欲望を投影しながら、己はそれを統御し支配する存在と想定するためである。こうした捏造と歪曲の構図が植民地支配の欲望とを結合させながら、西洋が東洋を再生産し続けるのである。近代以降、国を挙げて「文明開化」、「脱亜入欧」を徹底した日本は、周囲の非＝西洋なる他者に視線を注ぐ場合、恣意的にこの構図を適用しようとする傾向が強い。ただし、すでに多くの指摘があるように、オリエンタリズムの生産過程において、近代日本は両義的であいまいな位置にある。つまり、中国などの周辺国に向けて、「差別」の視線を生産する主体であると同時に、西洋の侮辱な眼差しを受ける客体でもある。こうした陥りやすい偏見には、芥川はむしろ自覚的である。たとえば「南京の基督」（「中央公論」一九二〇年七月）、「奇怪な再会」及び「湖南の扇」（「中央公論」一九二六年一月）という中国人女性を描いた三部作に、意識的にオリエンタリズム的な眼差しと言説を取り入れながら、それを相対化させようとする構造が用意されている。その三部作で描かれた中国人女性像はオリエタリズムやコロニアリズム的なまなざしにふさわしい規範的な「女性像」から遥かに逸脱しており、帝国男性の期待に応えていた存在ではない。

一方、西洋のオリエンタリズム的な眼差しに遭遇した際、芥川文学の語り手は屈折した形でそれを受け入れようとするところも注目に値する。この現象は、「南京の基督」と同じ年に発表された「舞踏会」（「新潮」一九二〇年一月）で、端的に表わされている。オリエンタリズム的言説の典型とされたピエール・ロティの「江戸の舞踏会」を粉本しながら、ロティが軽蔑した「鹿鳴館の舞踏会」の美を強調することを通して、ロティの視線を逆転させている。主人公明子を欧化主義教育の成果の具現として造型し、「シナの大官」や鹿鳴館に居合わせた他の日本人達、及びフランスの「青年海軍将校」という「東洋」・「西洋」両方の眼差しを借りて、その成果を再確認しようとする。ここには、「欧米列強の論理と価値観に即して自己を徹底改変しようとする自己植民地化」[30]の性格が読み取れなくもない。ところが、作者は結末部の設定を通して物語を「現実」に下降させ、こうした「擬西洋的主体性」の脆さと虚しさを見せている。要するに、「日本・中国・西洋」という変動しつつある力の拮抗の場のなかで、日本の主体性の生産過程は、必然的にと言えるほど、断裂と矛盾に伴なわざるをえない。引き裂かれた主体の危機は、越境体験においてより熾烈な形で迫ってくる。詳しい考察は別途にゆずるが、赤児と死別した女性を通じて、上海居留民の主体性問題を描いた「母」(「中央公論」一九二一年九月)は、まさにその代表作にあたる。このように、芥川は自分の生きた時代に真剣に直面し、時代状況と深く絡んだ形で主体性構築の葛藤を抱えていたのである。この問題は芥川文学の深層に潜み、作者の創作方法と主題に影響していると言える。

三　本書の構成

上記の観点にしたがい、本書では「戦争」・「女性」を視座に、それぞれの表象がいかに都市空間と絡みつつ描かれているのかを二部に分けて考察していく。次章以降の構成と内容は以下の通りである。

第一部では、中国旅行前に発表された「首が落ちた話」、「アグニの神」及び中国旅行後に発表された「将軍」、「第四の夫から」と「桃太郎」を取り上げる。前述の通り、この一連の作品はいずれも「戦争」の色が透けて見えると同時に、戦争イデオロギーに使われてきた自己中心化＝他者周縁化の原理に対する反措定の志向が共通して読み取れる。

第一章では、日清戦争を背景にした「首が落ちた話」と日露戦争を描いた「将軍」を取り上げ、芥川文学の戦争表象を検討する。「首が落ちた話」は、「他者」の立場に寄り添う形で戦争批判を語り出したところに、日清戦争をめぐる時代言説との距離が析出され、芥川の文学の特徴が表れているともいえる。「首が落ちた話」で語られた戦争批判には情緒的な色合いが濃いと言えるならば、複数の人間の視点から語られた「将軍」の戦争場面は、現実の重みを持って血まみれな生々しい姿で提示されている。第二章では、童話「アグニの神」を対象に、前近代／近代、科学／迷信などの対立の構図が、いかに「日本人書生／インド妖婆」の造型を通して描かれているかを考察し、またテクストのなかで、舞台空間「上海」がこれらの要素と如何なる相乗効果を為しているのかを明らかにする。そのうえで、同時代の作品において英雄化された「日本人表象」と「書生遠藤」との差異に着目し、同時代言説とは異彩を放つ芥川文学の様相を提示する。第三章では、「第四の夫から」を対象に、〈さまよへるユダヤ人〉としての「僕」に着目し、「僕」の造型に見られる「近代文明」の自明性への懐疑及び制度化された主体性に対する拒否を考察する。そして、こうした認識の形成における中国旅行と関東大震災の影響を追及する。第四章では、「桃太郎」を研究対象にして、〈南進論〉という時代文脈のなかで、「鬼が島」の造型と桃太郎が「鬼が島」を征伐することの象徴性を考察し、日本の植民地主義に対する芥川の批判精神を抉りだす。

第二部では、中国人女性を主人公にした三部の作品、及び〈開化物〉の「舞踏会」と「お富の貞操」を取り上げ、芥川の近代認識がいかに女性表象と重なる形で描き出されているのかを追求する。「舞踏会」を除いて、この一連の作品で表出された女性達はいずれも「野性」に富む人間である。しかも、「野性」であるがゆえに、秩序化、制度化された感覚と最も遠いところで、即自的な人生を送っている人間である。こうした性質への共感や憧れは府立三中時代に創作した「義仲論」（「学友会雑誌」一九一〇年二月）にも通底し、芥川の一生を貫いていると考えられる。一方、「舞踏会」の明子は異なった地平に置かれ、人工的な開化の美を象徴する存在として作り出されている。ただし、それが虚無的で脆いものとして描かれているところに、作者の葛藤が読み取れる。

第五章では、「江戸の舞踏会」の翻訳史のなかで、芥川「舞踏会」を読み直し、日本へ向けられた西洋のオリエンタリズム的な眼差しがいかに屈折した形で受け入れられていたかを考察する。そして、永井荷風の「花火」とあわせて、結末部の時間設定と改稿の意味を検討する。第六章と第七章では、従来の研究で見逃されてきた芥川の「艶情趣味」を検討したうえで、中国旅行前に発表された「南京の基督」と「奇怪な再会」を対象に、主人公の造型に織り込まれた「野性」の本質を析出し、オリエンタリズム的な女性像の継承と超克を分析する。第八章では「お富の貞操」を対象に、「上野戦争の前夜」と「第三回勧業博覧会の開会日」という歴史的時間のなかで、都市空間の近代化に主人公お富の身体の近代化がいかに重ねて描かれているのかを確認する。第九章では、中国旅行後に発表された「湖南の扇」を対象に、テクストにおいて旅行当時の「僕」（回想された「僕」）と回想する「僕」の視線に見られる亀裂を抽出する。激動中の中国はすでに「中国趣味」に惑溺していた旅行者の求めを満たす場所ではなくなり、そこで生きている女性達も受動的な女性像から遥かに逸脱し、「僕」のかつて抱いていた「中国趣味」も必然的に終焉を迎えざるをえないという主題を確認する。

最後の結章では、各章の考察をまとめながら、以上考察してきた作品が芥川文学における位置づけを試みる。そして、本書が検討しえなかった課題を提起し、本書を総括する。もとより、「近代」（モダニティ）の様相を全面的把握することは困難であり、不可能に近いが、本書では、芥川龍之介の文学を対象に「日本の二〇年代」という時代背景の下で、世紀末に共時的に出現する「構造の壊れ」を「自我と他者」、「野蛮と文明」、「継承と超克」、「伝統と近代」などの二元対立の関係に還元しながら、検討していくのである。そして、芥川文学に描かれた特殊でありながら普遍的なナショナリズム、ジェンダー、社会文化などの面で屈折した日本の近代風景を浮き上がらせる。

第一部

既定構図の超克——〈脱中心化〉の試み

第一章　戦争はいかに語られるか――「首が落ちた話」と「将軍」をめぐって

はじめに

「首が落ちた話」は一九一八年一月「新潮」第二八巻第一号に掲載され、後『傀儡師』（一九一九年一月、新潮社）に収録されている。日清戦争に従軍した中国人の騎兵何小二が偵察に行く時、日本の騎兵に軍刀で首を斬られ、意識不明になる。そして、瀕死状態になった何小二が母親や故郷、女の足などの幻影を見ながら、過去の生活の醜さを反省しはじめる。後半部では、「日清講和」の一年後、北京の日本公使館で木村少佐が山川技師に無頼漢何小二に関する記事を見せる場面が描かれる。酒楼で飲み仲間と喧嘩した何小二は、戦場で負った首の傷口が破れ、即刻絶命したという内容である。その後、木村少佐は、戦時中病院で、何から聞いた反省の話を思い出し、人間は当てにならないと嘆く。

発表された当時、田中純は語り方や材料の取り扱い方などの創作技法を認めながら、主人公の心理描写が作品全体のなかで充分に生かされていないとし、その欠陥の原因は「作者の体験の行きとどかない範囲にまで、作者の筆が延びて行つて居ること」[①]としている。それに対して、道村春川は主人公が首を斬られた箇所の描写を「自然」[②]と評価している。作者自身が、「『首を落とす話』は聊斎の話が材料になつてゐる」(「饒舌」(「時事新報」一九一八年一月三日))と自ら言及していたためか、創作手法に焦点を当てた同時代評とは異なり、近年の研究の多くは、典拠をめぐって展開されてきた。吉田精一は本作の典拠として、『聊斎志異』巻三第二二「諸城某甲」とトルストイ『戦争と平和』第一巻第二篇第一九章を指摘している[③]。それを受け継いだ島田謹二は本作の戦争場面の描写と『戦争と平和』との関連を示し、「芥川氏が一番感心していたアウステルリッツ戦場の場面をタネにして書いた」と指摘しながら、作品の結末部は、エドガー・アラン・ポーの『鋸山奇譚』(A Tale of the ragged Mountains)とも類似していると論じる[④]。そのほか、トルストイの『イワン・イリッチの死』や漱石の「思ひ出すことなど」にヒントを得た可能性も論じられている[⑤]。一方、日清戦争の背景に注目した高橋龍夫は本作品が「芥川の戦争観も含めて後の「将軍」に引き継がれる重要なモチーフが内在されている」[⑥]と評し、関口安義は本作を「日清戦争を舞台とした反戦小説」[⑦]と位置付けている。また、辻吉祥はこのテクストについて「暴力場の開示が、人間の心身にいかなる影響を与えるのか」[⑧]を語っているとしている。それに対して、邱雅芳は「芥川にとって、戦争は異常な—超現実的な神話世界を表現する格好な道具に過ぎなかった」とし、「それゆえ、作者は詩作するように言葉を一つ一つ丹念に使い、美しい絵画的効果を文章の世界に求めた」と述べており、芥川が「戦争を情緒的にしか感知できな」い、「大正時代の典型的なインテリの一人に過ぎない」[⑨]と戦争批判の足りなさを論じている。

先行論の考察が示すように、本作には一つに限定できないほど、複数の素材を内包している可能性がある。先行論では見逃されているが、本作品における自然風景の描写、風景描写と主人公の心象風景との関係、なかでも特に、主人公の幻覚の内実に注目する時、田山花袋の戦争小説「一兵卒」からの影響は、無視できないほど大きいと考えられる。日清戦争に対して、リアルタイムの戦争記憶を持たない芥川は創作にあたり、どこに素材を求め、それらの素材に対していかにメスをいれるかは、本作における戦争描写の内実及び芥川の戦争観と大きく関わるものであろう。本章では、「一兵卒」と比較しつつ、日清戦争当時の戦争言説も視野にいれ、本作の特徴を明らかにする。さらに、本作と同じ時期に発表された「西郷隆盛」とあわせて検討して、この両作における芥川の歴史認識を分析してみたい。

一　「一兵卒」との関連

田山花袋の「一兵卒」は一九〇八年一月「早稲田文学」に発表された日露戦争を背景とした小説である。「一九〇四年八月三一日の夕暮れ」から「九月一日の未明」まで、所謂「遼陽会戦」という歴史的時間が根底に流れているなかで、一人兵卒の死が描かれていく。主人公「渠」が急性の脚気に煩わされ、苦痛、疲労、倦怠、恐怖などの感情に襲われるうちに、繰り返し母親、故郷などの幻影を見た後、結局、「脚気衝心」で軍医が来る前に兵站で死んでしまうという物語である。

一九〇四年三月から九月まで、田山花袋は「第二軍私設写真班」の一員として日露戦争に従軍していた。戦地での経験をもとに、従軍中から様々な作品を筆にのせていた。「一兵卒」もその一部に属する。作品の前半部において、広漠な遼東の風景―高粱畑、褐色の路、夕暮れの光などが、主人公の身体感覚と交替に描き出されている。繰り返される自然風景と対峙して、度重なって強調されるのは「銃が重い、背嚢が重い、脚が重い」という苦痛の身体感覚及びエスカレートしていく恐怖と不安である。また、「さびしい悲しい夕暮は譬え難い一種の影の力を以て迫つて来た」とあるように、主人公の無力感、不安と寂しさは自然風景に投射され、一種の共通感覚として表出している。同時に、「広々とした野」、延々と続く高粱の畑、「日の光」、「雲」、「山」などの安穏とした風景によって表された強大な自然の力は一人の人間の弱さを一層鮮烈に照らし出している。

これに対して、「首が落ちた話」の上の巻では、「満目の高粱畑」、「丈の高い高粱」、「銅のような太陽」などの描写が繰り返して語られている。首が切られて、死亡の恐怖に襲われた主人公の不安と対照的に、「高粱は尽きる容子もなく茂つている」のである。弱りきった人間と生命力に燃えている「自然」が対照的な構図をしている。ここでも、「一兵卒」に見られるような「人間／自然」の構図が浮かび上がってくる。さらに、「一兵卒」で、耐え難い肉体の苦痛に耐えている「渠」は日本国旗で埋められた停車場で、「万歳の声」を耳にしながら、以下のように過去の幻影に浸る。

万歳の声が長く長く続く。と忽然最愛の妻の顔が眼に浮ぶ。それは門出の時の泣顔ではなく、何うした場合であつたか忘れたが心から可愛いと思つた時の美しい笑顔だ。母親がお前もうお起きよ、学校が遅くなるよと揺起す。彼の頭はいつか子供の時代に飛帰つて居る。裏の入江の船の船頭が禿頭を夕日にてかてかと光らせながら子供の一群に向つて呶鳴つて居る。其の子供の群の中にかれも居た。[10]

妻の顔や子供の頃の母親及び子供の頃の友人と自分の面影が、安らぎの光景となって浮かび上がる。それ以降も、計三回にわたり母親や妻、兄弟、女の顔及び家屋や故郷などの連想が「渠」の頭に浮かんでくる。しかも、平和な家庭生活への渇望と身体の苦痛、死への恐怖が相まって、ついに軍隊生活への批判と戦場に対する嫌悪につながっていく。

> 母の顔、若い妻の顔、弟の顔、女の顔が走馬燈のごとく旋回する。欅の樹で囲まれた村の旧家、団欒せる平和な家庭、続いて其の身が東京に修業に行つた折の若々しさが憶い出される。（中略）軍隊生活の束縛ほど残酷なものはないと突然思つた。と、今日は不思議にも平生の様に反抗とか犠牲とかいう念は起こらずに、恐怖の念が盛に燃えた。（中略）假令此の病は治つたにしても戦場は大なる牢獄である。いかに藻掻いても焦つてもこの大なる牢獄から脱することは出来ぬ。[11]

そして、こうした心象風景が様々な変容を遂げながら、「けれど悲嘆や、追憶や、空想や、そんなものは何うでも好い。」という無力感に収斂されていく。最後は、瀕死の主人公が「故郷のさまが今一度其の眼前に浮ぶ。母の顔、妻の顔、欅で囲んだ大きな家屋、裏から続いた滑かな礎、碧い海、馴染の漁夫の顔略略。」と幼少期への回帰願望が顕在しつつ、死んでいくのである。それに対して、「首が落ちた話」の中の巻において、重傷を負った何小二の眼の前に、子供の時何度もすがった母親の薄汚れた裙子が現れてくる。

しかし彼の眼と蒼空との間には実際そこになかつた色々な物が、影のやうに幾つとなく去来した。第一に現はれたのは、彼の母親のうすよごれた裙子である。子供の時の彼は、嬉しい時でも、悲しい時でも、何度この裙子にすがつたかわからない。

（『芥川龍之介全集』第三巻　五五頁）

その後、家の後ろにある広い胡麻畑、龍燈、華奢な女の足などの幻影が次から次へと頭に浮かんでくる。つまり、瀕死の主人公は次第に幼少期（母親）、共同体（家屋や祭りの記憶）、性欲（女の足）などの幻覚を見るようになる。これらの幻影のモチーフは「一兵卒」と明確な類似関係があると言える。負傷した何小二の幻想によって点描された絵画的なイメージも「一兵卒」に拠るところが大きい。また、上の巻で、首が切られ、死の恐怖を感じた何小二は自分を兵卒にし、戦争を起こした当事者への憎しみを呟く。

私ほどの不幸な人間はない。この若さでこんな所まで戦に来て、しかも犬のやうに訳もなく殺されてしまふ。それには第一に、私を斬つた日本人が憎い。その次には私たちを偵察に出した私の隊の上官が憎い。最後にこんな戦争をはじめた、日本国と清国とが憎い。いや憎いものはまだほかにもある。私を兵卒にした事情に幾分でも関係のある人間が、皆私には敵と変わりがない。

（『芥川龍之介全集』第三巻　五三～五四頁）

興味深いのは、何小二は中国の民衆の一人として、この戦争を挑発した日本国のみを敵視したのではなく、「清国」をはじめ、自己の周りの関係者の総てを憎しみの対象とするのである。つまり、何小二が国家観念やナショナリズムなどを超えて、ただ一人の人間として造型されている。一方、「一兵卒」では身体の苦痛と将来の不安で絶望に落ちた「渠」が従軍当時の「此の身は国に捧げ、君に捧げて遺憾が無い」との誓いを思い出し、「今忽然起つたのは死に対する不安である」と心境の変容が描かれている。忠君愛国の誓いはすべて死に対する不安や戦争に対する恐怖の前に雲散してしまう。極限状態に追い込まれた人間にとって、国から押し付けられた戦争のイデオロギーは無意味でしかなく、意識の全てが「死」という絶対性に捕らわれていた点がこの二作から読み取れる。このように、「首が落ちた話」と「一兵卒」は、死に向き合う人間の心境とそこから生じた戦争批判が描かれているという共通項を有し、また、死というテーマをめぐって、描かれた個々の情景だけでなく、表現方法やモチーフの選択としても、この二作は酷似している。

二　他者への寄り添い

しかし、「一兵卒」とは異なり、「首が落ちた話」は相手国の人間の立場を取るところに独自性がある。また、「一兵卒」の「渠」の関心が自分の運命や人生に限られているのとは対照的に、「首が落ちた話」では、敵の心境への配慮も描き出され、相互的な視点も見られる。中の巻で、すべての幻影が消え、「不思議な寂しさに襲はれた」何小二は、「人間はいやでもみじめな生存を続けて行かなければならない」と嘆いている。上の巻で自分一人の悲劇を嘆いた主人公はここで個人のレベルを超えて、人間の宿命という普遍的なテーマへと変容する。その後、通りかかった一隊の日本騎兵を見て、「あの騎兵たちも、寂しさはやはり自分と変わらないのであらう。もし彼等が幻でなかつたなら、自分は彼等と互に慰め合つて、せめて一時でもこの寂しさを忘れたい」と心の底で呟く。かつて、個人の運命に限定され、周囲の関係者を憎んでいた何小二は、コスモポリタニズム的な視座で、自分の首を斬った敵軍との共通感覚と慰め合いを求めるようになる。また、「もし私がここで助かつたら、私はどんな事をしても、この過去を償ふのだが」と死に直面したときの寂しさと絶望が最後には自分の過去に対する反省へと収束していく。

金子佳高は本作の語りの特質が「中国と日本とを隔てる差異化のまなざしが排除され、中国と日本を同等に見做すというまなざしにある」[12]と指摘しているが、まさに卓見であろう。高粱畑で日本騎兵と激戦する場面で、語り手は何小二達を「犬のやうに歯をむき出しながら、猛然として日本騎兵のゐる方へ殺到した」と描くと同時に、日本騎兵も「やはり歯をむき出した」と描いている。語り手には、中国人を見下ろす姿勢はない。日本人にしろ、中国人にしろ、すべては戦争という狂った状況の下で、共に衝動的な本能に支配された人間でありながら人間にあらず存在に変身すると描かれている。また、中の巻において、語り手はほとんど外側から主人公が「死」に向かう過程を語っているが、時折主人公に寄り添って、何小二の視線からも述べている。「少くとも味方は、赤い筋のはいつた軍帽と、やはり赤い肋骨のある軍服とが見えると同時に、誰からともなく一度に軍刀をひき抜いて、咄嗟に馬の頭をその方へ立て直した」とあるように、何小二の立場から語りだす箇所がある。また、「それから後の事は、どうも時間の観念が明瞭でない。丈の高い高粱が、まるで暴風雨にでも遇つたやうにゆすぶれたり、そのゆすぶれてゐる穂の先に、銅のやうな太陽が懸つてゐたりした事は、不思議な位はつきり覚えてゐる」と語り手が主人公の内側に入って、その身体感覚を前景化している。本作の読者も、語り手に導かれつつ、容易に主人公の感情を共有することができる。

また、主人公の身体感覚を描いた、「日の光も秋は、遼東と日本と変わりがない」という節がある。今まで自己の存在を主張しなかった語り手がいきなり独自の感想を述べるのである。近代以来、中国を他者化する言説が氾濫するなかで、中国の遼東と日本を平等の眼差しで見つめるのは稀である。本作の背景が日清戦争と設定される以上、日清戦争当時の言説をひとまず確認する必要があろう。

例えば、日清戦争中、従軍記者として遼東半島に渡った正岡子規は「陣中日記」(「日本」一八九五年四月)などの作品で、現地の住居や環境・風俗及び民衆に関する記録を残している。これらの作品の顕著な特徴は中国人を「乞食」や汚く狡い存在と見下す眼差しである。生方敏郎は日清戦争当時の俗謡や絵、新聞、雑誌などのメディアには、中国人への愚弄や嘲笑といった趣向で人々を笑わせるものが多かったと回想し、また、中国兵の形象については、錦絵に描かれた戦争の光景にも「支那兵は皆逃げている」場面が描かれ、芝居も「筋も何もない物で、ただ多勢の支那兵と少数の日本兵との戦いで、必ず支那兵が負け、あやまつたり泣いたり」するものだった[13]と述べている。そのほか、「国民新聞」の従軍記者として出征し、大連・旅順・威海衛などの最前線で取材していた国木田独歩は『愛弟通信』(左九良書店　一九〇八年一一月)という従軍ルポルタージュの中で、日本軍の敢闘ぶりを讃え、中国軍の無規律などを皮肉る。つまり、日清戦争をめぐる言説では、国民の敵愾心を喚起させ、戦争意欲を高揚させるため、中国兵の無節操と弱さを一種のステレオタイプとして描き出されていた。その過程において、相手の姿を蔑視と結びつけ、両者の非対称性を自明のものとしている。中国人を差異化・野蛮化することは、言うまでもなく文明国としての〈日本〉を対照的に作り上げ、戦争を正当化しようとする意図が見え隠れしている。

日清戦争当時まだ数え年二歳だった芥川には、その戦争に対するリアルな体験はないにもかかわらず、多様なメディアを通して、戦争を実感したのであろう。晩年、芥川は保吉物「少年」(「中央公論」一九二四年四月〜五月)「海」の項で「殊に縁日の「からくり」の見せる黄海の海戦の光景などは黄海と云ふのにも関らず、毒毒しいほど青い浪に白い浪がしらを躍らせてゐた」と見世物で見た光景を回想して語っている。子供の戦争体験について、佐谷真木人は「子どもたちはさまざまな見聞や遊びを通して戦争を体験し、(中略)日清戦争の熱狂は世代を超えて受け継がれ、より強固な国民意識をもつ世代が生みだされていくことになる」[14]と評している。しかし、従軍記事や、見世物、錦絵などに作られた「共同体の戦争記憶」は、「首が落ちた話」の戦争描写に影を落としていない。本作は、あえて当時の言説とは一線を画した語りの立場を取り、またそこに登場する中国兵何小二も一身の生死を顧みずに勇敢に戦う存在として造型されている。

三　語り・記述への不信

作品下の巻には、日清講和の一年後、北京の日本公使館で木村少佐が山川技師に中国語新聞「神州日報」に掲載された「無頼漢何小二」の記事を見せる場面が描かれている。日清戦争に出征し、屡々勲功を建てた何は、戦争後のある日、酒楼で他人と喧嘩し、転倒した際、戦争時負った首の傷が裂け、首が喉の皮一枚だけ残る状態となり、その場で即死したという怪談じみた記事である。

「神州日報」は一九〇七年四月二日、于祐任によって上海で創刊された反清の革命新聞である。創刊された当時は、「中華民族の祖国思想を喚起する」ことを趣旨としている。民国政府が成立した後、「神州日報」の担当は度々変わり、一九一五年旧帝政議員孫鐘（震東）が経営を担当したりするなど、趣旨も変動しがちなところがあった⑮。この新聞について、一九一七年に発表された『上海案内』に、「一定の主義経倫」⑯がないなど、批判的な紹介文が載せられている。

芥川は中国明代の瞿佑作『剪燈新話』の「渭塘奇遇記」を典拠に書いた「奇遇」（「中央公論」一九二一年四月）のなかで、『支那文明記』『支那風俗』『支那漫遊記』などいくつかの中国関係の案内書を挙げている。中国に強く興味を持ち、中国旅行も計画していた当時の芥川は『上海案内』を読んで「神州新聞」を知った可能性が高い。また、上海での旅行体験を語る「上海游記」で、芥川は「神州日報の社長余洵」と「小有天」という酒楼で食事していた時の様子を書き留めている。

しかし、「首が落ちた話」の後半部の時間設定は日清講和一年後の一八九六年であり、「神州日報」はまだ創刊されていなかった。したがって、この設定は虚構か、当時現存の新聞を手本にし、読者の現実感を喚起する手法かのどちらかとなる。しかし、注目すべきは、山川がその記事を読む前に「咄嗟に、戦争に関係した奇抜な逸話を予想」し、その記事が無頼漢何小二の首が落ちた話だと分かった途端、「果たして」という表現が使われているところである。つまり、中国の新聞＝奇抜な記事＝事実性を欠くという既定の印象が山川の頭に刻まれているのである。

その記事を紹介した後、木村少佐はかつて戦地病院で会った「極正直な、人の好い人間」だった何小二の反省ぶりを再び思い出し、そんな何小二が戦争後、すぐに無頼漢になったというのは、「人間はあてにならなら」からだと嘆く。更に、作品の末尾を「我々は我々自身のあてにならない事を、痛切に知って置く必要がある。実際それを知っているもののみが、幾分でもあてになるのだ。（中略）――すべて支那の新聞と云うものは、こんな風に読まなくてはいけないのだ」とアフォリズム的な話で結んでいる。

「首が落ちた話」と同じ時期に発表された「西郷隆盛」（「新小説」、一九一八年一月）では、芥川は西郷が城山で戦死したかどうかをめぐって、歴史記述の真実性に懐疑を示した。この二作を並べて読めば、「首が落ちた話」の下の巻で提示されている「新聞記述への不信感」という主題も明瞭となろう。

そのほか、「西郷隆盛」と日清戦争を背景とする本作品が同じ時期に創作されたこと自体も興味深い。先述した生方の回想文では「戦争が初まると間もなく、絵にも唄にも支那人に対する憎悪が反映してきた」と語り、また「俗謡に踊りの振りまで付けて流行したのは、日清談判破裂せば、品川乗り出すあずま艦、つづいて八重山浪速かん（中略）西郷死すするも彼が為め、大久保殺すも彼奴が為、怨み重なるチャンチャン糞坊主というのだ」[17]と当時流行した戦争歌謡も記している。正岡子規も「羽林一枝」（『日本』、一八九五年四月）の冒頭部で、次のようにこの歌の流行が日清戦争へ繋がっていったことを驚嘆している。

「西郷死んだもこれが為め大久保死んだもこれが為め」とは京童の常に謡ふ所吾人は夢寐の間に之を聞き夢寐の間に之を暗誦せり。然れども初めより此歌を以て東洋の形勢に非常の大関係ありとは信ぜざりき。否大関係ありと信ぜざるに非ず此無形の文字が有形の大変動を生ぜんとは思はざりしなり。（中略）明治初年の征韓論は効果を二十年後の今日に現はしたりと言はんよりは寧ろ京童が一曲の謡は「恨み重なるチャンチャン坊主」に向つて此大戦争を生みたりといふの適当なるを見る。[18]

この歌は若宮万次郎が創作した「欣舞節」という歌謡で、全文は以下の通りである。「日清談判破裂して／品川乗り出す吾妻艦／西郷死するも奴がため／大久保殺すも彼奴がため／遺恨重なるチャンチャン坊主／日本男子の村田銃／剣のキッ先味はへと／なんなく支那人打ち倒し／万里の長城を乗っ取って／一里平行きや　北京城よ／欣慕欣慕欣慕／愉快愉快」[19]。成立時期についての定説はないが、民権派が清朝にたいして弱腰外交の政府を批判するため、清との戦争を要求する道具として利用し、日清戦争の初期頃に、空前の大流行を博したことは確実である。

この歌謡の流行によって、西南戦争で死んだ西郷隆盛が民族の英雄として造型されると同時に、「チャンチャン坊主」

など中国人に対する差別用語も定着し、中国人に対する差別・憎悪の感が全国民レベルで共有されていった。日清戦争が西郷隆盛の理想を実現するための戦争と位置づけられ、西郷と日清戦争が緊密に繋がっているという時代文脈も作りあげられた。勿論、芥川の「西郷隆盛」から日清戦争との直接的関係は読み取りにくいが、「首が落ちた話」と同時に発表することで、言説から作り上げられた「西郷と日清戦争」との関係を再び想起させるルーツを読者に用意しておいたのであろう。「西郷隆盛」で提出された歴史記述の真実性への疑問もそのルーツの中で改めて焦点が当てられ、また、そのまま「首が落ちた話」における新聞記事への不信感、続いて「人間はあてにならない」というテーマに繋がっていくのである。

四　重層的に語られる戦争

「首が落ちた話」の前半部では、「日露戦争」を背景に書かれた「一兵卒」のモチーフを摂取しながら、一人の中国兵の立場から「日清戦争」を描き出している。その語りからは、時代文脈と一線を描いた無差別のまなざしが析出できる。また、国家やナショナリズムを超えた立場で、敵友を問わず、戦争はそこに関係した人間のすべてに不幸をもたらすことを示唆している。瀕死状態の主人公が投げ出した戦争を責める台詞には、この時期の作者が抱えた社会認識・戦争認識の一側面が表れており、序章で紹介した機関学校で行った課外講話の話にも通底している。一人の人間に寄り添いながら、「戦争」

を表象する「首が落ちた話」に対して、四年後に発表された「将軍」では、複数の視点を通して戦争を描き出した。「将軍」は一九二二年一月雑誌「改造」に発表され、一年後短編集『将軍』（新潮社　一九二二年三月）に収録されている。しばしば言及されるように、長い間「将軍」論は、作品の主題を「偶像破壊、英雄否定」にあるとし、「N将軍」＝「乃木大将」という前提の下で評価されてきた。「将軍」の後に発表された「江南游記」（「大阪毎日新聞」一九二二年一月一日〜二月一三日）の「西湖」の項に、次のような一節がある。

> 一体民衆と云ふものは、単純なものしか理解しない。支那でも関羽とか岳飛とか、衆望を集めてゐる英雄は、皆単純な人間である。或は単純な人間でないにしても、単純化され易い人間である。この特色を具へてゐない限り、いかに不世出の英雄でも、容易に大向うには持て囃されない。たとへば井伊直弼の銅像が立つには、死後何十年かを要したが、乃木大将が神様になるには、殆一週間も要さなかつたやうなものである。それだけに又敵になると、かう云ふ英雄の敵は憎まれ易い。（中略）私もこの新年の「改造」に、「将軍」と云ふ小説を書いた。しかし日本に生れた難有さには、油揚の憂目にも遇はなければ、勿論小便もひつかけられない。唯一部分伏せ字になつた上、二度ばかり雑誌の編輯者が、当局に小言を云はれただけである。
>
> （『芥川龍之介全集』第八巻　二三三〜二三四頁）

ここから読み取れるのは、まず「将軍」の創作動機には「英雄批判」の側面は確か存在する。先行論では、「才能の若さや物の見方の皮相さ」[20]や「記号めいた、その彫りのきれぎれな、諷刺の浅さ」[21]などと「N将軍」像の単純さと皮相さが批判されてきたが、芥川むしろ意図的にN将軍を一面的に、「単純化」させたのである。そして、「「N将軍」＝乃木将軍という固定的図式に立つ限り、小説「将軍」は、乃木将軍に対する芥川の認識の深浅や偶像破壊の巧拙といった水準において評価されることを避けられなくなる」[22]と指摘されるように、「英雄批判」のみに本作の主題を還元する場合、非常に生産性に乏しいテクストになり、「充分な成功をみるまでにはいたっていない」[23]ことになる。

一方、松本常彦は作品発表メディアの状況を視野に入れ、「将軍」における「英雄批判」、「軍国主義批判」は当時の読者にとって自明のことであると指摘し、作者の創作意図は「N将軍」を囲む人々の「苦笑」に潜む「距離感」を読者と共有することにあると論じる[24]。それに対して、反戦小説としての側面を抉りだし、また中国旅行との関連性を提示する関口安義の研究は、作品論に新しい展開をもたらした。そのほか、谷口佳代子は「N将軍」が「人格のある一個人」ではなく、「回りの人々の自己を反映した「時代」の象徴」だと指摘し、「『将軍』はN将軍等に向かって自分自身を投影する群像を描いた作品である」[25]とする。孔月も「「将軍」は、複数の人間を登場させ、複数の人間の眼を通して見た多元的なN将軍像を提供した」と述べ、芥川は「伝説化された人物を恣意的に表象することによって、精神の自由と視点の多元化の問題を提起した」[26]と結んでいる。奥野久美子の考察は作品の素材を詳細に考察する上で、本作は主に桃川若燕の講談本『乃木大将陣中珍談』を種本としていることを明らかにし、「周辺人物の視点を使って皮肉、批判を加えることに重点」を置いていると述べている[27]。本章では、「将軍」を反戦文学とみなし、先行論の視点を踏まえつつ、「N将軍」の周りにいる人間達に光を当てていく。そして、それぞれの人間像はいかに「戦争」という非日常の時空に巻き込まれて変容しているのかを検討し、本作における戦争批判のありようを析出する。

五　戦争に歪められた人間性

「将軍」では「明治三十七年」、八年の日露戦争の旅順攻撃、奉天戦の時期から大正期（N将軍没後七年ほどの時期と設定している）までの話が、「一　白襷隊」「二　間諜」「三　陣中の芝居」と「四　父と子」という四つのエピソードとして綴られている。ここでおもに戦場の兵士達を扱う「一」と「二」を取り上げ、テクストで描かれた戦争に関与した一般庶民の運命と心象の変化を検討する。「一　白襷隊」では、紙屋の田口一等卒、大工の堀尾一等卒と小学校の教師だった江木上等兵が登場する。彼らは、「明治三十七年十一月二十六日の未明」から「松樹山の補備砲台を奪取するために、九十三高地の北麓を出発した」兵士達である。そこで、気のいい紙屋の田口一等卒は、白襷隊になるのが名誉だと己の感銘を紙屋の堀尾一等卒に述べる。それに対して、堀尾は反論して以下のように文句を漏らす。

「何が名誉だ？」

堀尾一等卒は苦々しさうに、肩の上の銃を揺り上げた。

「こちとらはみんな死に行くのだぜ。して見ればあれは××××××××××××さうつて云ふのだ。こんな安上りな事はなからうぢやねえか？」

「それはいけない。そんな事を云つては×××すまない。」

「べらぼうめ！すむもすまねえもあるものか！酒保の酒を一合買ふのでも、敬礼だけでは売りはしめえ。」

田口一等卒は口を噤んだ。それは酒気さへ帯びてゐれば、皮肉な事ばかり並べたがる、相手の癖に慣れてゐるからだつた。しかし堀尾一等卒は、執拗にまだ話し続けた。

「それは敬礼で買ふとは云はねえ。やれ×××××とか、やれ×××××だとか、いろんな勿体をつけやがるだらう。だがそんな事は嘘つ八だ。なあ、兄弟。さうぢやねえか？」

（『芥川龍之介全集』第八巻　一五八～一五九頁）

国民的感情に高揚した田口とは異なり、堀尾は個人に押し付けられてきた戦争理論に批判的な人物として造型される。「やれ×××××とか、やれ×××××だとか、いろんな勿体をつけやがるだらう。だがそんな事は嘘つ八だ」と言うが、「×」となっている部分は周知の通り官憲の検閲によって、抹消された内容である。筑摩版の芥川龍之介全集の注釈には、研究者による内容の推定が載せられているが、原稿が紛失したため原文の記述が確定できないままである。ただし、それは当局が操っている戦争イデオロギーの欺瞞性を強烈に暴いている記述だと上下の文脈で容易に想定できよう。その後、堀尾はまた小学校の教師だった江木に共感を求めようとしたが、「おとなしい上等兵」江木は、逆に「急に噛みつきさうな権幕を見せ」、「莫迦野郎！おれたちは死ぬのが役目ぢやないか？」と「悪辣な返答を抛りつけた」ことが描かれる。ただし、その反発の態度とは裏腹に、堀尾の話はむしろ江木の本音に響いていることが後の叙述で示される。「一層戦友の言葉は、丁度傷痕にでも觸れられたやうな、腹立たしい悲しみを與へた」が故に、江木はあえて反発の話をしたのである。

要するに、江木は国家から強いられたイデオロギーを無抵抗に受け入れることができず、また現状に反抗することもできない苦痛とジレンマを抱える人間として造型されているのである。堀尾に投げかけた言葉は、同時にこうした苦しみを持ち耐えてきた自己を説得させるための言葉でもある。

> 彼は凍えついた交通路を、獣のやうに這ひ続けながら、戦争と言ふ事を考へたり、死と言ふ事を考へたりした。が、さう云ふ考へからは、寸毫の光明も得られなかつた。死は××××（陛下の御為）にしても、所詮は呪ふべき怪物だつた。戦争は、――彼は殆戦争は、罪悪と云ふ氣さへしなかつた。罪悪は戦争に比べると、個人の情熱に根ざしてゐるだけ、××××××（人間として納得）出来る點があつた。しかし××××××××××（戦争は陛下の御為の御奉公に）外ならなかつた。しかも彼は、――いや、彼ばかりでもない。各師團から選抜された、二千人餘りの白襷隊は、その大なる××（御奉公）にも、厭でも死ななければならないのだつた。……
>
> （『芥川龍之介全集』第八巻　一五九～一六〇頁　筆者注　伏字部分は筑摩書房全集に拠る）

ここの限られた情報からわかるのは、江木にとって、戦争は個人の感情を一切抹殺し、皇国のためという大義名分で自己を麻痺しなければできない非人間的な仕業である。この言説を、「将軍」の四ヶ月後にしかも同じく「改造」で発表された「お富の貞操」と合わせて読めば興味深い。お富は上野戦争の前夜、高が一匹の猫のために、命かけて疎開後の町に戻り、しかも「貞操」を引き換えに猫の命を救おうとした。ただし、お富の献身的行為を支えるのは、女将への奉公意識ではなく、自発的かつ感情的な「可哀そう」という感覚である。それに対して、「将軍」では江木上等兵は死の覚悟をしてはいるが、内面では強く抵抗しているのである。要するに、皇国への奉公という戦争イデオロギーを外圧的に国民に植え込めようとしても、結果的には兵士の反発とその行為自体の欺瞞性を露呈することになる。一方、内発的な場合は、一匹の猫にも関わらず、自らの命なる貞操でその命を引き換えようとまでする。こうした対照的な設定を並べて読めば、後者に対するアイロニーの有り様はより明らかになるであろう。

ところが、N将軍と直面した後、江木は無意味な戦争に献身することを納得できないまま、「おれは何の為だか知らないが、唯捨ててやるつもりなのだ。××××××でも向けられて見ろ。何でも持つて行けと云ふ気になるだらう。」/江木上等兵の眉の間には、薄暗い興奮が動いてゐた。/「丁度あんな心もちだ。強盗は金さへ巻き上げれば、×××××云ひはしまい。が、おれたちはどつち道死ぬのだ。(中略)どうせ死なずにすなまいのなら、綺麗に×××やつた方が好いぢやないか?」」と自己放棄して死ぬ覚悟を強めていった。それに、戦争イデオロギーを「嘘つ八だ」と一蹴した堀尾も、権力の象徴であるN将軍と直面した際、「全身の筋肉が硬化したやうに直立不動の姿勢になった」と威圧されて、内面から揺れ始まる。「握手で命を買ふ(文脈によっての推測)のは?」と田口に揶揄われても、堀尾は「苦笑せずにはゐられなかつた」とあるように、すでに、抵抗を諦めた姿勢をとる。その後、皮肉の話ぶりをした江木に侮辱を感じるにもかかわらず、「「何だ、命を捨てる位?」—彼は内心さう思ひながら」、「将軍の握手の報いる」ため、「肉弾」になろうとまで決心する。戦争という非日常かつ不条理な空間において、人間の無力感と歪みが堀尾の造型によって克明に描かれている。

そして、彼らの思想を麻痺させ、歪ませたのは、まさにN将軍に象徴されている絶対権力である。「一」の最後のシーンにおいて、堀尾が突撃の最中に「頭部銃創」のため、「万歳！日本万歳！悪魔降伏。怨敵退散。第✕聯隊万歳！万歳！万々歳！」と絶叫しながら、発狂してしまう。かつて戦争批判者であった堀尾の発狂は、戦争の「暴力性」と「不条理」の象徴であり、戦争の非人道的な性質の表われでもある。

そして、「二　間諜」では、決死隊の攻撃で生き残った田口一等卒が、中国人の「露探」を捕まって、処刑を命じられる。ただし、彼は「殺すぞ！」と連発しながら、「驚いたけはひも見せず、それぎり別々の方角へ、何度も叩頭を続け出した」二人の行為を「故郷へ別れを告げてゐるのだ」と解釈し、「冷然」と死へ向けた彼らの姿を見て、銃剣が突き殺せなかった。「辺の住民」を「奸佞邪智」と憎んで軽蔑して、殺戮を喜ぶ騎兵と残虐な将軍とは異なり、この際の田口のうちにはまだ人間性が温存していると考えられる。しかし、このような彼も、騎兵の殺人ぶりを見て、「この✕✕✕らはおれにも殺せる」と呟くようになる。心のなかに残る最後の「人間性」が、これからどんどん消えていくことを暗示している。

また、「一」と「二」において、N将軍は虚偽的、残虐的かつモノメニアの存在として形象化されているが、「三」と「四」では、また穂積中佐と中村少将を通して、N将軍における「善人」と「至誠」の側面を提出する。荒正人は『市民文学論』で、「「白襷隊」「間諜」「陣中の芝居」「父と子と」の四つの場面のうち、第一と第三は意図と効果が作者の主観を裏切っていて、前者は成功、後者は失敗となっている」[28]と第三章における批判性の不足を指摘している。だが、N将軍の造型を一元的に残酷・狡猾など負の側面に収斂せず、人間的な側面も示させるところに、芥川の戦争批判があると言えよう。つまり、「将軍」における戦争批判は、そこに引き込まれた人間の残酷さへ向かうものより、その暴力性の生産装置や人間性を歪めるイデオロギーそのものへ矢を放つのである。

おわりに

「首が落ちた話」の前半部は、「日露戦争」を背景に書かれた「一兵卒」のモチーフを摂取し、一人の中国兵の立場から「日清戦争」を描き出している。その語りからは、時代文脈と一線を画した無差別のまなざしがひとまず析出できる。また、国家やナショナリズムを超えた立場で、敵友をと問わず、戦争はそこに絡まれた人間のすべてに不幸をもたらすことを表している。瀕死状態の主人公が投げ出した戦争の責める言葉から、この時期の作者が抱えた社会認識・戦争認識の一側面が伺えられ、第一節で紹介した機関学校で行った課外講話の話にも通底している。一方、結末部では、『聊斎志異』のなモチーフを挿入することで、怪奇趣味な性格を作品に付与し、批判の焦点をぼやかす側面も否定できない。また、何小二が掴み合いの喧嘩で首が皮一枚を残して再び落ちたというグロテスクな記事に対して、木村少佐に「面白いだらう。こんな事は支那でなくつては、ありはしない」と語らせる。これで「中国」が不条理・怪奇的な世界に仕上げられ、折角「上」と「中」の語りに託した戦争批判もテクストの底に埋めていくように受け止める。そして、情緒的・詩的な筆致で瀕死した兵士の意識の流れを表出し、そこに戦争批判の観点を織り込んでいるが、戦争を支配するイデオロギーへの批判は薄い。

それに対して、四年後に発表された「将軍」（「改造」一九二二年一月）では、戦争に関わった三人の日本人兵士の運命と内面の変化に光をあて、戦争及びその背後にある支配的なイデオロギーがいかに人間性を奪うのか、その有り様を克明かつリアリティに表出している。従来、従順で献身的なイメージのみで語られてきた兵士達の内面に立ち寄り、個人の自意識と国家イデオロギーの亀裂を暴いている。また、戦争に引き込まれた人間達の変容を通して、戦争暴力の内実を提起するなど、この時期の戦争批判は、戦争を支配するイデオロギーの扇動性と欺瞞性に矢を放つところに認識の深化が見えてくる。一九二一年七月一二日に、中国旅行を終えた芥川は天津から出発して奉天（瀋陽）、朝鮮を経由し、釜山から下関に着いた。一九二五年一一月に出版された『支那游記』に収録された「雑信一束」に、芥川の「奉天」体験と思わせる文章が載っている。

「十九　奉天」／丁度日の暮の停車場に日本人が四五十人歩いてゐるのを見た時、僕はもう少しで黄禍論に賛成してしまふ所だつた。

「二十　南満鉄道」／高粱の根を匍ふ一匹の百足。

（『芥川龍之介全集』第十二巻　二二六頁）

このように、中国旅行で獲得した批判精神が、日露戦争当時の激戦地であった奉天で体験した日本人嫌悪の感覚と植民地進出の先兵である「南満鉄道」へ向けた批判の目を育て、「将軍」において結実したと考えられる。

第二章　「アグニの神」論――童話の舞台としての〈魔都〉

はじめに

「アグニの神」は一九二一年一月に「赤い鳥」（一月号〜二月号）に発表され、後『夜来の花』（新潮社、一九二一年三月）、『奇怪な再会』（金星堂、一九二二年一〇年）及び『三つの宝』（改造社、一九二七年六月）などの作品集に収録されている童話である。物語は以下のように展開されている。上海のある町で、昼でも薄暗い或家の二階に、人相の悪いインド人の婆さんが商人らしい一人のアメリカ人と話している。アメリカ人は日米戦争はいつあるかを婆さんに占ってもらうつもりである。婆さんは恵蓮という美しい「支那人」を利用し、アグニの神から占いを聞く。一方、この家の外を通りかかったある書生遠藤が、二階の窓から顔を出した恵蓮を一目見て、彼女が誘拐されたホンコンの日本領事の娘妙子だと気づき、婆さんの部屋に乗り込む。ところが、印度人の婆さんに魔法で追い出される。遠藤が途方にくれていたとき、二階から妙子の手紙が落ちてくる。今晩、魔法にかかった真似をして、父のもとへ返せと婆さんを命令するという計略が書かれている。だが、計略は失敗し、妙子は寝てしまった。にもかかわらず、アグニの神は妙子の願いを聞き届ける。ところが婆さんがアグニの神の言葉を疑ったため、神の怒りにふれ婆さんは殺される。入口のドアを破って入って来た遠藤が、婆さんの死骸を見た瞬間「運命の力の不思議さ」を思い知る。

先行論のなかでは、芥川の童話作品の系譜において考察し、芥川が童話を創作する際の手法を論じたものが多い。そのうち、滑川道夫が「偉力はつねに人間の正しいことのためにこそ役立てるべきであることを描いている」ところを本作品の主題としながら、「同時の少年雑誌の連載小説的な形態を意識しているかのようである。スリルを味わせはするが、全体としては失敗作だろう」[①]と酷評している。それに対して、大高知児が「「アグニの神」には、読者たる子供を強く意識している芥川の態度が表れている。特にその表現は、子供の思考力・理解力・興味などを踏まえて充分配慮したものとなっている。」[②]と積極的に評価している。そのほか、関口安義が「運命の力の不思議なこと」、——一種の神秘主義がこの一篇の童話のテーマなのである。」と指摘しながら、「「アグニの神」は、舞台を国際都市上海にとり、インド人の老婆の妖術を前面に打ち出すなど、異国情趣と神秘主義とがマッチした作品となった。」[③]と本作品における異国要素への注目が示唆的である。五島慶一も本作品の舞台設定に注目し、そこから芥川の異国趣味が色濃く反映していると同時に、「魔法使ひの「印度人の婆さん」の登場するにふさわしい、エキゾチシズム溢れた場として映ったことであろう。」[④]と述べている。

「アグニの神」はその二年前に発表された怪談小説「妖婆」(「中央公論」一九一九年九月~一〇月)を改鋳した作品である。童話にする際、物語の構成及び人物関係を簡潔にし、饒舌な語りを省略するなど、子どもにも分かりやすく改作したところは、今までの先行論で指摘されているとおりである。そのほか、舞台空間を東京から中国の上海に変更し、そこにインドの妖婆、アメリカの商人、日本の書生と少女を登場させているところも注目すべきであろう。また、従来の考察は妙子の信仰心に中心を置いているが、「ピストル」「懐中電燈」「懐中時計」などの近代的小物を持った書生遠藤と妖術を使っている妖婆という構図に焦点を当てると、「科学」／「迷信」、「近代」／「前近代」など近代化の過程で生産された多様の対立構図も関連して浮かび上がってくる。本章においては、これらの構図がいかに表象されているかを検討しながら、「上海」という時空間がどのように構築され、また物語の展開にどのような機能を果たしているかを考察していきたい。

一　「失敗作」としての「妖婆」

「アグニの神」の原型としての「妖婆」は芥川が横須賀海軍機関学校の教員の職を辞し、大阪毎日新聞社の社友になった後二番目に発表された作品である。この作品は二重の語りの構造で書かれている。冒頭において、語り手「私」が東京の銀座通り、市内の電車で起こった超自然的な現象を語っている。「アスファルトの上に落ちている紙屑が、数にしておよそ二十ばかり、一つ所に集まつて、くるくる風に渦を巻いてゐる」ことや深夜「赤電車や青電車が、乗る人もない停留場へちゃんと止まる事」、そのほか、「砲兵工廠の煙突の煙が、風向きに逆つて流れたり、撞く人もないニコライの寺の鐘が、真夜中に突然鳴り出したり、同じ番号の電車が二台、前後して日の暮の日本橋を通りすぎたり、人っこ一人いない国技館の中で、毎晩のように大勢の喝采が聞えたり」など東京の繁華街における超自然的な現象を挙げている。そして、舞台を本所界隈に移し、日本橋に住む新蔵は、本所の一つ目界隈に住む友人の泰さんに本所元町で会い、行方知らずになった恋仲のお敏の行方を占ってもらおうと、本所相生町の竪川河岸付近に住む「神下しの婆」お島婆さんを訪ねるという流れが設定される。

創作当時は、作者芥川の自信作であったにもかかわらず、この作品に関する同時代評は芳しいものではなかった。特に、佐藤春夫は本作品を「失敗作」と厳しく評している。佐藤が冒頭部に描かれたいくつかの超自然的現象について、「理智的に考えて見てあり得べからざることを作者は、いかにも当然あることであって、それを当然あると感じないものは平常の観察が鈍いのだという風に書き出してゐる。」と述べ、「芥川氏はこの種の作品に於て唯一の力であるところの空想上のリアリティを先づ無視してかかつてゐるやうに私には思へる」⑤としている。また、作品の舞台が近代都市東京に設定されているにもかかわらず、怪奇のレトリックには逆に新しさが欠けていると不満を語っている。そのほか、島婆さんの住所と言語の設定も新時代の怪談に相応しくないと指摘している。

「妖婆」の舞台は銀座と本所に設定されているが、特は本所が芥川の生後数カ月から一八歳まで生活していたところである。芥川がエッセイ「本所両国」と「追憶」及び保吉物「少年」において、たびたび本所の前近代性について描いている。「封建時代」の空気を吸いながら、怪談話に強い関心を持って育ってきた芥川にとって、本所というトポスは怪談に対する少年時代の思い出と想像をはらんでおり、自然に芥川文学において怪談を生産する重要な舞台空間となるわけである。一九二一年一月、「アグニの神」と同じ時期に発表され、怪談の要素を取り扱う「奇怪な再会」の舞台も本所である。

近年、芥川文学再発見、再評価のブームにともなって、失敗作とされていた「妖婆」も再評価されるようになってきている。宮坂覺⑥が本作品を積極的に評価したことを契機に、一柳廣孝が「妖婆」と西欧幻想文学との受容関係を提示しながら、同時代の「神おろし」現象に関する言説と合わせて、民俗学の方面から本作品における「現実性」を評価している⑦。また、関口安義がテクスト分析と作者の創作背景に注目し、高く評価している⑧。

しかし、佐藤の批判が、芥川に大きな衝撃を与えたに違いなく、「アグニの神」を創作する際、「妖婆」のプロットを受け継ぎながら、子供にわかりやすく読んでもらうために、物語構造と人物関係を簡潔にさせ、長い冒頭部を削除している。物語空間も東京から中国の上海に変更したのである。舞台空間に対する芥川の配慮が読み取れる。随筆「昔」(「東京日日新聞」一九一八年一月一日)の中で、次のような節がある。

(前略)今僕が或テエマを捉へてそれを小説に書くとする。さうしてそのテエマを芸術的に最も力強く表現する為には、或異常な事件が必要になるとする。その場合、その異常な事件なるものは、異常なだけそれだけ、今日この日本に起こつた事としては書きこなし悪い、もし強て書けば、多くの場合不自然の感を読者に起させて、その結果折角のテエマまでも犬死をさせる事になつてしまふ。所でこの困難を除く手段には「今日この日本に起こつた事としては書きこなし悪い」といふ語が示してゐるやうに昔か(未来は稀であらう)日本以外の土地か或は昔日本以外の土地から起こつた事とするより外はない。

（『芥川龍之介全集』第三巻　八八頁）

「妖婆」を下敷きにしながら、「アグニの神」を創作する際、物語の舞台を東京から海外の上海に移したのも、「空想上のリアリティ」を物語に織り込むためであろう。一九一八年七月の「赤い鳥」創刊号から一九二一年一月「アグニの神」が掲載されるまで、「赤い鳥」に載せられる文章を調べたところ、一九二〇年一月号の読者投稿欄に載った手紙のなかに、子供の頃上海ですごした経験を短く回想した文章以外に、近代中国を舞台にした作品は見当たらない。それに対して、未完成作品を含め、芥川が創作した十編の児童文学のなかに、中国を舞台とした作品は三篇を数える。その中で、「杜子春」（「赤い鳥」一九二〇年七月）と未完の「白い小猫のお伽話」の舞台は古典の中国と設定され、近代中国を舞台としたのは「アグニの神」一作のみである。先行論で指摘されるように、舞台を海外に設定することによって、異国情趣の漂う物語空間が構築されていると同時に、当時の読者に新鮮さを感じさせることも期待できる。

一方、「アグニの神」が創作される前に、南京を舞台とした「南京の基督」が発表されている。また、本作と同じ時期に創作された「奇怪な再会」におけるヒロインも、威海衛の娼婦と設定されている。この時期の芥川が、中国に強い関心を持ち、中国関連のモチーフを度々自分の作品に取り入れていた。一九二一年三月、本作の掲載が終わった一ヶ月後、芥川は大阪毎日新聞社の特派員として、中国へ旅立った。そして、上海はその時、芥川が体験した最初の中国の都市である。芥川は上海上陸後、乾性肋膜炎のため、急遽上海の里見病院に入院し、三週間程静養することとなり、出だしから苦難の旅となった。それにもかかわらず、上海で章太炎、李人傑などの革命家と会談、戯曲鑑賞、また庶民の祭り空間であった城蝗廟あたりを見学するなど、努めて中国の政治、芸術、社会などを観察していた。そして、その時の経験に基づいて、書かれた「上海遊記」（「大阪毎日新聞」一九二一年八月一七日〜九月一二日）は、現在でも盛んに研究されており、芥川の中国観及び大正文人の描いた上海表象を考察するには、重要な作品となっている。

しかし、同じく上海を舞台とした「アグニの神」の舞台空間に対する考察は欠けている。「少女の失踪」、「魔法使い」、「神おろし」「印度人の妖婆」と「アメリカの商人」などの要素を取り入れた物語の舞台を中国の上海に設定したのは、当時の上海の性格と深く関わっているのである。また、その設定から、芥川の時代認識が読み取れなくもないと考えられる。

二　テクストにおける時代要素

前述のとおり本作は、舞台が上海、登場人物が印度人の妖婆、アメリカ人商人、日本人少女と書生、及び中国人車夫など、国際色豊かな設定である。芥川の他の作品には見られないこの設定は、当時の上海の実状をよく表していると言える。

一八四五年一一月、租界憲章にあたる「第一次土地章程」が結ばれ、これによって、上海県城の外に、外国人居留地として、イギリス租界が設けられた。イギリス租界成立の影響を受けて、一八四八年にはアメリカ租界、翌一八四九年にはフランス租界が相次いで設けられた。上海は徐々に多人種雑居の国際都市に成長していった。一九一九年に金風社より刊行された島津長次郎編第八版のガイドブック『上海案内』に、「外人の目に映じたる上海」という文章が載せられている。その文章の冒頭に、次の一文がある。「上海は東西両半球人種の雑居地なり。旅行者にして一度此地に上陸せんか嘗て他所にて味ふべからざる混合せる濃き色彩と錯雑せる強き印象を残すべし」⑨。

芥川は上海のこうした性格を意識的に利用しながら、登場人物を設定したと考えられる。また、一九二〇年代の国際都市であった上海は「冒険の都市」であると同時に、「夢を実現させる都市」でもあった。戦争成金を狙うアメリカ商人と占いで稼ぐ印度人の婆さんを揃えて上海に登場させる点において、そうした時代文脈を踏まえた。

作品の冒頭では、アメリカ商人が妖婆に「日米戦争はいつあるか」と占いを依頼している。日清・日露戦争後、戦争を取り扱う軍事小説・冒険小説が日本で大いに人気を博していた。直接の戦争体験がない読者は、このような読み物から間接的に戦争体験を獲得することができる。長谷川潮の考察によると、「大正期から昭和初期にかけて日本で最も多く書かれたのは、日本とアメリカとの未来戦（日米未来戦）だった」⑩。また、本作品における日米戦争のモチーフについて、張宜樺が「戦争未来記が「実在の国家間における近未来の戦争」をテーマとするのならば、「アグニの神」は実在の場所「上海」における同時代の何かを描こうとしたもので、戦争未来記的手法を駆使した「アグニの神」にも、間接体験的な効果が目論まれていたのではないだろうか。「仮想の戦争」であるにもかかわらず、当時の時勢に実在した事柄を織り交ぜた戦争未来記は、間接体験的な作品世界を読者の生きる身近にまで引きつけている」⑪と論じ、虚実交えて未来戦争の要素を取り入れたのは、読者の注目を集めるための戦略であるとしている。張の指摘は示唆に富むが、注目すべきは、本作品の重点が日米戦争の描写に置かれていないところである。

そのかわりに、「一体日米戦争はいつあるかといふことなんだ。されさへちやんとわかつてゐれば、我々商人は忽ちの内に、大金儲けが出来るからね」との一文が、「戦争成金」を連想させる。一九一四年七月から一九一八年一一月にかけての第一次世界大戦が、日本に戦争景気をもたらし、船舶成金、金物成金、製糸成金を促成した。こうした成金以上に突如、多数、湧いて出たのが株成金である。一九一五年一一月三〇日、日本の株式市場は「空前の暴騰」を記録した[12]。しかし、この戦争景気は一九二〇年三月一五日の物価大暴落よりその終わりを告げた。したがって、一九二一年に改めて狡猾なアメリカ商人の「戦争成金」への欲望（しかも、結局実現できなかった）を取り上げるところから、芥川の「戦争成金」に対するアイロニーが明らかに読み取れる。

一方、第一次世界大戦の後、アメリカがヨーロッパを追い抜き、世界最大の経済大国に成長した。同時に、海外進出も盛んに行っている。こうしたアメリカの進出に対する日本国内の不安と嫌悪感も高まっていった。一九二〇年七月に発表された「南京の基督」において、日本旅行者の口を借りて、キリストを信じる南京の私娼を騙し、一晩買った後、梅毒に感染し、結局発狂してしまった日米混血の無頼漢の話が語られている。芥川は当時の日米関係も意識しながら、これらの作品を創作したのではないかと考えられる。

そのほか、本作品のヒロイン妙子が、中国香港の日本領事の娘で、行方不明になったと設定されている。一九一七年、日本外務省通商局が作成の『香港事情』の中に紙幅をさいて、香港の治安状況が紹介されている。特に、「婦女子保護」の節で、「当地方シナ人間には誘拐人身売買等悪弊盛なるを以て之が取締と厳重にするの用あり」[13]と書かれている。また、「アグニの神」の前半部とともに載せられた久米正雄の「支那船」(「赤い鳥」一九二一年一月)はまさに香港を舞台としている。その作品では、「よく町でも、どこその誰が行方不明になつたなんて噂が立つたことがあるんだよ。さうすると大抵二三日して、死骸になつて浮き上がるんだ。大抵脳天をぶち破られてゐるね。勿論金は綺麗に捲き上げられてゐるのさ。」と香港の物騒さを語っている。芥川が同時代の共通認識と時代状況を周到に本作品に配置しているのである。すなわち、中国旅行前の芥川が、ひたすら「酒虫」「杜子春」「奇遇」などの古典中国の世界に夢中になっていたばかりではなく、現実の中国に対しても、積極的に知ろうとしていたことが本作から垣間見える。

三　「印度妖婆」と「書生遠藤」の構図

前述したように、先行論の殆どが、妙子の信仰、妙子と遠藤の関係をめぐって展開されており、妖婆と遠藤の関係は見逃される傾向にあると言える。ここでは、「印度妖婆」――「書生遠藤」という構図に焦点をあて、その意味を考えていくこととしたい。作品は、上海という大きな舞台設定がありながら、物語の主要舞台は「婆さん」の家の内部となっている。一方、後藤書生の活動は殆ど部屋の外で行われている。全知的な語り手によって「ほぼ章ごとに交替的に語られ」、「あたかも映画におけるカット・バックの技法の如くそれにより場面に緊迫感を生むという効果を適宜狙いつつ、最終的に一つの〈物語〉を織り上げてゆくところとなる」⑭。本作の特徴として、人物形象と物語空間が深く関連して語られているのである。ここで、婆さんの物語と書生遠藤の物語にはそれぞれどのような特徴があるのか見てみたい。

まず、婆さんを囲む空間については、「昼でも薄暗い或家の二階」と描かれている。印度人の婆さんは、「ランプを消した二階の部屋の机に、魔法の書物を広げながら、頻りに呪文を唱へて」いる。ここに登場した婆さんは、「人相の悪い」と描かれ、残酷で欲の深い人間に造型されている。また、遠藤と戦った時に「鴉の啼くやうな声を立て」、魔法使っている時は「大きな蝙蝠か何かが、蒼白い香炉の火の光の中に、飛びまはつてでもゐるやうにみえた」と描かれている。

「アグニの神」における婆さんの人物形象は「羅生門」(「帝国文学」一九一五年一一月)を初め、「偸盗」(「中央公論」一九一七年四月~七月)、「妖婆」などに見られる恐ろしい老婆像の系譜を受け継いでいる。しかし、「大柄な、切髪の、鼻が低い、口の大きな、青ん膨れに膨れた婆」や「蟇も蟇、容易ならない蟇の怪が、人間の姿を装つて、毒気を吐かうとしてゐるとでも形容しさうな気色」(「妖婆」)などのような煩雑な表現は省略されている。これについては、子供に対して「不必要・不適切なものになるから」であるという大高の指摘が的を射ている⑮。一方、「空想上のリアリティを先づ無視してかかつてゐる」という佐藤春夫の批判を受け、誇張表現を避けることより、リアリティ、現実性・日常性を増幅しようという意図もあると考えられる。

また、「魔法使い」の「印度人」という設定は、「赤い鳥」に発表された芥川のもう一つの童話「魔術」(一九二〇年一月)を想起させる。この作品において、芥川は谷崎潤一郎の「ハッサン・カンの妖術」の登場人物を借りて、魔術に長けた印度人を造型している。西原大輔は、谷崎の印度関連の作品について、「そもそも大正年間は、「中国趣味」が盛んになった時代であると同時に、インドに異国趣味的な興味が集まった時期でもあった」⑯と述べている。芥川はインドを舞台とした作品は書いていないが、度々印度人を登場させるところからも、彼の印度（印度文化）に対する興味が読み取れる。また、芥川文学において、印度人は常に、不思議な現象を引き起こす力を備えている存在として造型され、「前近代」の特徴を色濃く帯びた存在であることを指摘しておきたい。

本作において、印度人の妖婆の「ランプ」、「香炉」、「魔法書」と書生遠藤の「ピストル」、「懐中電燈」と「懐中時計」が意図的に設定され、それぞれ前近代と近代を象徴する小道具であろう。こうした設定を考察する場合、夏目漱石の「琴のそら音」（「七人」一九〇五年五月）の一節が示唆的である。「琴のそら音」の終わりあたりに、床屋の「源さん」は超自然の話について、「本当にさ、幽霊だの亡者だのつて、そりや御前、昔しの事だあな。電気灯のつく今日そんな箆棒な話しがある訳がねえからな」⑰と語っている。ここで注目すべきは、「幽霊」話の消滅を「電気灯」の出現と結びつけるところである。明治二八年一二月、浅草藏前に発電所が設置され、大規模に送電できるようになり、東京に電燈が普及していった⑱。近代文明を象徴する電燈の光が暗闇を人々の日常生活から追い出すと同時に「幽霊」などの「超自然的なもの（あるいは話）」の存在根拠も奪ったのである。ただし、興味深いのは、「幽霊」話が語られた床屋はまだ「洋灯」を使っていることである。この小道具はここで、「超自然」の物語を醸し出せるような曖昧な空間を構築するのに有効であり、これによって作り上げられたうす暗い室内空間は、超自然的物語の想像のルーツを提供していると言える。一方、『上海事情』によると、一八九三年上海工部局は共同租界で電力局を設立し、上海市内の公共道路及び住民家庭に電力を送り、また徐々にその規模を拡大していたという。この時代状況を背景にすれば、一九二〇年代の上海を舞台にしながら、あえて「ランプ」

を灯す部屋を設定するところは、東京を舞台にしながら「洋灯」の使う床屋を選んだ「琴のそら音」と共通している。

そして、超自然現象の存在に合理的な文脈と想像のルーツを付与するにあたり、空間の構築のみならず、別の要素――印度妖婆の妖術には「催眠術」の要素が帯びているところも重要である。一柳廣孝『催眠術の日本近代』の考察によれば、近代催眠術の前身はヨーロッパの医者 Mesmer によって確立された「メスメリズム」である。その核心をなしているのは、「動物電磁学」であり、宇宙の物質のすべては見えない流体＝動物磁気で構成されているとするものである。Mesmer 本人は自分の学説を純科学と信じていたが、その説が弟子達に継承され、さらに動物磁気の催眠現象が発見された後、「メスメリズム」も形而上の心霊学に近づき、「超科学」へと発展していったという。一柳廣孝が指摘するように、「「メスメリズム」（中略）は迷信と科学の奇妙な混合物であり、それをもとに発展してきた催眠術も依然としてそういう印象を排除できないのである」[19]。一早く「メスメリズム」を日本に紹介したのは鈴木万次郎訳述の『動物電気概論』（十字屋、一八八五年）である。鈴木はこの能力と魔術とが共通しているとし、またそれを電気の派生物として定義しつつ、宇宙は「電気」によって形成されていると論じている。「メスメリズム」が明治十年代日本に伝えられた後、一時の受容低迷があったものの、一九〇三年に再びブームを迎えた。また、この時期の催眠術はすでに「科学」と「超自然」の間で揺れるような中間的性格を帯びたとされている。そして、明治三十年代以後の催眠術は人気のある演目となっていった。一九〇八年六月八日の「河北新報」には、「仙台に於て興行すべき大魔術催眠術々者・宮岡天外子外一行は、今八日午後六時仙台着、七時より町廻りをなす由なるが、同奇術師は海外諸国遊歴の際、白耳義のセルプアーレルター氏の魔術秘法と印度魔術秘書アタマプアプエタ中より研究して熟練したるものにして（中略）其外余興として（中略）火の舞、蝶の舞（中略）等演ずる由」[20]という記事がある。

「アグニの神」での印度妖婆の占いは妙子を催眠状態にし、その体に降ろした「アグニ」に宣託を聞くためのものである。また攻撃を受けた遠藤の感覚が「まるで電気にうけたように」と描かれ、勇気を取り直し再び老婆に飛びかかると、老婆は「ひらりと身を躲すが早いか、そこにあつた箒をとつて、又掴みかからうとする遠藤の顔へ、床の上の五味を掃きかけました。すると、その五味が皆火花になつて、眼といはず、口といはず、ばらばらと遠藤の顔へ焼きつくのです」とあるように、従来の催眠術をめぐる記述と共通している。

現に、芥川に深い影響を与えた二人の作家―夏目漱石と森鷗外のいずれも催眠術に強い関心を持っていた。夏目漱石はErnest Abraham Hartの『催眠術』を日本語に訳し、「哲学雑誌」（一八九二年五月）に発表している。また、『吾輩は猫である』や前述の「琴のそら音」のなかで催眠術を取り扱っている。森鴎外も「魔睡」（「スバル」一九〇九年六月）で催眠術のトリックを使っている。芥川は幼い頃から神秘的現象に深い関心を抱いていることは周知のとおりであるが、青年期からは千里眼や透視などの心霊術にも興味を持つようになった。一九一三年八月一二日付浅野三十三宛の手紙で「千里眼の話」と「福来博士の新書」に対する期待を語っているのがその証拠である。福来博士とはつまり福来友吉のことであり、その新書はおそらく一九一三年八月に刊行された『透視と念写』であろう。福来はまた心理学理論を使って催眠術を説明する代表的な研究者である。彼の『催眠心理学』が発表された当時は、大きな反響を呼び起こしている。このようなコンテクストの下で、芥川が催眠術に注目し、また「魔術」、「妖婆」、「アグニの神」などの作品に度々催眠術の要素を織り込むことも頗る自然であろう。このように「科学」と「超自然」の間で揺れている催眠術の形を借りて、神霍りの現象を語ることは、作品に神秘的色彩を加えられると同時に、「文明/科学」の空気を吸う近代読者にも不自然ではない感覚だったのであろう。

ところが、印度妖婆は残酷で利益しか求めない存在としてされているが、「アグニ」に敬虔な信仰心を持っている。少女妙子も無事に婆さんのところから脱出するために「日本の神々様、どうか私が睡らないやうに、御守りなすつて下さいまし。その代り私はもう一度、たとひ一目でもお父さんの御顔を見ることが出来たなら、すぐに死んでもよろしうございます。日本の神々様、どうかお婆さんを欺せるやうに、御力を御貸し下さいまし。」と祈っている。つまり、この二階の室内空間は敬虔な信仰心と神秘的存在に敬意を持つ前近代空間と言える。一方、「ピストル」「懐中電燈」「懐中時計」などの近代文明の産物を身近に所持している書生遠藤は、妖婆の攻撃を受けた時「魔法使め」と罵り、飛びかかっていくのである。この描写は遠藤の勇気を表わすと同時に、彼が神秘的力をただの詐欺手段であると見下げている側面も語っているのである。また、六章からなるこの作品の五章までは、シーンが交替的で語られている。同じ時間を「室内」と「室外」に分けて表出することを通して、物語の緊張感を醸し出すと同時に、二つの空間における対照的性格がいっそう明確に示されている。そして、最後のシーンになって、戸を破って室内に闖入した遠藤は、元の計略は失敗したものの、妖婆が罰を受けたうえで、妙子も無事に取り返せたことに気づいた後、おごそかに「あの婆さんを殺したのは今夜ここへ来たアグニの神です」と囁く。「アグニの神」は、このように、近代的知性を内面化させた書生遠藤の前近代に対する不信と軽視から、敬意に転じた過程を語るテクストとしても読み取れる。神秘的現象や「信仰心」への敬意は、物質中心主義や実利主義へのささやかなアンチ・テーゼでもある。印度人妖婆を残酷で欲深い人物に仕立てたことで、実利主義者を表象したのであもあろう。その妖婆が自身の信仰する神によって断罪されることは、ひたすら利益を求めようとした当時の人々への警鐘とも読み取れる。

おわりに

「アグニの神」には、「信仰心」と「運命の力の不思議」というテーマを内包しながら、より豊富な意味内容も有している。近代知性を代表する書生遠藤と前近代的な存在としての印度妖婆を造型し、また対照的な「室内」と「室外」空間を構築することによって、「知性」と「神秘主義」、「前近代」と「近代」が混合するテクスト空間を作り上げていく。こうしたテクスト空間の成立は、また同時代の上海という都市の性格に裏付けられている。劉建輝は「上海を上海たらしめ、世界のその他の大都会を凌駕する「魔性」」が生まれた所以を、「地政学的な特殊性」に求め、上海は「「江南」という広大な伝統的文化背景を有する」伝統空間と「租界」の近代空間が相互侵犯ないしは相互浸透によって「一種の「クレオール」的な都市空間」として形成されていると指摘している[21]。芥川の中国旅行後に発表された「上海游記」(「大阪毎日新聞」、「東京朝日新聞」　一九二一年八月一七日~九月一二日)における記述からも、こうした上海の性格を表わしている。そこで芥川は、近代化の道を急ぐ上海の表を体験し、俗悪の西洋的なものと浅薄な近代化に失望の念を吐露しながらも、依然として城内で出会った「盲目の老乞食」からロマンチシズムを読み取ろうとしている。「上海」は「近代／前近代」、「科学／迷信」、「西洋／東洋」など様々な対立要素が混合する場であり、それらが止揚されるトポスである。この意味において、上海は「アグニの神」の舞台として相応しい。

一方、明治時代に入り、日清・日露戦争前後、高揚した国民感情のなかで、子供向けの読み物にもナショナリズム的なものが多くみられる。芥川が子供の頃愛読していた「少年世界」など博文館より刊行された書物は強いオリエンタリズムの色彩を帯びている。これらの作品において、日本人は常に典型的な英雄モデルとして作り上げられ、日本も文明の国として描かれている。それに対して、中国などの東洋諸国は「野蛮」、「迷信」、「不潔」、「後進」など文明化させるべきところとして造型されている。前述した久米正雄の「支那船」もその一つに数えられる。久米正雄の「支那船」では、「竹岡新吉という海軍の大尉」が大戦争の帰りに、香港に寄りそこで中国船を雇って上陸したが、帰り道に船の人に襲った話を語っている。その作において、日本海軍が勇ましい人と描かれ、周りの「シナ人」は狡猾で欲深い人間として対照的に造型されている。しかも、日本海軍のお金を奪おうとした「シナ人」達が最後に「自業自得」の境地に落ちたと設定されている。作品の終わりに、「大尉」に捕まれた「船頭」は「とうゝ泣き出しました。大尉に向つて、銀貨を一つやるから堪忍して帰してくれと懇願しました。大尉達は、面白半分に、このシナ人を一晩石炭庫に押し込めて置いた挙句、明くる日許して帰してやりました」㉒とあるように、差別極まりない視点で中国人のことを皮肉り、語っていることは明らかである。ここから、明白な「強／弱」「文明／野蛮」の二項対立の構図が読み取れる。しかし、「アグニの神」においては、むしろ力関係の逆転が描かれている。近代の知性を内面化した書生と近代の武器―ピストルは印度妖婆の「魔法」に勝てもない。

また、誘拐された妙子を救出しようとするが、最後のシーンまで、書生遠藤はずっと室外をうろつき、何の役にも立たずにいる。つまり、遠藤はむしろ「無用」の人物として造型されていると考えられる。そのほか、妖婆を断罪し、妙子を救いだしたのは、「日本の神々」ではなく、印度の神「アグニ」㉓と設定するところも興味深い。このように、「アグニの神」において、日本及び日本人は絶対強者の存在ではなく、近代文明も優位が占めているのでもなく、むしろ逆転している。「アグニの神」のテクストも、同時代の言説とは距離を置いたところに据えられている。

第三章　「第四の夫から」論——「僕」の造型をめぐって

はじめに

「第四の夫から」は一九二四年四月「サンデー毎日」の春季特別号「小説と講談」に発表された短編小説である。本作は、「ラッサ」に住んでいる「僕」が自分の近況を旧友に報告するという書簡体で綴られたものである。「僕」は日本人の国籍を捨て、「支那」人となり、しかも、行商人、歩兵の伍長、及びラマ教の仏画師と一人の妻を共有し、「一妻多夫」の生活を送っている。さらに、その生活にすこしも不便を感じていないと述べ、「一夫一妻」はチベットにも全然ないわけでもないが、軽蔑されていると語っている。二年ほど前、妻が商人の手代と不倫をしていた。僕を含む四人夫が相談した結果、チベットの私刑に即し、手代の鼻を削ぎ落した。その後、手代は泣いて僕らに感謝し、以来妻は貞淑に僕ら四人を愛している。「ラッサ」は今家々の庭に桃の花が咲き乱れ、僕と妻はこれから監獄の前へ、従兄妹同士結婚した不倫の男女の曝しものを見物に出かけるところで筆がとまる。

本作は芥川文学乃至同時代の日本文学のなかで、中国チベットを舞台にした唯一の小説にあたる。しかし、いずれの単行本にも収録されず、また作者自身の言及もほとんどないためか、長い間看過されてきた。近年の研究では、鷺只雄は本作の趣旨が「一夫一婦制の形式的結婚制度を揶揄的に批判して、男女の結合においては愛に基づくのが本源的な結び付きであって、結果としてそれがアナーキーなものとなったとしても何の不都合もないのみならず、憧憬のくに、理想郷、アルカディアとして芥川自身の願望をこめた」①としている。須田千里がいち早く本作の典拠が河口慧海の『西蔵旅行記』にあると指摘している②。また「芥川龍之介『第四の夫から』と『馬の脚』—その典拠と主題をめぐって—」において、「これは、「文明国」の婚姻制度を相対化するという、一般的な文明批判のみに終わらせるべきではない。むしろ「一夫一妻」から「一妻多夫」へ、固定的な婚姻からより自由な婚姻へ、という奉公を重視すべきであろう。それ故に、本作の主題は、一人の夫として担うべき責任（精神的・肉体的・経済的等）を軽減した上で、優しく美しく貞淑な妻のもとで安息を得たい、という願望であると考えられるのであす」③と述べている。他には作品の主題として、小林幸夫の「文明化した日本の西欧追随に対する批判であり、今日的に言えば文化多元主義の主張に相当する」④という論や、管美燕の「「僕」の主張にはやはり中国旅行以来身につけた西洋化の是非への反芻が見られよう」⑤という見解もある。

本作の出典は、前述の須田の考察によってすでに判明している。ただし、須田の論ではこの両作における「チベット」像と「妻」の造型の相違点を指摘しながら、深く掘り下げることなく、作品の主題を作家の婚姻に集約している。河口がチベット人を怠惰不潔の野蛮人として軽蔑し、特に「一妻多夫」の習慣を淫靡と受けとめたのに対して、「第四の夫から」

の語り手はむしろ怠惰を「美風」と称賛し、現地の習俗「一妻多夫」制の合理性を強調している。この逆転した視点から、絶対視されてきた「文明」そのものに対する芥川の疑念が窺える。作者の「文明」観がいかに「チベット」像と結びつきながら、表されているのか。さらには、作者のこうした思想様式はいつ、どのように形成されたのか。これらの問題はまだ十分に検討されていない。

本作の発表時期から考えると、前年の九月一日に発生した関東大震災からの影響も考えられる。要するに、作品構想時の社会状況もまた本作に影を落としたのではないだろうか。そして、本作では、主人公〈僕〉が〈さまよへる猶太人〉と自称し、国籍をすてて一つのところに安住することを拒絶し、さまよい続ける。この〈さまよへる猶太人〉のモチーフは、本作の七年前に発表された「さまよへる猶太人」(「新潮」一九一七年六月)にまで遡り、また芥川最晩年の「彼　第二」(「新潮」一九二七年一月)で再度繰り返されているのである。〈さまよへる猶太人〉の「僕」の形象を通して、芥川の文明批判及び社会認識の有り様を浮き彫りにすることができると考えられる。しかも、本作が芥川文学の中期から後期への転換、及び最晩年の心象を理解するための補助線になるとも言える。本章は、先行論を踏まえながら、まず芥川文学におけるチベット表象の特徴を抉り出し、それを文明批判とを結びつけて追及する。そして、〈さまよへる猶太人〉の系譜から、他の作品との関連性のなかで、本作の主題と創作背景を検討したい。

一　逆転した視点

本作の舞台はチベットと設定されているが、芥川はその生涯でチベットに足を踏み入れたことはない。彼のチベット関連情報は、『西蔵旅行記』のような旅行記や関連の新聞記事から得たのだと考えられる。地理的障害の多さ、環境の厳しさ及び厳重な閉鎖主義などが原因で、日本人の入蔵（チベットに入ることを指す）が実現される前の一八九〇年代前半まで、チベットに関する情報に接触しえた者は極少数の宗教関係者に限っていた。日本におけるチベットに関連する研究も、戦前は仏教学や東洋史を中心としており、戦後はそれに文化人類学や言語学などが加わる形で進められてきた。近年できた高木康子の研究は、はじめて日本人の多くが目にする情報媒体に着目し、近代日本におけるチベット像の形成と変遷を取り上げた。そのなかで、「チベット関係記事が最初に集中し、まとまった形」で、新聞という大衆メディアで紹介されたのが「阿嘉呼図克図来日の一九〇一年だ」と述べている[6]。清朝になってから呼図克図の上京制度が設立され、仏学の造詣が高く、広く尊敬されている高僧に「呼図克図」という称号を授与する。「呼図克図」は地位と名誉の象徴であり、所属の寺によっておよそ八つの種類に分けられている。阿嘉呼図克図はその一つにあたり、青海塔爾寺の活仏である[7]。第五世阿嘉呼図克図（一八七〇年～一九〇九年）は一八七五年（光緒元年）に、雍和宮金瓶掣に活仏と認定され、一八九四年一一月（光緒二〇年）再び上京し、札薩克達喇嘛を授けられて北京弘仁寺を管理するようになった[8]。阿嘉呼図克図一行は寺木婉雅[9]の斡旋と誘導で、東本願寺の支援を受け、一九〇一年七月八日から八月三日まで日本を訪問していた。阿嘉呼図克図の日本訪問は、「明治以降の日本において、チベット研究者以外の一般の日本人をまきこむものとしては最初のチベット・ブームを引き起こした」とされ、ただし、その結果としては、「閉ざされた地域」、「無知蒙昧な未開人の住むくに」、「謎に包まれた秘密郷」というチベット・イメージが特徴づけられたと言われる⑩。このようなチベット像が河口慧海『西蔵旅行記』にも継承され、また豊富な個人経験に裏付けられて、より信憑性のある形で世間に広まったと考えられる。

一九〇三年五月二〇日、ラサへ潜入した最初の日本人である河口慧海が帰国し、世間の注目を浴びた。慧海の体験は口述に基づき、それぞれ「世界の秘密国」と「大秘密国の探険西蔵経歴談」と題され、「時事新報」(一九〇三年五月三一日〜一〇月一五日、計一三八回)及び「大阪毎日新聞」(一九〇三年五月三一日〜一〇月一六日、計一三九回)に掲載された。一九〇四年三月、これらの記事をまとめた『西蔵旅行記』が博文館より刊行された。その英訳版 Three Years in Tibet. Theosophist Office, Madras が一九〇九年に刊行された。口述のため多少冗長な日本語版に比べれば、英訳の方が章立てを替え、簡潔にまとめられている。その序文において、河口は「佛陀の国土、観音の浄土」とチベットを称賛しながら、「佛教を除去せばただ荒廃せる国土と、蒙昧なる蛮人とあるのみ」⑪と軽蔑もあらわにしている。河口の著書と同じ時期に発表された西蔵研究会編の『西蔵』においても、チベットを「桃源の楽尚濃にして」、「西蔵の土地は、実に天国の如し、荘厳なること謂ふばかりなし」としつつ、一方で「喇嘛服装」を奇異不潔と評し、そこの「人民」を「蒙昧蠢愚」と描いている⑫。また、『西蔵関係文集』(慧文社　二〇一〇年九月)に収録されている明治期のチベット関連文献、及び青木文教著『秘密の国・西蔵遊記』(内外出版　一九二〇年九月)という大正期の代表的なチベット言説から、地理と政治政策の閉鎖性のゆえに、「神秘の国」、「佛教の聖地」、「桃源郷」になりえたチベット像が見てとれる。同時に、文明開化を進めた日本からチベットに赴いた体験者の言説には、「不潔」、「怠惰」、「野蛮」なども常に付き纏っている。このような言説は、エキゾチックな情緒を醸し出す地域としてのチベットを読者に想像せしめると同時に「野蛮な地」、「後進的な地」というイメージも色濃く植え付けたと言える。

芥川の蔵書にはどちらも所蔵されていないが、「第四の夫から」の原文と英日両版を比べてみれば、おそらく芥川が使ったのは日本語版だと考えられる。例えば、「第四の夫から」の冒頭部に「この手紙は印度のダアジリンのラアマ・チャブズン氏へ出す手紙の中に封入し、氏から日本へ送って貰うはずである」の一節があるが、日本語版『西蔵旅行記』上巻第三十四回「女難に遭はんとす」の「故国へ初めての消息」節で「ソコで印度のダーヂリンのヂャンドラ、ダース師へ出す手紙の中へ日本へ送る手紙を封じ込んで確かに封をして其男に若干の金を與へて出して貰ふことに為ました」と書かれ、英語版にはそれに相当する記述がない。日本語版の『西蔵旅行記』は最終回の「大団円」を含め、合計一五五回から構成されている。その中で、一から六三までは日本から旅立ち、ラサに潜入するまでの記述で、一二〇回まではラサ滞在中に観察したラサの風俗人情・経済・政治などに関する記録である。残りの部分は秘密の露顕、西蔵から脱出の計画、及び帰国までの経緯を語る内容となる。芥川が素材としているのは、一二〇回までの部分にあたる。

それでは、「第四の夫から」において、どのようなチベット像が語られているのであろうか。本章では特に芥川の創作の部分に着目し、先行論と異なった視点からより深く掘り下げてみる。既述したように、明治期から大正までの「西蔵」をめぐる言説において、「宗教の聖地」としての西蔵像が生成されながら、「原始」、「野蛮」、「不潔」などのイメージも常に付き纏われている。河口の『西蔵』にも上記の序文のほか、現地の野蛮性に触れる箇所が少なくない。『西蔵旅行記』

上巻「第三十六回天然の曼荼羅廻り（二）」（一八七頁）の中で、河口が西藏の高現地が昔パンデン、アーデシャに「プレタプリー（餓鬼の街）」という名を付けられたと述べ、「こりやドウも余程面白い名ですが一体西藏人は糞を食ふ餓鬼とも謂ふべきものでマア私の見た人種、私の聞いて居る人種の中ではあれ位汚穢な人間はないと思ふです」[13]と自分の同感を語っている。本作の冒頭部で、「僕」は「博学なる君はパンデン・アアジシヤのラッサに与えた名を知つてゐるであらう。しかしラッサは必ずしも食糞餓鬼の都ではない。町は寧ろ東京よりも住み心の好い位である」と語り、近代化の進んだ大都市東京と同じ地平に「ラッサ」を置き、その居心地のよさを強調している。そして、「僕」が甚だラッサを気に入っているのは、「何も風景だの、気候だのに愛着のある訳ではない」とし、「怠惰を悪徳としない美風を徳としてゐる」ためだとする。しかも、「僕」の妻も含め、サッラの市民達が家の門口で居眠りをしている光景が「平和に満ちた景色」として「僕」の目に映されているのである。

『西藏旅行記』などのチベット関連の文献においては、「一妻多夫」の習俗を「悪習慣」[14]や「弊俗」[15]と批判し、人種上の卑しさとして捉えているのが一般的である。しかし、本作の「僕」は、「一夫一妻の基督教徒は必ずしも異教徒たる僕等よりも道徳の高い人間ではない」と述べ、従来の観点を批判し、また婚姻制度をはじめとして、ひたすら既定の西洋文明を絶対真理としている近代日本のやり方に疑問を示している。さらに、制度のいかんにかかわらず、事実上の「一妻多夫」と「一夫多妻」はどの国にもあると書き加え、いわゆる「文明制度」の浅薄さにも言及している。このように、語り手の「僕」は従来のチベット言説と対照的な立場を取って、野蛮視されてきた婚姻制度や習俗の合理性を主張している。また、『西藏旅行記』では、住民が古来の習慣を固守し、「一夫一妻」を拒否していることを述べ、「此一語の下に尊き真理も蹂躙せられて了ふ」と批判しているが、本作では、あえて「一夫一妻」は現地の人に「軽蔑されている」と改作する。これを通して、文明国の婚姻制度を相対化し、その自明性への疑問を示そうとしているのである。

そして、「僕」ら夫は妻の不倫相手の鼻を削ぎ落したと語ったのち、「温厚なる君はこの言葉の残酷を咎めるのに違ひない。が、鼻を削ぎ落すのはチベットの私刑の一つである。（たとへば文明国の新聞攻撃のやうに。）」と述べている。私刑を新聞攻撃に例える言説は、本作品と同じ時期の「侏儒の言葉」（「文芸春秋」一九二四年四月）にも見られる。

輿論は常に私刑であり、私刑は又常に娯楽である。たとひピストルを用ふる代わりに新聞の記事を用ひたとしても。

（『芥川龍之介全集』第十三巻　五四頁）

一九二三年九月一日、関東全域と静岡県、山梨県の一部を含む地域を襲った関東大震災が発生し、その直後、「朝鮮人の暴動」という流言が拡散され、震災当時の「朝鮮人」・「中国人」虐殺事件につながっていった。流言の拡散過程において、官憲や住民の口伝があったが、新聞社の罪も見逃せない。大畑裕司、三上俊治は震災当時の新聞報道を考察したうえで、「震災時の「朝鮮人」報道が果たした第一の役割は、流言の伝播を促進し、全国に拡大するのに大きな影響を及ぼしたということだろう」と指摘し、「「東京日日」などの在京紙や地方紙の大部分は、内容分析でみたように、「朝鮮人暴動」流言を大々的に報道し続けたのである」⑯と述べつつ、東京日日新聞をはじめとする京紙や地方紙が流言の「主犯」と結論づけている。『毎日新聞百年史』の記述によると、「大正十二年九月一日の関東大震災は東京新聞界の地図を塗り替えた。大震災で焼け残った新聞社は、東日、報知、都の三社だけであった。そして九月一日に号外を発行したのは、東日日新聞と時事新報だけであった」という。また、電力、ガスなどが止まっていたなかで、「東日は高崎の売捌店・根岸慶三郎のあっせんで、前橋の上毛新聞社と交渉し、二日午前二時ごろから本紙の印刷をはじめ、半ページ大の新聞約十万枚を前橋で印刷、このうち半分を各地の主要売捌店へ送り、あとの半分を東京、千葉などに配布した。これが二日付の東京における唯一の新聞となった。三日、四日、五日は浦和で編集印刷したが、五日には東京社屋の動力が復旧したので、六日付の新聞から本社での製作が可能となった」[17]のである。そして、「毎日新聞史」で「関東大震災で東日躍進」と評するほど、震災当時東日の影響力が大きかった。一九二三年一一月一〇日「国民精神作興に関する詔書」が発布され、震災後社会秩序の混乱を国体意識の強化と国民道徳の強調を通して乗り越えようという動きがはじめた。その先頭に立ち、国家の代弁として活動しているのも新聞をはじめとするマスメディアである。本作の翌年に発表された「馬の脚」(「新潮」一九二五年一月～二月)では、主人公半三郎が失踪した翌日、『順天時報』の主筆牟多口は「その椽大の筆を揮つて」半三郎の失踪を発狂と捉え、「夫れわが金甌無欠の国体は家族主義の上に立つものなり。家族主義の上に立つものとせば、一家の主人たる責任の如何に重大なるかは問ふを待たず。この一家の主人にして妄に発狂する権利ありや否や?(中略)軽忽に発狂したる罪は鼓を鳴らして責めざるべからず。」と新聞メディアが国家主義、家族主義の下で、個人の発狂を罪として攻撃している様子が描かれている。

このように「第四の夫から」では、「僕」のチベット言説の向こう側に必ず「日本」という参照項目が付随し、日本を逆照射するメカニズムが仕掛けられている。また、本作が書簡体で綴られ、相手が高等学校の友人と設定されているところから、テクスト内に「知的」読者を予め想定していると見なしてよい。読者はテクスト内の読者である「君」と同じスタンスを取りながら、読んでいくことは容易であったに違いない。また、作品において、『西蔵旅行記』を引用しつつ異なる文化的立場を提示することで、いわば異なる二つのテクストがぶつかり合うことになる。読者がこの衝突のトポスとしてのテクストに出会う際、読者の認識も対話的に相対化されていく。

ただし、「文明国」に野蛮視されてきた従来のチベット像を対照的に捉えつつ、そこの制度や習俗の合理性を主張しているが、「僕」の価値観が現実の「チベット」のそれに同化しているわけでもない。作中には「僕は少くとも数年はラッサに住まうと思つてゐる」のは、「怠惰の美風の外にも、多少は妻の容色に心を惹かれてゐるのかも知れない」とあり、彼女を「垢の下にも色の白い、始終糸のやうに目を細めた、妙にもの優しい女である」と評している。河口の旅行記によると、チベットでは体の垢が福徳とされ、嫁を取る時には「黒く漆の如く光ツて居る」娘がよいとされている。それ対して「僕」はむしろ妻の垢の下の白い肌に魅力を感じ取るのである。また、『西蔵旅行記』の「第八〇回婚姻《其一》」では、「夫が儲けて来た金は大抵妻に渡して了ふ、デ三人夫があれば三人の儲けて来た金を妻が皆受取ツて了ひ儲けやうが少かツたとか何とか云ふ場合には其妻から叱言を云ふ」[18]などの例が挙げられ、妻の権利の強さが語られている。この記述とは対照的に、本作の「妻」が「妙にもの優しい女」と造型され、四人の夫を「いづれも過不足なしに愛してゐる」とある。彼女の造型から、『西蔵旅行記』に見られるような権利の強さは読み取れない。第三の夫に「女菩薩」と呼ばれ、乳のみ児を抱いている姿は円光を負っていると「僕」に評価されているように、本作における「妻」が「優しい妻」と「聖なる母」に美化され、理想化された側面もある。また、その評価基準は近代日本の「良妻賢母」的なものを想起させる。

　このように、作者は日本の現実の世界にある実情を反省的・批判的に見つめることに立脚し、作品の架空の世界において実虚を混じえる「チベット」像を作り出し、絶えず読者に両者の相違を意識させながら、ある場合は作者の「理想」を示しそれに賛同させるように語っており、絶対真理とされてきた近代諸制度の自明性を考え直させている。

二　〈さまよへる〉ことの意味

　次に、「僕」の人物形象を考察してみたい。まずは冒頭部の「僕」の報告からみていく。「第一に僕はチベットに住んでゐる。第二に僕は支那人になつてゐる。第三に僕は三人の夫と一人の妻を共有してゐる」とある。藤井貴志は「僕」の三つの現状が「さまよへる」ことと緊密な関連を形成していることに着目し、以下のように論じている。

　即ち、「第一」は国家の境界を超えて流動するノマドとして、「第二」は「国籍」を厭いその登録を攪乱する異者として、「第三」は一夫一婦制の婚姻および家族制度における所有概念からの逃走として、何れも現実の〈帝国〉が押し付ける軛と閉塞から脱出し、自由に〈さまよへる〉ことの夢想が記されている。⑲

藤井の指摘は妥当であるが、これでは不足である。「国家の境域」「国籍」「所有制度」への批判は、本質的には「近代国民国家」の枠組みを批判していることになるのではないか。関東大震災後、社会の大混乱を恐れた政府は、自由主義や社会主義などの思想に対抗するため、二つの詔書を発布した。その一つは帝国復興に関する「詔書」で、民衆が一体となって、帝国の再建に努力する必要が強調されている[20]。もう一つの国民精神作興に関する「詔書」では、「国家興隆ノ本ハ国民精神ノ剛健ニ在リ」と強調し、国民は「国家」・「民族」・「社会」の利益を図るべしと規定された[21]。こうした時代コンテクストと冒頭部の描写をあわせてみれば、作者の社会認識の確実さと批判精神の鋭さが克明にうかがえるであろう。そのほかに、「第四の夫から」の草稿によると、主人公「僕」は最初「田山金三」という名前を持ち、のち「佐久間武彦」に変更され、最終的に名前の明かされない「僕」として定着したようである[22]。その変更は、「名前」というカテゴリーに内包されたアイデンティティを「僕」という人物から取り除くための意図的な仕掛けともいえる。

そして、「僕」は、自分が「「さまよへる猶太人」に生れついたらしい」と告白する。芥川文学における〈さまよへる猶太人〉のモチーフは前述した通り、切支丹物「さまよへる猶太人」に遡れる。この作品では、作者自身を思わせる「自分」が、「さまよへる猶太人」に関する長年の二つの疑問、第一に彼は日本に渡来したことはないのか、第二に受難のキリストに非行を動いた複数のユダヤ人のなかで、なぜ彼一人が呪いを負ったのかを、偶然入手した古文書によって解決し、その答えを公表する形を取っている。ユダヤ人ヨセフは受難のイエスを「荒々しくこづ」き、「悪口し」、「打擲さへした」のである。その後、彼は家族からも人々からも取り残されて、「イエス・キリストの呪いを負つて、最後の審判の来る日を待ちながら、永久に漂浪を続けて」いる。また、第二の疑問に対しては、テクスト内に、「罪を知ればこそ、呪もかかつたのでござる。罪を罪とも思わぬものに、天の罰が下ろうようはござらぬ。」という答えが用意されている。作品の主題もこの箇所に託されていると考えられる。だが、キリストの呪いを受けた場面が「「行けと云ふなら、行かぬでもないが、その代り、その方はわしの帰るまで、待つて居れよ。」（中略）クリストが、実際かう云つたかどうか、それは彼自身にも、はつきりわからない。」と描かれているように、ヨセフの負った呪いは自発的なものである。

駒尺喜美は、ここには「作者のもつ苦悩とひそやかな誇りと自信、そういったものが伝わってくるのである。自覚者のみが苦悩を背負うというテーマが意外に強く、作者の気負いこみとしてせまってくるのである」[23]と指摘している。宮坂覺もヨセフの形象と作者自身とを結びつけ「ヨセフの苦悩に己れの内面がし、〈知る〉ものの苦悩と衒い、自虐と誇りが流れ込んだ」[24]と述べている。また「罪を罪と知るものには、総じて罰と贖ひとが、ひとつに天から下るものでござる。」とあるように、自覚者こそ救われるという確信も本作で示されている。つまり、本作の〈さまよい〉には漂浪の苦痛と孤独は示されておらず、自覚者の誇りと贖いの確信が全面に押し出されているのである。

「さまよへる猶太人」のヨセフは自ら罪を自覚し、永久に孤独な漂浪をし続けるが、「第四の夫から」の「僕」は国を捨て、一つのところに安住することを拒絶し、相対的な視点を持って、世界を考えようとしているのである。つまり、国家や社会集団から与えられた固定した身分や役割を拒否し、中心的・求心的な権威から離れていく生き方を称揚するノマディズムのことである。ただし、「さまよへる猶太人」における〈さまよい〉に、作者は積極的な意味のみを与えたと考えられる。一方、「第四の夫から」の「僕」は〈さまよい〉の人生と束縛のない生活を求めながら、その夢想は一つの矛盾、あるいは不完全なものとして描かれている。

「僕」は「あらゆる結婚の形式はただ便宜に拠つたもの」だと考えながら、妻と手代の交際を彼女の「過ち」と捉え、他の三人の夫と善後策を相談し、現在の婚姻状態・家族状態を保とうとする。また、この過程において、「妻」の心境を触れる箇所が一切なく、始終無言の存在として語られている。つまり、「一妻一夫」制の秩序から脱出しようとするにもかかわらず、もう一つの秩序の桎梏を自ら作り出し守ろうとしているのである。「僕」の人物形象から、固定化された観念や制度化された権威への反抗意識が析出できると同時に、それが徹底的なものではないことも読み取れる。むしろ、むずから権威を作り、抑圧する側に身を据えたのである。

こうした〈さまよへる猶太人〉のモチーフは芥川自殺の半年前に発表された「彼　第二」でも反復される。亡くなった旧友を回想する形で書かれたこの作品において、主人公の「彼」は世界各地を転々と流浪した後、天然痘で死んでしまう。作品の四節では、「僕」は「上海のあるカッフエ」で「彼」と最後に会った時の様子が、以下のように描かれている。

彼は目を細めるやうにし、突然僕も忘れてゐた万葉集の歌をうたひ出した。／「世の中をうしとやさしと思へども飛び立ちかねつ鳥にしあらねば。」／（中略）僕は咄嗟に快濶になつた。／「ああ、ああ、聞かないでもわかつてゐるよ。お前は『さまよへる猶太人』だらう。」／彼はウヰスキイ炭酸を一口飲み、もう一度ふだんの彼自身に返つた。／「僕はそんなに単純ぢやない。詩人、画家、批評家、新聞記者、……まだある。息子、兄、独身者、愛蘭土人、……それから気質上のロマン主義者、人生観上の現実主義者、政治上の共産主義者……」

（『芥川龍之介全集』第十四巻　二一七頁）

「お前は『さまよへる猶太人』だらう」という「僕」の評価に対して、「彼」は「僕はそんなに単純ぢやない」と否定し、自分のいくつかの職業や気質、主義などを並べる。こうして、彼は多数かつ不特定の職業などから自己を把握し、さまよい続けようとする。しかし、「彼」が持ち出した山上憶良の歌は、すでに「彼」の運命を暗示している。『万葉集』巻五（八九二）の「貧窮問答の歌」の反歌として歌われたこの一句は、「世の中を辛いものだとも恥ずかしいものだとも思うけど飛び立って逃げることはできない。鳥ではないのだから」という意味で、いかに現状に苦しんでいても、苦痛などから解放することができないのである。「彼」でも、世界の各地をさまよい続け、住むべき場所を求めようとしても、「飛び立ちかねつ」であり、結局世の中の束縛や孤独感から逃げ出せない。芥川自身も言及しているように、「第二の彼はどこへ行つても寂しい」[25]。したがって、ここにおける〈さまよい〉は否応なしに、無常と空虚のイメージを帯びていく。晩年の芥川は友人を追憶する文章「彼」（「女性」一九二七年一月）と「彼　第二」を創作したことは、つまり自分自身の内部を旧友の生涯に重ね合わせることを通して、表出しようとしたのではないか。「彼　第二」で、「彼」と最後に会ったシーンに漂っている空虚感や、「頸のまはりに花を持つた一つづりの草をぶら下げ」て、黄浦江の「緩い波に絶えず揺すられてゐた白い小犬」の死骸に表象化された美しい死のイメージと相まって、芥川自身の運命も象徴的に語り出されていると言えよう。

このように、芥川文学の各時期において〈さまよい〉のイメージが変容している。また、このイメージの変容と芥川文学における〈桃源郷〉のイメージの変容とが重なっていることを指摘しておきたい。

三　「ユートピア」の不在

「第四の夫から」の結末部には「今家々の庭に桃の花のまつ盛りである」頃、「僕」と妻が従兄妹同士の結婚の曝しものに出かける場面が描き出されている。桃の花のモチーフは、まず「杜子春」の結末部を想起させるであろう。仙人になることを断念し、「人間らしい、正直な暮しをするつもり」という杜子春に、鉄冠子は「泰山の南の麓」にある「桃の花が一面に咲いてゐる」一軒の家を畑ごと提供する。この結末部をめぐって、様々な解釈が成されてきたが、その家が桃源郷を彷彿とさせることは確実であろう。現に、同時期の芥川は桃源郷を表象する漢詩を友人に書き送ったり、「桃の花」の季語で俳句を作ってもいた。たとえば、一九二〇年四月二日付、下島勲宛の書簡では、李白の「山中問答」を紹介している。

問余何意棲碧山　笑而不答心自閑
桃花流水杳然去　別有天地非人間

（『芥川龍之介全集』第十九巻　三九頁）

また、一九二〇年四月一四日付、佐佐木茂索宛の葉書では、「桃咲くや砂吹く空に両三枝」など五編の俳句を送り、いずれも俗世間から離れた安らかな田園風景を描写している。さらに、一九二〇年四月、岡栄一郎宛の短冊において、桃の花を詠じ、その裏面に「桃宮居士署名（桃宮之印）」も付けている。この時期の桃の花に対する芥川の執着について、邱雅芬は「中国文人の高踏的な生活ぶりとその芸術境に惹かれる心情を、桃源郷のシンボルである桃の花への愛着で表わしている」[26]と論じている。ただし、「第四の夫から」の結末部で「桃の花」が盛んに咲いている風景と「曝しもの」の見物が並べて語られるところに、一種の齟齬があるかのように読み取れる。桃の花で作り上げられた空間は既に「杜子春」や一九二〇年頃の俳句にみられる桃源郷のイメージではなく、本作のそれは、穏やかな風景の背後に人間の残酷な側面も潜んでいる。「第四の夫から」と同じ時期に発表された前掲の「侏儒の言葉」で、芥川は「ユウトピア」について、次のように語っている。

> 完全なるユウトピアの生まれない所以は大体下の通りである。――人間性そのものを変へないとすれば、完全なるユウトピアの生まれる筈はない。人間性そのものを変へるとすれば、完全なるユウトピアと思つたものも忽ち又不完全に感ぜられてしまふ。
>
> （『芥川龍之介全集』第十三巻　五四頁）

「住み心の好い」「ラッサ」にしても、「僕」の理想郷ではない。したがって、「僕」は少なくとも数年は住もうと思いながら、永住する気にはならない。いつかまた放浪の道に旅立つのである。しかし、「完全なるユウトピア」はどこにもない以上、〈さまよへる猶太人〉の「僕」はいずれ〈さまよい〉に疲れ、「どこへ行つても寂しい」という運命を迎えるはずである。

一九二七年六月「少年少女譚海」に発表された「女仙」[27]は、「支那の書生」が「桃の花の咲いた窓の下に本ばかり読んでゐたのでしょう」という描写から始まる。この四百字詰め原稿用紙で三枚足らずの短い文章は、芥川の生前に発表された最後の「中国物」にあたる。ある春の日の暮、外へ出掛けた書生は、隣に住んでいた若い女が年のとった爺さんを殴っているのに遭遇し、たしなめようとしたところ、その美しい女は「三千六百歳の女仙」であり、彼女が殴っている七十位の爺さんは彼女の息子であることがわかった。爺さんは「我儘ばかりしてゐましたから、とうとう年をとつてしまつたのです」という。結末は、「神々しい彼女」は爺さんを残したまま、「忽ちどこかへ消えてしまひました」となっている。

ここに登場した女仙について、邱雅芬は「「中国」あるいは「中国文明」を暗示している」[28]と述べている。そうであるならば、「我儘ばかりして」「とうとう年をとつてしまつた」「七十位」の爺さんは一八五七年頃以降、つまり道光帝の時代以降の中国のメタファーとして捉えてもよかろう。芥川の中国旅行当時の書簡やのちに発表された游記などにも、中国の古典文明の荒廃と俗悪な近代化を批判する言説が散りばめられている。なかでも、一番猛烈な批判を書き留めた「長江游記」の「蕪湖」に、次のような一節が見られる。「現代の支那に何があるか？政治、学問、経済、芸術、悉く堕落してゐるではないか？殊に芸術となつた日には、嘉慶道光の間以来、一つでも自慢になる作品があるか？」この箇所と「女仙」の描写とあわせて読めば、「爺さん」の表象に託された象徴性はより明白になるであろう。作品の結末部に漂った喪失感と悔恨は、近代化の流れに身をまかせながら、古典文明という精神的安息場、あるいは「理想郷」が永遠に失われていくのではないかという作者の寂寥もほのめかしているのである。

おわりに

芥川は、一九二一年の中国旅行をきっかけに、社会問題と時代状況に対する関心を深めていった。また中国での旅行体験を通して、「自意識の中で「日本人」である自己を客体化」し、「外部的な視点から現下の「日本」を批判的に捉える」㉙創作方法を獲得したという秦剛の指摘は示唆に富む。本作は、まさにこうした意識の下に、書かれていたのである。「僕」は従来の言説で作り上げられた「不潔」、「野蛮」、「怠惰の民衆が住んでいる」チベット像を逆手に取り、住み心地のよいチベット像を表出している。そして、軽蔑された「一妻多夫」と「私刑」の風俗習慣を取り上げ、日本の社会現象との類似性を強調することで、いわゆる「文明制度」の偽善性を批判する。

チベットに対する芥川の関心はいつからのものかは確定できないが、芥川は北京滞在中、チベット仏教の寺雍和宮も見学に行き、その感想を「北京日記抄」(「改造」一九二五年六月)に記録していることからも、本作の発表以前にチベット関連の事情に接触したと考えられる。本作の発表前後に書かれた創作手帳8に「○野蛮人ニ現代文明を批判せしむFrazer」㉚という記述があり、また手帳3の台湾「熟蕃」関連のメモなど、芥川の「未開文化」への関心を垣間見ることができる。これらのことは、当時野蛮視されていたチベットへ関心を向けて、作品を創作したことと無関係ではないだろう。また、本作が発表された直後、芥川は「或恋愛小説」(「婦人グラフ」一九二四年五月)、「文放古」(「婦人公論」一九二四年五月)など恋愛・結婚の問題を取り扱った作品を集中的に発表している。恋愛・婚姻制度に対する芥川の関心と思考は、それらの問題を相対化しうるもの——異なった制度を持つ「チベット」への注目を導いたのかもしれない。

明治以降、日本周辺地域の「野蛮性」や「未開性」を語る言説の背後に、「文明開化」の日本を際立たせようとした意識がなくもない。そして、かの地の蒙昧を「啓蒙」する論理において対外進出と植民地主義の合理性も成立させていく。したがって、「第四の夫から」では「野蛮」（チベット）／「文明」（日本）という図式の自明性に疑問を呈することは、それによって裏付けられた植民地主義の原理へのアイロニーにも繋がるのであろう。そして、その視線は本作の三ヵ月後に発表された「桃太郎」（「サンデー毎日」一九二四年七月）において、明確な形で表出されていく。

一方、「関東大震災は、それまで東京が江戸や明治の頃から継承してきた古い諸装置の徹底した破壊と新しい諸装置の建設（たとえば、「煉瓦街」の銀座から「百貨店」の銀座への転換）という意味で、新しい社会空間が一挙に創出されていく前提条件を整えていた」[31]と指摘されているように、震災後の東京は崩壊と再築の運命を迎えた。それに囲まれた諸「身体」も、空前の存在の危機を直面せざるを得なかった。震災後、芥川も含め、文壇の作家達は震災に関する文章を発表し、震災を受けた心境を吐露していた。たとえば、「女性」（一九二三年一〇月　特別号）では、「文壇名家遭難記」の特集が組まれ、芥川の「大震前後」をはじめ、幾篇もの文章が載せられている。なかでも、加能作次郎は「不安、恐怖」の一文において、「文明も富も、科学の力も人智も、只一瞬の大自然の一揺ぎで、脆く尽くされたこと」に対する「戦慄」を表し、長田幹彦は「廃墟に立ちて」のなかで、震災を「大きな革命」、「破壊」とし、震災で「社会生活も思想生活も總てが根底から一炬に附せられ、殆んど一物も余すところがない程綺麗に壊滅しつくしてしまつた」と語っている。震災後十編ほど震災記録を発表し、また「或自警団員の言葉」（侏儒の言葉）（「文藝春秋」一九二三年一一月）で「文明を失つた」ことへの不安と無力感を語っている芥川は、こうした時代性も感じ取ったはずである。地震後の混乱や不安、及び生活・文明に対する崩壊感は本作において、人間社会の秩序・制度・倫理などの絶対性や自明性への問いかけへと昇華していく。また、本作に見られる視点の転換とそれによって作り上げられた世界は、「河童」(「改造」一九二七年三月)にも援用され、再生産されたと思われる。

第四章　「桃太郎」論——中国旅行と批判精神

はじめに

「桃太郎」は一九二四年七月「サンデー毎日」夏期特別号「小説と講談」の「創作」欄に掲載され、後『白葡萄』（春陽堂　一九二五年一二月）に収録されている。長い間、「桃太郎」の話は時代潮流の影響をうけながら語り継がれ、多種多様な桃太郎像を成してきた。そのなか、芥川「桃太郎」は狡猾かつ残酷な「桃太郎」を作り出すと同時に、「平和愛好者」としての「鬼達」を対照的に描き、室町時代から形成されてきた典型的な「桃太郎／鬼」の構図を覆しているところで注目に値する。本作が発表される四ヶ月前、芥川は「僻見」（「女性改造」一九二四年三月）の「岩見重太郎」の項で、上海で章太炎を訪問した際の事を紹介している。

僕は上海のフランス町に章太炎先生を訪問した時、剥製の鰐をぶら下げた書斎に先生と日支の関係を論じた。その時先生の云つた言葉は未だに僕の耳に鳴り渡つてゐる。——「予の最も嫌悪する日本人は鬼が島を征伐した桃太郎である。桃太郎を愛する日本国民にも多少の反感を抱かざるを得ない。」先生はまことに賢人である。（中略）のみならずこの先生の一矢はあらゆる日本通の雄弁よりもはるかに真理を含んでゐる。（中略）しかし僕は日本政府の植民政策を論ずる前に岩見重太郎を論じなければならぬ。

（『芥川龍之介全集』第十一巻 一九九～二〇〇頁）

〈桃太郎〉をめぐる芥川の言及はこの箇所のみだが、章太炎が侵略者としての桃太郎を批判していることは明らかである。そして芥川の桃太郎像も、またそれに準じたものとなる。すでに、先行論では、芥川を「桃太郎を侵略者として風刺した最初の作家であると評価し、本作を「軍国主義、侵略主義日本への苦言」[②]と読んでいる。しかし、「桃太郎」の話と植民地主義を結び付ける文脈は見逃されていた。それを詳細に考察した最初の研究者は Robert Thomas Tierney である。彼は新渡戸稲造の「植民理論」と「桃太郎論」を考察したうえで、芥川の「桃太郎」は新渡戸によって提出された英雄モデルであり、アイロニーであると指摘している[③]。さらに、「鬼が島」の描写から「南洋」のイメージを析出し、その南洋表象が同時代の帝国主義をパロディ化する一つの方法であると述べている。また、土屋忍も、「鬼が島」には「自覚的に南洋のイメージが付与されている」[④]と論じている。Tierney の論は〈南進論〉と〈桃太郎〉の話との関係、及び芥川「桃太郎」の批判性を提示しており、非常に示唆に富む。一方、芥川「桃太郎」は、単なる新渡戸稲造への対抗言説として論じきれない側面もある。芥川「桃太郎」は、明治以降の桃太郎の話の系譜をも引継ぎながら生まれてきたのだと考えられる。

また、「南洋」に対する芥川の関心は、少年期に創作した一連の冒険小説に遡れる。それら初期の習作において「南洋」は、征服すべき場所として表象されている。これは、日露戦争前後と向き合った国民主義の高揚と無関係ではなかろう。芥川が晩年、これらと相反する形で再び「南洋」を造型することは、自分の幼年期、続いてその一時期の歴史を省みることでもあったのかもしれない。したがって、本章では、先行論を踏まえながら、まず侵略主義者としての桃太郎像の生成を検討し、芥川の桃太郎像の特徴を考察する。そして、初期習作と照らし合わせながら、芥川文学における「南洋」表象とその変容を追う。最後に、随筆「僻見」の文脈に戻し、「桃太郎」の主題を浮き彫りにしたい。

一　「桃太郎」像の系譜と芥川

前述の通り、芥川が「桃太郎」を取り上げた背景には、章太炎からの触発もある。章太炎はその六八年の人生で、三回ほど日本へ渡り、革命のために奔走していた。一八八九年、章は梁啓超の招待で、初めて渡日したが、初回の滞在期間は短かった。一九〇二年、二回目の渡日は五カ月ほど滞在した。そして、章は一九〇六年に最後となった来日を果たし、一九一一年までじつに五年間を日本で過ごした。ここからわかるように、章太炎の日本滞在は日清戦争後から日露戦争前後にまたがっている。

日清戦争直前の一八九四年七月、巌谷小波が「日本昔噺」(全二四編)の第一編として「桃太郎」を取り上げ、博文館から刊行した。「このシリーズは、伝承昔噺を、近代的な児童読みものとして再編成した最初のものとして不朽の位置を占めている」⑤。のみならず、すでに多くの研究者に指摘されているように、小波の「桃太郎」は皇国主義の具現化する存在として造型されたのである。小波の作品において、桃太郎は「天津神様から御命を蒙つて降つたもの」と自称しながら誕生する。その後、十五歳になった桃太郎は鬼が島を征伐に行くことを述べ、その理由を以下のように説明している。

元来此日本の東北の方、海原遥かに隔てた処に、鬼の住む島が御座ります。其鬼心邪にして、我皇神の皇化に従はず、却て、此芦原の国に寇を為し、蒼生を取り喰ひ、宝物を奪ひ取る。⑥

ここでは、「皇化に従わない」ものを征伐するという論理が示される。また、「鬼めを退治て禍を除き、皇国の安寧を計るがよい」とお爺さんの言葉を通して、いっそうその趣旨は強調される。一八九〇年一〇月三〇日明治政府は「教育ニ関スル勅語」を発布し、教育の根本を皇祖皇宗の遺訓に求め、忠孝の徳を国民教育の中心に据えた。小波の「桃太郎」はまさに教育勅語の思想と軌を一にしている。また、一八九四年六月、清政府は朝鮮東学党の下の民衆蜂起を鎮圧するため朝鮮に出兵したが、日本も居留民保護を名目に出兵し、双方が京城周辺で対峙する状態になった。上田信道が指摘したように、「「桃太郎」は日清両国の開戦必至という高揚感の中で執筆された」のであり、戦争へと向かう国民の狂熱は小波の「桃太郎」にも投影されたのである。⑦

また、作品では、鬼が降参した後、桃太郎の対応が次のように描かれる。

桃太郎は之を見て、カラカラと打ち笑ひ、「命斗りは御助けとは、面に似合はぬ弱い奴だ。然し其方は永の間、多くの人間を害めたる罪あれば、所詮生け置く訳にはゆかぬ、是より日本へ連れてゆき、法の通り首を刎ね、瓦となして屋根の上に梟すから、免れぬ処と覚悟を致せ！」[⑧]

ここからは、桃太郎の残酷非情が読み取れなくもない。一九〇三年に出版された校訂版では、この箇所は削除され、鬼征伐の理由にあった「我皇神の皇化に従はず」の一文も省略された。後年、小波は回を重ねて、「桃太郎」を書き直した。その過程において、当初の国家主義の色合いが薄くなってはいったが、一方、〈桃太郎〉の話を日本海外進出の夢と強く結びつけるようにしていく。一九一五年に出版された『桃太郎主義の教育』のなかで小波は世界情勢が激動し、生存競争が激しい世の中では、「独立の気概」と「進取の気象」を少年期から養成すべきだと主張しており、その教科書として最もふさわしいのは「桃太郎なるもの」と述べている。[⑨]

「桃太郎主義」は小波の児童文学観の結晶であり、多様な内容を内包している。その内実について、「一面から見ると、それは明治政府の方針に沿い、日本国家の海外発展という明るい明治社会の一面を代表する」[⑩]という指摘もあるように、海外進出への希求を「桃太郎」に託しているのである。一九一六年二月二五日から三月一三日まで、小波は初めて台湾を訪問した際、現地の日本人を対象に、台湾教育会主催の講演会で「桃太郎主義」を題に講演を行った[⑪]。こうして、国家の拡大・拡張を実践した国民に対して、「桃太郎主義」を説くことは、そこに含まれた海外進出への夢を強調することにもなろう。

その後、大正時代に入り、雑誌「赤い鳥」が主唱した童心主義と大正デモクラシー思潮の影響を受け、桃太郎像もいくらかの変容を見せていった。しかし、小波の桃太郎像及びそれと同じ潮流を受けて作り出された一連の桃太郎像が、なおも当時の読者に深い印象を与えたことは想像に難くない。現に、幼少期の芥川が伯母フキからもらった子ども向けの本も、こうした時代の影響の下にあった。「彼がしばしば読み聞かせてもらったのは、まさに博文館より刊行された小波執筆の『日本昔噺』シリーズである」[12]とあるように、小波の「桃太郎」が幼い芥川の世界にも影を落としている。そして、小波の主宰で一八九五年一月に創刊された少年雑誌「少年世界」の諸文章も少年芥川を魅了していた。一九〇九年三月六日付広瀬雄宛の書簡において、芥川は「ジヤングルブツクは嘗て其中の二三を土肥春曙氏の訳したるを読み（少年世界にて）幼き頭脳に小さき勇ましきモングースや狼の子なるモーグリーや椰子の緑葉のかげに眠れる水牛や甘き風と暖なる日光とに溢れたる熱帯の風物の鮮なる印象をうけしものに御座候」とラドヤード・キップリングの『ジャングル・ブック』の邦訳を読んだ感想を語っている。なおここで注目すべきは、「椰子」・「水牛」などの熱帯風景が少年芥川に深い印象を与え、憧憬の種を彼の心に蒔いたことである。そのほか、芥川は押川春浪の冒険小説にも惹かれ、初期習作でそれを模倣しようとしていた。

「山梨県文学館館報」に芥川の小学から中学時代にかけて創作したと思われる作品が紹介されている。そのなかに、「大海賊」（一九〇二年四月〈推定〉）、「冒険小説　不思議（小説）」（一九〇二年五月〈推定〉）、「新コロンブス」（創作時期不明）、「廿年後之戦争」（一九〇六年四月）、「絶島之怪事」（一九〇六年五月）という一連の冒険小説・戦争小説がある。「大海賊」で、「日出国」の十五歳の少年は印度洋で大海賊をして活躍し、それを「我が大日本帝国の名誉」と捉えていることが語られている。「新コロンブス」では、主人公は米国少年の北太平洋の横断に刺激され、「皇ら御国」の楽と「万歳軍歌」に送られ、遠洋航海に旅立つことが描かれている。「廿年後之戦争」において、物語の時代が未来の一九二六年に設定され、日仏戦争が想定されている。また、作品のなかで「爪哇」が日本領になったとしている。ここで特筆すべきは「絶島之怪事」という作品である。上記他の習作と異なり、この作品は文学作品と称するに相応しい完成度を備えている。物語は冒険旅行家「私」と「有川理学士」の体験を語る形を取っている。二人は海中から不思議な箱を一つ拾い、なかには、ある国の軍艦が「支那海」で遭遇した事件を記録した紙片が入っていた。その事件の真相を探求するため、「私達」が探検旅行に出発した。その目的地は「支那海上の一孤島」となる。「颶風」、「ダンブロー鳥」、「白龍」の襲いを乗り越えた後、二人は樹木一杯の島――「神仙遊楽の境」に上陸した。島には「椰子林」、「黄乳樹」、「橄欖」など熱帯植物があり、「南洋」のイメージを彷彿とさせる。そのほか、小学生時代に執筆したと推測される「野口真造君硯北」という書簡体の文章で、語り手は自分の「押川的冒険談」の文章構想を友人に紹介し、物語の舞台は「南洋の無人島」、「巴里の料理屋」、「サイゴン」、「台湾の仮病院」などに設定しようとしている。第一章でも触れたが、日露戦争前後、高揚した国家主義の影響、戦争への関心と情熱は海外冒険への憧れと重なり、この一連の習作に託している。

二　「鬼が島」のイメージ

一方、成年後の芥川はまた桃太郎の征伐した「鬼が島」を少年期に憧れた熱帯風景と重ねて造型している。「数多い桃太郎伝説が、ここが鬼が島であったという場所を生み出している」[13]とあるように、「鬼が島」及び鬼の象徴性は作品と時代ごとに変わっていく。たとえば、日露戦争の当時に作り上げられた〈桃太郎〉の話の多くは「鬼が島」征伐を日露戦争のパロディとして描かれ、太平洋戦争直前に創作された〈桃太郎〉における「鬼が島」はまたアメリカの象徴となる。[14]そのなか、小波の「桃太郎」で、「鬼が島」が「日本東北の方」にあると設定されているに対して、芥川「桃太郎」では「椰子の聳えたり、極楽鳥の囀つたりする、美しい天然の楽土」としての「鬼が島」が作り出されている。こうした「熱帯的風景」は、先行論で指摘されている通り「南洋」を想起させる。

芥川以前に、「鬼が島」を「南洋」に置く論説がすでに存在している。曲亭馬琴は随筆集『燕石雑志』の「桃太郎」一文で、古今内外の文献を博引し、物語の諸要素に歴史的解釈を加えている。馬琴は「鬼が島は南島の摠名也」[15]と論じている。ただし、馬琴の説における「南島」はまだ茫然とした概念でしかない。この馬琴の説は新渡戸稲造に提起され、敷衍された。前掲の Tierney 論で提起されたのは、一九〇七年一一月、「ときのこえ」第285号に掲載された新渡戸稲造の「桃太郎の昔噺」である。実際、これは一九〇三年に新渡戸が帝国教育会でした講演であり、同年一一月三日から八日まで「桃太郎鬼ケ島遠征の噺に就て一～五」の題で、「台湾日日新報」で掲載されたのである。其の後、『随想録』（一九〇七

年八月　丁未出版）などの単行本にも収録されたなど、新渡戸の南進観を検討するうえで、非常に重要な文章である。この文章で、新渡戸は「馬琴の説の拠るべき所は、唯だ鬼ケ島なる名称は、南洋の総称であると云ふに在るのみだ」⑯と述べている。この箇所を「馬琴の巧妙なる想像に止まりはせぬか」としつつ、「南嶋」を「南洋」に置き換え、さらに、「歴史的」、「倫理的」、「経済的」の三つの面から〈桃太郎論〉を展開している。彼は〈桃太郎〉の話を海外進出を促す優れた国民教訓として取り扱っており、Thomasにも指摘されたように、その「海外」とは「南洋」を指している。

僕は桃太郎遠征の昔噺を以て、正しく日本国民が海外に意を注いで奮進する精神を表したものと信ずるのである。而して鬼ケ島とは、南洋諸島の総称である。（中略）日本人は襁褓に在るの日よりして、桃太郎昔噺の為に、大いに進取的精神を養成せられたのである。然るに只だ之を聞流しにして、其深意の存する所を悟ることが出来ぬ為に、折角の教訓も其効用を一層著大ならしむることが出来ぬ。⑰

また、新渡戸の観点からは、「鬼ケ島」は常に流動的であり、時代の推移、特に〈南進論〉に従って、「八丈島」から「琉球」、「台湾」などへと移していく。筆者の調査したところ、「桃太郎の昔噺」の四年後、新渡戸はまた「鬼ケ島征伐論」（「実業之日本」一九一一年二月）を発表し、経済・道徳の両面から「鬼ケ島」征伐の必要性を論じている。そこで、「鬼ケ島」は台湾のような資源豊富な所であり、一方では遊廓のような堕落した場所であるとも指している。また、一九一五年三月「実業之日本」「南洋号」に掲載された文章「文明の南進」において、新渡戸は資本と知力の南下を世界の大勢としつつ、「南進論者が南方の島を鬼ケ島と称し、之を征伐した桃太郎を文化の指導者（Culture-Hero）とし、聊か大和民族の益々小くなるのを喰止めてゐた」[18]と南進論の功績を評価している。さらに、「桃太郎の鬼ケ島へ行つたわけは」（『青年及青年団』第七巻・八巻　一九一六年二月・三月）も、青年達の海外進出の意欲を刺激するための文章である。このように、新渡戸は度々「桃太郎」の話を〈南進論〉と結びつけて提起していた。なかでも特筆すべきは、一九一五年六月台湾の留学生に対して行った講演である。講演の目的は「殖産政策」の効果を賞賛し、有識の青年達に台湾産業の価値を認識させ、開発の事業に奮進させることであったが、一方、講演の結末部には以下のような発言もあった。

諸君は日本に来られて学問をさるる間に桃太郎の話を聞かれたであろう。日本人は桃太郎の話を学校へ行く前に学び幼稚園に行く前にすでに聞いている。言語が通じさえすれば母が必ず桃太郎の話を聞かせる。シテ、かの征伐の目的地なる鬼ケ島とはどこかと言えば、説はいろいろあるけれども、とにかく南方を指している。（中略）由来鬼というのは言語の通じない、風俗の違うものの総称である。（中略）言語不通の異人種を鬼という。[19]

ここでも、交通網が整備され、言語（日本語）が通じるようになるに従い、「鬼ケ島」の観念は「八丈島」から「琉球島」、「台湾」へと移ったと語っている。さらに、「台湾と交通が開けて諸君の如く台湾から来るし、僕の如く往くようになり、ボタン人種[20]も公学校に通学するようになつてくると、もはや台湾も鬼ケ島じやない」とし、今回「鬼ケ島」は「フィリツピン島」になり、「南洋に退き行く。人の知識が進むに連れて鬼ケ島の範囲が段々狭くなつて、ついには渡る世界に鬼はなくなつてしまうであろう。」とある。こうした箇所からもわかるように、新渡戸は「鬼ケ島」を「文明」の対極に置き、文明化させるべき場所と位置づけ、その「文明」を日本文化という一元的なものとしている。「鬼ケ島」が次第に南方へ推移する経路は、まさに日本海外進出の欲望そのものの表象である。その欲望の合理性を保証するのは「野蛮／文明」、「南洋／日本」という二項対立の構図と言える。

日本における南洋言説・南洋イメージは明治初期からすでに出現しており、諸旅行記と博覧会によって絶えず再生産されていた。そこから見出せる南洋は物産豊富で生活安穏の一面を有しながら、野蛮的・後進的なイメージも始終付随している。矢野暢の研究によると、大正期になって蔑視的な南洋「土人」観が大衆化し、「「未開」「下等」「怠惰」「愚鈍」「不潔」などの特徴でとらえる南洋の「土人」観は、どうしようもない固定観念となって、抜きがたくその後の日本人の抱くイメージに定着するのである」[21]という。

一方、芥川「桃太郎」における「鬼」は「熱帯的風景の中に琴を弾いたり踊りを踊つたり、古代の詩人の詩を歌つたり、頗る安穏に暮らしていた」と描かれている。「野蛮」に伴う「恐怖」のイメージで造型されるのではなく、むしろ文明の側面が強調されているのである。また、「鬼の妻や娘も機を織つたり、酒を醸したり、蘭の花束を拵えたり、我々人間の妻や娘と少しも変らずに暮らしていた」と書かれている。すなわち、植民地主義的な言説でよく使われる他者の理論を自他の同一性を強調することを通して打ち砕いている。ただし、ここで描かれた「鬼」の文明は、近代化以前の性格を強く帯びているところも見逃せない。第一次世界大戦に伴う大戦景気によって、一九一九年に日本は工業生産額が農業生産額を追い越し、工業国家への道を歩みはじめた。作品の冒頭部で、桃太郎は「山だの川だの畑だのへ仕事に出るのがいやだつたせいで」、鬼が島の征伐を思い立ったと設定している。この箇所と照らし合わせば、作者は「鬼」も「人間」も無差別であることを強調する一方、意図的に「鬼が島」を「桃太郎の世界」（近代の日本）を逆照射する楽土として作り上げ、そこに昔日へのノスタルジーを潜ませたと言えよう。

また、作品には「鬼の母」が孫の守りをしながら、「人間」の恐ろしさを話して聞かせているという描写がある。鬼にとって、人間は「角の生えない、生白い顔や手足をした、何ともいわれず気味の悪いもの」であり、「男でも女でも同じように、嘘はいうし、欲は深いし、焼餅は焼くし、己惚は強いし、仲間同士殺し合うし、火はつけるし、泥棒はするし、手のつけようのない毛だもの」である。ここから析出できるのは、視点の逆転のみではなく、今まで「異化」され、「他者化」され、「悪」の存在とされた客体から主体側＝「人間」の負の側面を抉出しているアイロニーである。「鬼」の世界の文明、秩序及び安らぎを語ると同時に、人間世界のエゴイズム、残酷さをクローズアップすることを通して、従来正当化された桃太郎の「鬼が島征伐」の根拠を覆している。さらに、「鬼が島」に南洋のイメージを加えることによって、日本の南洋進出、及び植民地主義の論理に対する疑問も打ち出しているのである。

三　芥川の桃太郎像

作品の書き出しで、「桃太郎」を孕んだ桃の木は「伊弉諾の尊は黄最津平阪に八つの雷を却けるため」に使った実から成長してきたのだと設定されている。ある寂しい朝、八咫烏が小さい実を一つ啄み落した。桃太郎はその実から誕生したと設定されている。『古事記』において、イザナギノミコトは黄泉比良坂の桃の実三つを採って悪霊を撃退したという話が記載されている。また、馬琴の「桃太郎」においても、桃の実から赤児が生まれたと描かれ、〈桃太郎〉話の根拠は桃が仙果であるとし、上記の伝説を挙げて自らの観点を裏付けようとする。[22]したがって、この伝説と桃太郎の誕生談を結びつけた本作品の発想には、馬琴の影響があるかもしれない。そこでは神武東征の際、神武天皇の道案内を務めた八咫烏の助力を書き加えることによって、「桃太郎」を神格化し、近代天皇制の象徴として作り上げていく。この意味では、芥川の桃太郎像は小波初版の桃太郎像を継承していると言えよう。

また、桃太郎を悪者として捉えるのも芥川が初めではない。芥川に先立ち、福沢諭吉はすでに「盗人」としての桃太郎像を提起した。一八七一年福沢諭吉は、長男と次男に加賀半紙に書いた教えを毎日与えていた。なかに「ももたろう」に関する論述もある[23]。福沢は訳もなく、鬼の所有物――宝物を奪った桃太郎が盗人であり、悪者であると語り、鬼の宝物をお爺さんとお婆さんにあげるのは卑劣だと批判している。子供のための短い文章ではあるが、鬼の立場から〈桃太郎〉の話を取り扱うところに、芥川「桃太郎」と共通している点がある。また、尾崎紅葉の「鬼桃太郎」(『幼年文学』一八九一年一〇月)も鬼の視点から描き出されている。「鬼桃太郎」は芥川「桃太郎」の発表される一ヶ月前に翻刻された。いわゆる〈桃太郎〉の後日談にあたるこの作品の冒頭で、「桃太郎、猿雉子犬を引率してこの鬼が島に攻来り、累世の珍宝を分捕なし、勝矜らせて還せし事、この島末代までの耻辱なり、あはれ願はくは武勇勝れたる鬼のあれかし其力を藉てなりともこの遺恨はらさばやと、時の王鬼島中に触れを下し」[24]と語っている。後の展開は苦桃から誕生した「鬼桃太郎」

は日本を征伐に行くが、着けずに大海へ身を葬ることになった経緯をめぐって描かれている。全体として「鬼桃太郎」達を揶揄する性格のものであるが、この冒頭部から、桃太郎達の行為そのものの非正当性も読み取れなくもない。

このように、芥川は従来の「桃太郎」の話の要素を吸収しているが、細部の書き直しによって、独自の桃太郎像を作り上げているのである。前節で触れたように、桃太郎の「鬼が島」征伐は、農業の生業が嫌なためである。このような桃太郎の思想は、戦争、とくに海外掠奪を通して富を積み重ねようとした当時の日本帝国主義の政策と類似性を持つ。そして、征伐に行く途中「黍団子の一つか半分かをめぐっての桃太郎と犬の攻防は、まさに資本家と労働者の賃金をめぐっての闘争なのである」㉕と先行論も述べているように、搾取者としての桃太郎像が析出できる。さらに、鬼征伐の節で「饑えた動物ほど、忠勇無双の兵卒の資格を具えているものはないはずである」という一文に暗示するように、黍団子を半分しか与えないのは、従者達を極限状況に追い込み、征伐の勝利を確実に収めるためでもある。少ない「兵糧」で犬猿雉を家来にし、鬼が島征伐に同行させたが、家来内部での争いと嘲罵は止まらない。半分の黍団子に不服を言い、征伐の伴をやめようとした猿に、桃太郎は得心させる手腕を見せる。伴をしない代わりに、鬼が島の宝物を一つも分けてやらないと猿にいい放ち、宝物を餌にもう一度彼等を伴にし得たのである。この箇所は、言い換えれば、海外進出の利益を以て、内部の対立、あるいは統治者にたいする下からの不満や蜂起の恐れを防ごうという国民統合のイデオロギーを想起させなくもない。

また、芥川「桃太郎」における家来の造型も興味深い。従来それぞれ「仁」・「智」・「勇」三徳の象徴として解読されてきた犬・猿・雉が、作品では異なった性格が与えられている。とくに、「地震の起る前には雉が鳴く」との俗諺を裏付けとした「地震学などにも通じた雉」という設定は、関東大震災から一年も経たない当時の読者にとって、いかに刺激的であったことだろう。この意味において、関東大震災の時代状況と照らし合わせ、桃太郎達が鬼達に加えた残酷な悪行を、震災当時の朝鮮人・中国人大虐殺事件と震災直後に起こった社会主義者弾圧事件（〈亀戸事件〉と〈甘粕事件〉）の戯画として解釈した先行論の観点は妥当であろう。一方、こういう俗諺が実際役に立たなかったことを背景にすれば、「雉」は無用の学問を吹聴する学者の象徴としても捉えられる。次は、日本の植民地政策との関連性から鬼が島征伐の場面を改めて検討してみたい。

前掲の土屋論では、作品の眼差しが「同時代の侵略行為を支える帝国主義の厄介な部分には届いていない」と指摘しており、さらに帝国主義の厄介な部分は「帝国主義がヒューマニズムと結託している点にある」[26]と述べている。確かに、作品では桃太郎の侵略行為に大義を付与していない。むしろ「鬼」の世界の文明、秩序及び安らぎを描く一方、人間世界のエゴイズム、残酷さをクローズアップすることを通して、侵略行為を正当化させ得る諸要素（征伐を受けた側の未開・混乱など）を覆す。さらに、鬼の酋長の自分たちが一体どのような「無礼」をしたというのかという問いかけに対して、桃太郎はまともな回答を見つけられないのである。このように、桃太郎達の行為に正当な理由を与えないことは、侵略行為の根拠のなさ、またその行為を正当化させようとした従来の論理の偽善性に対する辛辣な風刺と批判であると考えられる。作品の草稿には、別の桃太郎の後日談が描かれている。

桃太郎の本国へ帰つた後、鬼が島の知事になつたのは武断主義の犬である。犬は就任すると同時に、今後角を生やしてゐる鬼は死刑に処すと云ふ布告を出した。鬼の角を奪うのは、桃太郎の考えである。桃太郎は勿論犬猿雉はいづれも角を生やしてゐない。（中略）すると鬼の鬼たる所以は角にあると云つても好い。既に角にあるとすれば、完全に角を取り除かない限り、鬼を治すことは出来ぬ筈である。

（『芥川龍之介全集』二十一巻　四〇六頁）

黄暁波は「武断主義」という表現に着目し、これは「初代朝鮮総督寺内正毅によって確立され、容赦なく実行された、朝鮮に対する統治政策に近似している」と指摘しており、角のある鬼を「五百匹」斬ったところは、「五五三」名の犠牲者が出た朝鮮「三・一独立運動」の表象だとしている[27]。黄の考察は、鬼が島には南洋に限定せず、日本植民地の全体として理解できる側面を示唆している。一方、鬼たる所以の角を取り除こうとした桃太郎の行為は、強制的に植民地民衆のアイデンティティーを抹殺しようとする同化政策を想起させる。

本作が発表される半年前に、佐藤春夫は台湾と思われる原住民の伝説に触れた「魔鳥」（「中央公論」一九二三年一〇月）を発表した。「野蛮人の迷信」では、一度魔鳥を見た人は死ぬ運命をむかえなければならないため、魔鳥を自由に操って人を悩ませる「魔鳥使ひ」は人類の呪いとされ、最大の敵として憎まれている。そして、ある人を「魔鳥使ひ」だと判断する基準は「自分達の大多数と表情の違つたところ」であると紹介した後、以下の記述を加えている。

私はこの同じ旅行中にも或る文明国の植民地を見たが、そこではその文明国人が植民地土着の民で——けれども相当の文明を持つてゐる人間を、その風俗習慣を異にしてゐるといふことの為めに、殺しはしなかつたけれども牛馬のやうに遇してゐるのを見た。[28]

佐藤春夫は一九二〇年六月から同年一〇月中旬まで台湾を旅行し、帰国後、台湾での旅行体験をもとに幾編もの作品を発表している。上記の箇所で「台湾」と明記していないことは当時の検閲並びに旅行中厚遇をうけた台湾総督府への配慮があるためであろう。それにもかかわらず、植民政策へのアイロニーはここからも読み取れる。しかも、風俗習慣の異なる土着の民を牛馬扱いした「文明国人」は、自分達に角がないゆえに、鬼の角を取り除こうとした桃太郎と似通う。しかし、「桃太郎」草稿のこの内容は決定稿において削除されている。海老井英次は「鬼が島での具体的な反乱を描くよりは、本国に帰ってからの桃太郎を襲う得体の知れないものの恐怖を描く完成稿の方が効果的であるのは歴然としている」[29]と創作の技巧を評価しているが、改稿の理由はむしろ言論統制への配慮にあるのかもしれない。その結果として、定稿に見られる批判性の不徹底的な側面も否定できない。

ところが、前述の考察からもわかるように、定稿にも日本植民地政策や海外進出への懐疑が散見される。鬼征伐の場面を描いた第四節で、「犬は唯一嚙みに鬼の若者を嚙み殺した。雉も鋭い嘴に鬼の子供を突き殺した。猿も——猿は我々人間と親類同志の間がらだけに、鬼の娘を絞殺す前に、必ず凌辱を恣にした」と桃太郎達の蛮行を赤裸々に表出している。この場面の描写はジェノサイド的殺戮を強く想起させ、犬が「若者」、雉が「子供」、猿が「娘」を殺したという設定は、いかにも意図的のように考えられる。「魔鳥」にも書かれているが、反抗の恐れがある「蕃人」の男は理由もなく殺されている。植民地の歴史を振りかえればわかるが、原住民が帰順した後、強化の一環として子供に同化教育を行うのが普通である。たとえば、台湾の場合は「蕃童教育所」、「蕃人公学校」を通して、現地の子供達を「ニッポンジン」に教育する。

その結果として、本来のアイデンティティーが奪われ、抹殺されてしまう。したがって、「子供」を殺したのが無用の学を吹聴し、「学者」と思われる雉と設定されているのは、いかにも暗喩的である。さらに、女性に加えた暴力は性暴力を交えた形で示されるため、その暴力は民族の血の純血性に対する攻撃にもつながる。

このように、作品では侵略者としての桃太郎達を造型し、風刺している。また、彼等にも悲惨な運命が用意されている。一人前になった人質の小鬼は、雉を噛み殺した後、鬼が島へ逐電した。それ以来、鬼達は時々復讐に来て、人間違いで猿を殺し、鬼の若者が島の独立を計画するため、椰子の実に爆弾を仕込んでいるとある。同じ漱石の門下生で後に精神医学者として世に知られる中村古峡は一九一三年に台湾旅行をし、紀行文「鵞鸞鼻まで」(「東京朝日新聞」一九一三年六月一九日~七月五日)と小説「蕃地から」(「中央公論」世界大観号一九一六年七月)を発表している。「蕃地から」の大部が書簡体で友人の「K君」宛に自分の番地で見聞を紹介している。最後のシーンでは「余」が「蕃地」から東京に帰った半年後、「臺灣日日新聞」に掲載された「蕃社叛乱」の記事に驚嘆した心情を書き留めている。「銃器引揚」で原住民の反抗が引き起こし、「浸水営駐在所」の「警察官数名及び家族」が殺害され、「工夫」が屠られ、「郵便配達」が首を斬りおとされた。終には、「力々社駐在」の「警部補以下家族十一名」が虐殺された大惨事となったという記事である。作品は、「余は長い間其の新聞を見つめたまヽ、斯る危険の境地にあつて、日々其の職務に忠実に働いてゐる、尊敬すべきわが同胞の運命を思うた」[30]という一文で結んでいる。ちなみに、「蕃地から」を掲載した「世界大観号」の広告文に「(前略)「世界大観号」を発行して世界の現状を研究し、以て一方には世界に於ける日本帝国の膨張発展を画すると共に、他方には世界に対する日本民族の天職使命を完うせんことを期する」と企画の趣旨を明かしている。

そして、春夫が中国台湾旅行中の一九二〇年九月一八日に、霧社奥地に住む「サラマオ蕃」が蜂起し、日本人七名を殺戮したという事件もあった。「桃太郎」を創作した当時の芥川がこうした惨事を知っていた可能性は高い。そのほか、芥川自身は中国旅行中に何回も「排日運動」と遭遇した経験があり、その様子は手帳に記され、また旅行後に発表された「江南游記　十六天平と霊巌と（上）」（「大阪毎日新聞」一九二二年一月一日〜二月一三日）と「雑信一束　長沙」（『支那游記』一九二五年一一月　改造社）にも書かれている。ただし、中村の姿勢とは違い、芥川にとってこうした友人や自身の体験は、植民地主義の暗い行方を予期せしめ、植民地主義への懐疑と日本の将来に対する憂慮につながっていく。

おわりに

このように、芥川「桃太郎」の創作には、小波と新渡戸の桃太郎像の影響があるものの、彼らの桃太郎像に批判を加えている。なかでも、「桃太郎」の話を植民地主義と結びつけ、利用していた新戸部稲造の言説に対抗している。一九一六年一〇月「中央公論」に発表された「手巾」では、主人公「長谷川謹造」が新戸部稲造をモデルとしている。この点について、「中央公論へは新渡戸さんをかいたので社会的反響が僕にとつて不快なものでない事を祈つてます作としてはグルードで駄目」（一九一六年九月二五日付　秦豊吉宛書簡）と作者に裏付きられつつ、定説となっている。テクストで「日本伝統文明」の象徴として「岐阜提灯」が繰り返し描かれるが、同時に長谷川の周りに「藤椅子」、「朝鮮団扇」が配置しているところは見逃せない。とくに、「藤椅子」を六回ほど繰り返し描き、意識的に使っていると考えられる。当時の日本の市場へ供給された藤は主に中国台湾から来ている。藤で作られた家具に馴染む姿勢は、植民地主義の成果を享受する植民者を演出している。芥川が「長谷川」へ向けたアイロニカルな視線は、また新渡戸稲造の植民主義に対する冷たい態度を語っているのではないか。そして、「桃太郎」では、侵略者としての桃太郎達と平和愛好者としての「鬼」を作り出し、桃太郎の征伐に正当な理由を付与しないことを通して、その征伐の大義のなさ、そして、侵略戦争の根拠のなさを暗示している。「桃太郎」が発表される半年前に起こった関東大震災及震災直後の「三つの虐殺事件」(三宅雪嶺、「改造」一九二三年一一月)について、「のちに戦争へと突き進んでいく昭和という時代の暗い幕開け」[31]であるという指摘もあるが、作品では「地震学」の一語を以て、読者に震災後の状況をめぐる記憶を呼び起こさせながら、侵略戦争とも結びつけていることによって、震災と戦争の関連性を構築し、次の時代に対する鋭い予言をしているともいえる。また、元来平和愛好者であった鬼達が、残酷な征伐を受けて、暴力に走っていくことと設定している箇所は、日本帝国主義への風刺を表すと同時に、批判のみで終わらせず、植民地主義が結局のところ、両者ともに悲劇を生むしかないこともほのめかす。

また、「鬼が島」の表象に見られる「南洋」像は、芥川初期習作を想起させながら、それらと相反する立場をとっている。これを通して、少年期の自己及びその一時期の歴史を捉え直そうとする作者の意図がうかがえるのである。桃太郎と植民地政策の問題を提起した「僻見」の「岩見重太郎」節で、「重太郎は牢破りと共に人間の法律を蹂躙し、更に又狒退治と共に神と云ふ偶像の法律をも蹂躙したと云はなければならぬ。」と語っており、また重太郎に対する無限の憧れを述べている。「人間の法律」は、換言すれば国家制度となり、「神と云ふ偶像の法律」は「近代天皇制」・「国民主義」と置き換えることもできるだろう。芥川は、まさに日清・日露戦争前後、神格化され、軍国主義の象徴として作り出された英雄モデルの桃太郎像に、批判を加えることを通して、既存制度を疑問視し、正当化されてきた帝国主義・植民地主義のイデオロギーを風刺しているのである。

第二部

女性表象に託したもの——〈失われたもの〉への憧れ

第五章 「舞踏会」論——語り直された他者の視線

はじめに

「舞踏会」は一九二〇年一月「新潮」に発表されたいわゆる明治初期の日本を描いた〈開化物〉の一つである。一年後、『夜来の花』（新潮社 一九二一年三月）に収録される際、「二」の結末部をめぐって大幅な改作が行われている。作品は明治一九年一一月三日の夜、一七歳のヒロイン明子は、父と一緒に鹿鳴館の舞踏会へ向かうところから始まる。そして、明子がそこで見知らぬフランスの海軍将校にダンスに誘われ、美しい思い出を残した。「二」節では、大正七年の秋、H老夫人となった明子は鎌倉へ向かう汽車で、昔日の舞踏会の記憶を青年の小説家に語り、二人の会話を中心に語られている。

その話が終つた時、青年はH老夫人に何気なくかう云ふ質問をした。

「奥様はその仏蘭西の海軍将校の名を御存知ではございませんか。」

するとH老夫は思ひがけない返事をした。

「存じて居りますとも。Julien Viaud と仰有る方でございました。」

「では、Loti だつたのでございますね。あの「お菊夫人」を書いたピエル・ロティだつたのでございますね。」

青年は愉快な興奮を感じた。が、H老夫人は不思議さうに青年の顔を見ながら何度もかう呟くばかりであつた。

「いえ、ロティと仰有る方ではございませんよ。ジュリアン・ヴィオと仰有る方でございますよ。」


（『芥川龍之介全集』第五巻　二五六～二五七頁）

これに対して、雑誌「新潮」に掲載された初稿では、H老夫人の相反する姿勢が描かれている。


その話が終つた時、青年はH老夫人に何気なくかう云ふ質問をした。

「奥様はその仏蘭西の海軍将校の名を御存知ではございませんか。」

するとH老夫は思ひがけない、返事をした。

「存じて居りますとも。Julien Viaud　と仰有る方でございました。あなたも御承知でいらつしやいませう。これはあの「御菊夫人」を御書きになつた、ピエル・ロティと仰有る方の御本名でございますから。」①

作品が発表された当時、田中純は「「舞踏会」は一種の高等落語だ」②と否定的な批評を寄せ、廣津和郎も「芥川氏が『舞踏会』『鼠小僧次郎吉』では、再び前に逆戻りしたと云ふ感じがする。」③と消極的な評価をしている。そのほか、水守亀之助は「外国士官がピエル・ロチであつた事を当時の一少女をして語らせてゐるが、それは唯口を借りた迄であつて、それは作者が読者に向ひ代弁してゐるのが見え透いて、折角の思ひ付も半ば感興を減殺すると思ふ。」④と結末部に対する不満を述べている。発表して一年も経たないうちに、相反する形で改稿したことは、こうした評価状態と無関係ではないと考えられる

改稿は今までの先行論でも重視され、たびたび作品のテーマと結び付けて検討されている。三好行雄はロチの原作と比較しながら、芥川が鹿鳴館の舞踏会を「たぐいまれな唯美の世界として描かれている」と指摘し、改稿によってその世界をめぐる明子の「感動」が青年の知識から距離を置き、「明子と士官の共有した鹿鳴館の〈一夜〉をより純粋で、透明な〈実存の時〉に変える」⑤と肯定的に評価する。三好が提示する方向性は後の研究史にも受け継がれている。改稿によって、「舞踏会の一夜の体験として限定化し純粋に結晶させる」⑥という観点や、海軍将校＝Lotiに対する老夫人の否認を「知的置換」への拒絶と解釈し、「〈明治〉の体験を知識として咀嚼するしかなかった〈大正〉の悲哀をそこに認めてもよいであろう」⑦という論述に辿り着くのもその延長線上にあると考えられる。それに対して、宮坂覺は芥川の意図が「精神美をも兼ね備えたいわば開化という時代性を超えた理想的女性」を創出することにあり、改稿で「無知の女」のイメージを持たされ、明子の人間像が下降したと批判する⑧。ただし、肯定的な評価にしても否定的な観点にしても、いずれも「海軍将校

Julien Viaud が『お菊夫人』を書いたピエル・ロティ」であることを生の体験と対峙する「知識」、「知性」と捉えているところは共通する。「二」の部分で作者は「歴史的真実」を無視するまでに、虚構の鹿鳴館の世界を作り出し、開化した若い日本を象徴する明子を美化する。したがって、明子とともにその「世界」に登場する人々も創作のフィルターを通して投影された「文学的な存在」になる。そうするならば、「二」の部分で「歴史的真実」—海軍将校を現実の人間と結びつけることによって、何が生じるのか。とくに、日本の皮相的な開化ぶりに皮肉な目を向けた「ピエル・ロティ」と結びつけ、書き直しによって隠蔽された西洋のまなざしを明示することは、何を意味するのか。これらの問題はまだ十分に検討されていないと思われる。しかも、短期間で正反対の改作をしたことは作者の主体性の揺らぎともかかわり、「明治十九年十一月三日の夜」から「大正七年の秋」という歴的隔たりに還元して解釈する必要性もあろう。

一　見られる側から見る側へ

「舞踏会」とその前後に発表された四つの作品は、「開化の殺人」(「中央公論」第八号　一九一八年七月)、「開化の良人」(「中外」第二号　一九一九年二月)、「お富の貞操」(「改造」第五号　第九号　一九二二年五月・九月)、「雛」(「中央公論」第三号　一九二三年三月)とともに、一応芥川の〈開化物〉と称されているが、フランス作家ピエル・ロティ(Pierre

Loti）の「江戸の舞踏会」を下敷きに書かれた本作のみが「異邦人の目」を借りて、それを変形する形で描き出されているのである。この点に注目する足立直子は、「作中の〈異邦人の眼〉の設定は、開化期の日本を自国中心主義的に認識し呈示するのではなく、他国との関係性の中で、相対化しつつ浮き彫りにすることを可能としており、とくに芥川の時代認識や歴史認識の深まりと共にある開化期認識の内実が見通せるからである」[⑨]と述べるところは、傾聴すべきである。足立の論における〈異邦人の眼〉が、「人間存在において共通する側面としての同質性をあぶりだす方向性において機能した」とされ、「日本なるものと西洋なるものとの融合の可能性」を問うところに本作のテーマがあると展開していく[⑩]。ここで見逃してはいけないのは、〈異邦人に眼〉に映された「日本」が徹底的と言えるほど、美化され、その場に居合わせた他者が見下ろされる形で表出するところである。次は、鹿鳴館の空間がいかに再構築されたかを、明子をはじめそこに登場した人々の形象を通して考察していく。

「明治十九年十一月三日の夜であった。」と作品の冒頭部より物語の時間が明示されている。ピエール・ロティ（本名Louis Marie Julien Viaud）は、明治一八年三五歳の海軍大尉のとき、初めて日本へ来て、同年八月一二日に、長崎を去って中国沿岸に再出動した。一ヶ月後、再び日本に回航し、九月二三日神戸に入港した。その後、京都、鎌倉、日光を巡歴し、日本の伝統文化を満喫し、伝統文化への愛惜を深めていく。一一月三日に「天長節舞踏会」に参加し、その見聞が「江戸の舞踏会」として結実するのである[⑪]。芥川が作品で「明治十九年」にしたのは、一九一四年高瀬俊郎は訳本の解題で「明治十九の秋」にしたがったからであるという説[⑫]とロティの原文に一八六六年とあるゆえであるとする説[⑬]がある。芥川は五年後神崎清宛の書簡（一九二五年一一月一三日付）において、「みやうごにち令嬢」や何かは到底誰にもわかりませんよ。主人役は多分伊藤さんでせう。これも或は井上さんかも知れません。」と「江戸の舞踏会」の登場人物に触れながら、事実にたいする無関心あるいは無知の姿勢を見せている。上記の書簡の記述を信用するかぎりでは、当時の主催者さえ不明だった芥川はそもそも「歴史的真実」に忠実に書くつもりはなく、むしろ「真実」を無視し、別の次元で文学的世界を構築しようという意図が読み取れるだろう。また、結果的には、ロティの実体験とずれる形で鹿鳴館の一夜を描き、「青年海軍」の造型がロティを彷彿させながら、彼と距離を取る効果をもたらした。

「明い瓦斯の光に照らされた」鹿鳴館に到着するまで、主人公明子は「何度いら立たしい眼を挙げて、窓の外に流れて行く東京の町の乏しい燈火を、見つめた事だか知れなかつた」と語られる。ロティの原作では、「あまりあかるくないひつそりとした郊外の街なかを。わたしたちの周囲の眺めは、もはや停車場の広場とは似ていない（中略）まさに真の日本である。」⑭とある。「あかるくないひつそりとした郊外」から「真の日本」を見出して、聊かの安らぎを覚えたロティとは違い、明子にとって「東京の町の乏しい燈火」という「日常」は、「明い瓦斯の光に照らされた」「非日常空間」の「鹿鳴館」に身を置くことへの不安に繋がる。

こうした不安を解消する装置として、周りの視線が用意される。「二人は一足先に上つて行く支那の大官に追ひついた。すると大官は肥満した体を開いて、二人を先へ通らせながら、呆れたやうな視線を明子へ投げた。」とあるように、まず、「支那の大官」の「呆れたやうな視線」が用意される。薔薇色の舞踏服に「水色のリボン」、それから一輪の薔薇の花を髪に飾っている明子の「開化の装い」と対照的に、「支那の大官」は「長い辮髪を垂れ」ている。後進的な東洋との出会いにより自己の開化振りが照らし出され、確認されるのである。また、そこから向けられてくる「呆れたやうな視線」が直ちに自己の開化振りへの賞賛と解釈されていく。さらに、同じく開化側の人間――「若い燕尾服の日本人」と「伯爵」から受けた驚嘆の視線も、明子の自信と誇りを作り上げていくのである。その後出会った「開化の少女達」もやはり彼女の美を褒めたてたりしたとあるように、明子格段と美しい存在に仕立てられている。このように、語り手は時には明子に寄り添い、時には離れた位置で彼女の美を賞賛し、段階を追いながら、一人開化した少女の美しい姿を描き出している。こうした過程の中で、明子は自分の美に対して、無意識ではないことを指摘しておきたい。

他人のまなざしを意識的に受け入れようとした明子は、また観察の目を周りの人に向けている。そして、「権高な伯爵夫人の顔だちに、一点下品な気があるのを感づくだけの余裕があつた」という。「同年輩らしい少女」達のことを「綺羅びやかな婦人たち」と明子の目に映されたのに対して、伯爵夫人の顔だちに「下品な気がある」と感じ取ったのは何ゆえであろうか。「江戸の舞踏会」では、「伯爵夫人」が「ゲイシャ」と書かれているが、「肩までも手袋を篏め、上流社会の婦人のやうに、遺憾なく蔽ひを被つた、優しい綺麗な顔をした人」[15]と称賛している。先行論には、「芥川は芸者という出自に言及するかわりに、明子の明敏な観察力に推察させているのだ」[16]との指摘や「「一点下品の気がある」顔立ちは元の身分を暗示している」[17]という捉え方があるが、問題は「芸者」[18]という元の身分が明子の中で「下品」と結びつくところであろう。この職は明子にとって、むしろ歴史の醜悪の面として排除されるべきものである。こうした心理は明治初期、売春を醜業と見做し、廃止しようとした思考と軌を一にしているのである。もちろん、その評価基準は西洋的価値である。東洋側のまなざしにより自己の「西洋」の素質を積極的に確認してきた明子は、西洋の人間に出会った時、逆に自己の本来の様子――「日本」を意識するようになったことが、次の一節で端的に語られている。

それは全くこの日本に慣れない外国人が、如何に彼女の快活な舞踏ぶりに、興味があつたかを語るものであつた。こんな美しい令嬢も、やはり紙と竹との家の中に、人形の如く住んでゐるのであらうか。さうして細い金属の箸で、青い花の描いてある手のひら程の茶碗から、米粒を挾んで食べてゐるのであらうか。——彼の眼の中にはかう云ふ疑問が、何度も人懐しい微笑と共に往来するやうであつた。明子にはそれが可笑しくもあれば、同時に又誇らしくもあつた。

（『芥川龍之介全集』第五巻　二五一頁）

ロティは「江戸の舞踏会」で、明子の原型にあたる「工兵将校の令嬢」を「一番やさしい、美しい人、まだほんの子どもで、（中略）「私」のいうことを理解してくれて、日本語の間違いを直してくれる。」と称えながら、「彼女はフランスの（多少田舎の）嫁入り前の若い娘のように、上手に洋服を着こなしている。」とその視線の背後に依然として見下ろした容態を帯びている。さらに、「けれどまもなく、彼女は紙障子のまったどこぞの自分の家に帰って、他のすべての婦人たちと同じように（中略）着物を着たり、床の上にうずくまって、神道か仏教かのお祈りを唱えたり、箸の助けをかりて、茶碗のなかのご飯で夕食をしたためたりするはずである。」と彼女達が開化したふりをしているけれど、それはあくまで皮相のものであるという観点があると同時に、日本に対するエキゾチックな想像も潜んでいる。しかし、芥川「舞踏会」では、こうした眼差しを自ら生産している。伝統の日本にたいする異国趣味と日本の開化に対する懐疑及び皮肉を語っているロティの視線が、そのまま見られる側の日本人女性の感覚として表出させている。しかも、そうした視線を十分意識しながら、見られる側の明子はそれを「可笑しくもあれば、同時に又誇らしくもあつた」と感じる。夙に仏蘭西語と舞踏の教育を受けてきた明子にとって、自分はそうしたエキゾチックな存在との距離が大きく、また内面化させてきた開化そのものは皮相的なものではなかったという自負さえあるのであろう。したがって、「彼女の華奢な薔薇色の踊り靴は、物珍しさうな相手の視線が折々足もとへ落ちる度に、一層身軽く滑な床の上を辷つて行くのであつた」とあるように、「個性的な自発性」のない「自動人形」と一線を引き、自分の開化がいかに内面化されたものかを積極的に演出してみせようとする。

後の展開からわかるように、海軍将校が明子から見出すのは、昔の日本・東洋的な側面ではなく、「ワットオの画の中の御姫様」という昔の西洋の性格である。安藤広の指摘にあるように、「将校は最初から明子を日本の少女へのエキゾチックな関心から見ていない」[19]のである。「巴里の舞踏会へ参つて見たうございますわ」という明子の語りかけに対して、「巴里の舞踏会も全くこれと同じことです」と語り、「巴里ばかりではありません。舞踏会は何処でも同じ事です」と海軍将校は呟くのである。これを海軍将校と明子の間にある隔たりと読み取れるが、一方、海軍将校の口を借りて、西洋権威への疑問、西洋文明を相対的に捉えようとする志向性もあろう。この志向性は、将校の「皮肉な微笑」と相まって、日本の近代化=西洋化への懐疑に繋がっていき、理想のように見える「鹿鳴館の世界」に亀裂をもたらすのである。

この亀裂は、また他者の眼差しで構築した明子の自負——自己の美しさに対する確信の脆さを通しても読み取れる。西洋の女性と出会ったことを機に、揺れはじめるのである。「そこで黒い天鵞絨の胸に赤い椿の花をつけた、独逸人らしい若い女が二人の傍を通つた時、彼女はこの疑ひを仄めかせる為に、かう云ふ感歎の言葉を発明した。／「西洋の女の方はほんたうに御美しうございますこと。」とあるように、「独逸人らしい若い女」という他者に遭遇した時、「西洋の女の方はほんたうに御美しうございますこと」と感歎する。つまり、東洋を背景にした時自分の美しさに自信あるいは誇りを獲得する明子は、西洋と直面する際、やはりコンプレックスに近い不安や疑いを持たざるをえなくなる。こうした不安を拭き払うため、西洋的な軸で自己の姿を評価するしかなく、そうした感歎の言葉を発明し、確認を求めたのであろう

二　翻訳史から見る「中国人」表象の変容

ロティの「江戸の舞踏会」に見られる日本の開化を皮肉し、それを見下ろすまなざしが芥川「舞踏会」からは切り離されるが、他の東洋国―「支那」への眼差しも受容史のなかで様々な変容を見せている。次は、「江戸の舞踏会」の翻訳史を辿って、確認していきたい。

「江戸の舞踏会」の翻訳史について、島内裕子の詳しい考察がある[20]。それに従って言えば、芥川の「舞踏会」が発表される前に、二つのバージョンがあるという。その一つは、日本最初の「江戸の舞踏会」訳で、一八九二年に「婦女雑誌」に掲載された「眠花道人（飯田旗郎）の戯訳」である。これが一八九二に、春陽堂より刊行された飯田旗郎訳の『陸眼八目』に収録され、一八九四年また博文館の「明治文庫　第八編」に収録される。

その中の博文館版の「江戸の舞踏会」の冒頭部に、訳者がロティの略歴を含め、「江戸の舞踏会」の創作経緯に触れた後、

「何も彼も西洋真似好きの日本人に訳し示して、西洋人が日本を見る感情如何を明にす可し、読者よ、烏の鵜の真似をして水に溺れるてふ好比喩ハ東洋の古諺ならずや」と日本の西洋真似へ警鐘を打ち鳴らすことが翻訳の目的であると吐露する。また、「戯訳」という一句が示すように、飯田の訳本には最初から訳者の編集意識が強く働いており、訳者の観点がちりばめられている。そのなか、「支那人」をめぐる節は以下のように訳されている。

十時……支那公使の御入りをり、秀麗なる一行十三人、座中の面々を流し目に見て静々と入り来り、あらゆる小日本人を眼下に目下す容態なり、実際彼等は日本人の群中に慥かに其頭丈ハ高く見受けたり、北部支那美人、爪先に気遣ひながら人もなげに落付拂て優々と歩むさま、何ともハヤ形容の為し難き高尚なる風情なり。㉑

ここで注目すべきは、訳文に続き、次のような一文もあるところである。「日本上流の方々よ、諸君ハ今此支那人、支那風を見て如何なる感情を惹起すや、諸君ハ日本固有の天然の、特得の絹地を捨て、優しき蟲児の口より出る者を捨てて何故にこわごわ敷西洋の毛織を好むや、何故に西洋の織物を美とするや」と固有文明を捨てて、西洋崇拝することに対する遺憾の念を述べる。その後、さらに「支那人」の容態に次のようなコメントを書き加える。

今彼等支那人の一行ハ、いづこ如何なる場所にても其国衣国帽を放さず、彼等が固有の光輝ある絹服に縫ひ飾りせる長衣を着し、八の字ならぬ鼻下髯を真直に下げて口を掩ひ、剃り上げたる頭の中央より豚尾様の長髪を背面に下げ、チョット瞥見すれば如何にも異風に異様に見ゆれども、彼等が内心に八毫も愧る所なく、又毫も沮む所なく（中略）彼等が自国の尊大なる、ねつとりしたる美服を装ふて群衆を打見やりつつ、軽笑しつつ、扇子を使ひつつ歩む様ハ大国の風備ハりて（後略）㉒

先述のように、飯田が「江戸の舞踏会」を訳する目的は、当時日本で行われた極端な西洋化を批判し、国人の反省を呼び起こすことである。したがって、昔のままの姿を保持する「支那公使」の部分を強調する形で訳し、自らもそれを肯定的に捉えているのである。同時に、「頭の中央より豚尾様の長髪を背面に下げ、チョット瞥見すれば如何にも異風に異様に見ゆれども」という差別的な表現もあるように、日清戦争の二年前にすでに出現した「シナ」を見下ろす傾向と無関係ではない。小松祐の考察によると、「辮髪を垂れた清国人」に対して、明治初期から「チャンチャン坊主」という侮蔑的な呼称が使いはじめ、「豚尾漢」などの呼称とともに広がていったという。同時に、漫画や絵などで当時の中国人を「豚」で表象することも多いのである。㉓この部分をロティの原作に充実な形で訳したバージョンを参考にすれば、次の通りである。

十時、大清国の大使一行の入場。矮小な日本人の全群衆の上に頭をぬき出し、嘲けるような目つきをした、この十二人ほどの尊大な連中。北方の優秀民族のシナ人たちは、その歩きかたのうちにも、そのきらびやかな絹の下にも、たいそう上品な典雅さをそなえている。そしてまた、彼らシナ人は、その国民的な衣服や、華やかに金銀をちりばめ刺繍を施した

長い上衣や、垂れた粗い口ひげや、辮髪などを墨守して、良い趣味と威厳とを表している。㉔

伝統的な服装をしている「大清国の大使」と開化の服装をしている日本人への評価は対照的である。ロティの評価の背後に、古い東洋へのエキゾチックな欲望と近代化してきた日本へのアイロニーが潜んでいる。一九一四年（大正三）一一月に新潮社から刊行された高瀬俊郎訳『日本印象記』㉕の「江戸の舞踏会」では中国人を関する記述がすべて省略されてしまう。日清・日露戦争を経て亜細亜の大国になった大正の日本では、すでに「老大国」を鏡に、自己の近代化の問題を照らし出す必要がないという時代認識は、この現象からも窺えよう。

一方、芥川「舞踏会」では、僅か二箇所しかないが、「支那人大官」の様子が明子の目線を通して、表出されている。「階段の丁度中程まで来かかつた時、二人は一足先に上つて行く支那の大官に追ひついた。すると大官は肥満した体を開いて、二人を先へ通らせながら、呆れたやうな視線を明子へ投げた。（中略）実際その夜の明子の姿は、この長い辮髪を垂れた支那の大官の眼を驚かすべく、開化の日本の少女の美を遺憾なく具へてゐたのであつた。」とある。ロティの原作にはない「肥満した体」が「支那の大官」の怠惰に繋がっているのは容易であろうし、服装に関する描写を省略し、「長い辮髪」のみを強調することにより「支那」の後進性を表出しうる。このように、ロティ「江戸の舞踏会」における日本人に対する軽蔑、優越意識と中国を賞賛（それはエキゾチックな欲望であるが）するまなざしが二重、三重にねじれ、変形されている。その過程において、西洋の視線で周囲を見回す現象が露わになっており、「自己西洋化する幻想」が生じている。その幻想を支える一つの柱は、古い自己（東洋の側面）を他者化し、排除することである。もう一つは、西洋という「鏡」に映された自己から西洋との同一性を見出すことである。ただし、こうしたねじれたまなざしに芥川はどこまで意識的であったのか、換言すれば、ロティのオリエンタリズム的・エキゾチックな眼差しをどこまで認識していたのか。芥川のロティ受容を検討する際、たびたび言及されているのは、ロティを偲んで書いた「ピエル・ロティの死」(「時事新報」(夕刊)一九二三年六月)という作品である。

ピエル・ロティが死んださうである。ロティが「お菊夫人」「日本の秋」等の作者たることは今更弁じ立てる必要はあるまい。小泉八雲一人を除けば、兎に角ロティは不二山や椿やべべ・ニツポンを着た女と最も因縁の深い西洋人である。(中略)ロティは偉い作家ではない。同時代の作家と比べたところが、余り背の高い方ではなささうである。ロティは新しい感覚描写を与へた、或は新しい抒情詩を与えた。しかし新しい人生の見かたや新しい道徳は与へなかつた。(中略)唯我我日本人は前にもちよいと云つた通り、美しい日本の小説を書いた、当年の仏蘭西の海軍将校ジュリアン・ヴィオの長逝に哀悼の念を抱いてゐる。ロティの描いた日本はヘルンの描いた日本よりも、真を伝へない画図かも知れない。しかし兎に角好画図たることは異論を許さない事実である。

(『芥川龍之介全集』第十巻　八七~八八頁)

「不二山や椿やべべ・ニツポンを着た女」という古い日本と「最も因縁の深い西洋人」とロティを位置づけ、彼の描いた日本は「真を伝へない画図かもしれない」としながら、「兎に角好画図」と評している芥川は、ロティが日本開化の茶番へ向けた軽蔑の眼差しを一切捨象し、そこから抒情的・伝統的な日本のみ汲み上げ、それを「新しい感覚描写」「新しい抒情詩」として受け入れるのである。その一年前に発表された小品「長崎」（「婦女界」一九二二年六月）でも、「……中華民国の旗。煙を揚げる英吉利の船。『港をよろふ山の若葉に光さし……』顱頂の禿げそめた斎藤茂吉。ロティ。沈南蘋。永井荷風。……」と「異国情緒」の溢れた長崎で、再びロティを提起している。一九一四年版の『日本印象記　全』の冒頭に、訳者高瀬俊郎による以下の「解題」が掲載されている。

> 明治十九年と言へば、所謂欧化時代の全盛期で、明治の過渡文明が、その過渡の混乱に於いて頂点に達した一時期である。古い江戸の文明と、新しい東京の文明とが、相打ち相乱れて激しく渦巻いた一時期である。ロチは丁度永井荷風のやうに、一方に新しい東京の文明に眉を顰めながら、一方には古い　廃してゆく江戸の文明を悲しんだ。（中略）彼は決して、唯ひたすらに、その巴里子特有の皮肉な微笑を以て、につぽんを嘲り去つて了はうとは思はなかつた。その詩人的の情緒をかたむけて、しづかな秋のかなしみの中に、古い日本を愛しあはれんだ。[26]

ロティの文学から「詩人的情緒」や「古い日本」に対する愛情を読み取るところは芥川と共通し、あるいは大正時代の共通感覚として理解してもよかろう。こうした感性あるいは伝統的東洋に対するエキゾチックな感情が、芥川の中国旅行においても、再生産されるところは興味深い。「江南游記」の「蘇州城内（中）」において、芥川が「玄妙観」を見物して「何処か鄙びた寂しさがある」と述べながら、「私は昔ピエル・ロティが、浅草の観音に詣でた時も、こんな気がしたのに違ひないと思つた」とロティとの共感を述べる。「北京日記抄」（「改造」第七巻第六号　一九二五年六月）の「十刹海」節では、掛茶屋にいる中国人の様子を描き、「兎に角支那の浮世絵の中にゐる心ちありと思ふべし」と懐古の情緒に浸った心情を語った後、「満洲旗人」の細君がお互いにお辞儀する場面を見つめながら、「膝をかがめて腰をかがめず、右手をまつ直に地へ下げるは奇体にも優雅の趣ありと言ふべし」と評しつつ、「成程これでは観菊の御宴に日本の宮女を見たるロティイも不思議の魅力を感ぜしならん。」と鹿鳴館の舞踏会に臨んだロティの心情を想起する。このように、芥川はロティの文学から発見したエキゾチック的・懐古的な感性を意識的に受け継いだが、そこに潜む優越的、オリエンタリズム的な眼差しを無意識の次元で屈折した形で周囲に転回し、応用するのである。

三　結末部の改稿について

しかし、無意識的にもかかわらず、日本の開化期へのロティの批判はほとんど削除され、美化する方向で書き直されている点はすでに確認したとおりである。しかも、その美化作業の一つは、海軍将校（西洋）という「鏡」より映しい自己の開化した様子を見出すことである。こうしたことを背景にする場合、結末部における「老夫人」と「青年」の応酬を従来検討されてきた「知性」の問題とは別の方向から解釈できる。

先行論では、青年小説家の持ち出した「『お菊夫人』」の問題を、「ワツトオ」と同じ次元に置き、それを知っているかどうかによって「明子」の知性を測定している。ただし、『お菊夫人』（『お菊さん』Madame Chrysantheme）㉗の作者を海軍将校と結びつけた場合、『お菊さん』に織り込めた白人男子の優越感や軽蔑と皮肉、及びそれに伴って浮き上がる日本近代化過程の負の側面はすべて現実の重さを持って降りてくるわけである。「完璧な開化の夢」も必然的に崩壊していくであろう。同じ漱石の門下生である野上臼川は、自分の訳した『お菊さん』の序文「ロティのために（序に代へて）」（一九一五年五月）において、以下のように語っている。

『petit（小さい）、mievre（ひねくれた）、mignard（可愛らしい）、――要するには日本は精神的にも物質的にも此の三つの言葉の中に尽きてゐる。』ロティは斯う断定して居ります。／これを云ひ換へれば、日本はおもちやの国である、日本人は人形の国民である、といふことになります。――また実際そのやうな意味の言葉をロティは使つてゐたと思ひます。――人形の国民。但しそれは重に日本の女に対して云はるべき言葉であつて、日本の男はもつと粗野な、もつと狡猾な、そしてもつと醜い人間であると、ロティは明らさまに云つて居ります。㉘

野上は右記の言説で、それは「ロティの偏見」や「侮辱」ではないと弁解し、むしろ「明治十八年の日本」の現実であると主張し、「現在」への反省を読者に呼びかけたわけである。しかし、『お菊さん』における批判的な日本像を当時の知識人が読み取れたことは確実である。

また、「大正七年の秋」という時間設定も重要である。テクストにおける時間の空白に、一八八七年九月、井上馨が外務大臣を辞任するとともに、鹿鳴館時代の幕も降りた。一八八九年二月「大日本帝国憲法」が発布され、天皇を頂点とした近代天皇制国家の制度が急速に整えられる。その後、「日清戦争」(一八九四年七月～一八九五年四月)、「日露戦争」(一九〇四年二月～一九〇五年九月)、「第一次世界大戦」(一九一四年七月～一九一八年一一月)を経て、積極に海外進出を図るようになる。「第一次世界大戦」への参戦により、輸出が急増し、「大戦景気」まで呼び起こしたが、一方国内物価の暴騰も引き起こした。さらに「シベリア出兵」にともない政府による買い占めが進むなかで、米商人たちの押し売りに加え、とうとう食糧をめぐる暴動事件にまで繋がっていく。それはまさに大正七年の秋ごろに起こった「米騒動」である。したがって、「大正七年」という歴史的な時間から、それに内包された過去の一時期「鹿鳴館時代」を振り返れば、当時の美しい夢の儚さと脆さを喚起させるしかない。したがって、この時点で「海軍将校 Julien Viaud」とロティの関連性を必死に否認する「老夫人」の姿から、むしろひたすら過去の美しい夢を見続けようとする自己欺瞞を析出できるのではなかろうか。

おわりに

芥川「舞踏会」の「一」の前半部において、美しい開化の夢を象徴する「鹿鳴館の一夜」を構築している。こうした夢の中で、〈東洋〉の枠において、自己の開化像を自慢しながら、〈西洋〉と直面する際は、不安となり、西洋の尺度で測定しようというジレンマが潜んでいることが確認できる。後半部においては、「海軍将校」という一西洋人の眼を借りて、西洋に映された日本の開化ぶりを表出している。また、西洋人の眼差しにはいわゆる開化の「舞踏会」に対する否定があり、一方、開化の日本少女の美しさで過去の時代への郷愁を慰めようとするところもある。その過程において、語り手（作者に近い）はどちらにも偏らず、高い位置から見極めているのである。

「舞踏会」の創作中に、永井荷風の「花火」（「改造」一九一九年一二月）が発表されている。その作品では、「欧州戦争講和記念祭の當日」、「ポンと」した花火の声をきかっけに、世間からかけ離れた「わたし」は、「憲法発布の祝賀祭」から「大逆事件」、「日比谷焼打事件」、「米騒動」など、国家主導による一連の祝祭や騒動の回想に浸っていることが語られている。そして、「花火は頻に上つてゐる」なか、「わたし」は「煙草を一服し」ながら、物思を馳せるところでテクストが閉じられる。「花火」と「舞踏会」はともに祝祭の〈花火〉をモチーフにしているところに共通する。また、荷風の「花火」で提起された「明治二十三年二月」から「欧州戦争講和記念祭」の歴史的時間の流れも、そのまま「舞踏会」の世界に内包され、その背景となっている。「目に見る現実の事象は此年月耽りに耽つた江戸回顧の夢から遂にわたしを呼覚す時が来たのであらうか」[29]と嘆いた荷風は、世に背を向け、自己韜晦の生き方を選んだに対して、「開化の夢」の脆さを自覚した芥川は、むしろ現実と対峙することにしていたのではないか。中国旅行前後に発表した一連の「現代物」はまさにその証である。

第六章　「南京の基督」論——病い言説の内実をめぐって

はじめに

「南京の基督」(「中央公論」一九二〇年七月)は芥川龍之介の中国旅行前に発表された近代中国を題材にした短編小説である。発表された当時、本作をめぐる評価は毀誉褒貶相半ばのさまを呈していた。南部修太郎は、「作者に心の動きが無いと言はれるのは、恐らくはかうした作品に対してであらう」と述べつつ、「何れにしても作者の冴えた筆達者さは気持が好い。巧いものだと云ひたくなる」と芥川の創作技法を評価している[①]。安倍能成は「巧みに造られたお話」と褒めながら、「決して強い真実性を持つものではない。しかも亦一個独立の小世界を創造したメルヘンでもない」[②]と批評している。また、久米正雄も「格を外さぬ文体の美しさ」と評価する一方で、「趣味ばかりで固めたメルヘンの領域へ後戻りをしようとする」[③]と作品の内実の浅薄さを批判している。

そのほか、南部は芥川宛の書簡で、改めて本作品に関する自己の観点を述べた。それに対して、芥川は一九二〇年七月一五日付南部宛の返信で、「日本の旅行家が金花に真理を告げ得ない心もち」が「僕等作者が人生から Odious truth を掴んだ場合その暴露に躊躇する気もち」と同じく真剣であることを叙し、さらに一七日付の書簡で泌尿器科医の知識を挙げながらヒロイン宋金花の梅毒が「間歇」期における「一時的平癒」であると主張している。この二通の返信が、以後の「南京の基督」研究に大きな影響を与えている。すなわち、書簡の観点を作品の解読とどのように関係づけるかによって、作品の解読は変わっていくのである。

ヒロイン金花の夢のシーンを除けば、「南京の基督」の舞台が金花の部屋に限定されている。そこで、金花の確信する「基督様」による救いの〈物語〉とそれに背反する〈物語〉——彼女が「耶蘇基督様だと思ってゐる」のは無頼な日米混血児という日本旅行家の心内語が紡ぎ出されている。越智幸恵は本作品における「語り」の「二重構造」を指摘し、「バイアスのかかった語り手」を抉り出している[④]。それに対して、五島慶一氏は「二つの〈物語〉」が併存しているところに着目しながら、語り手の「偏向」を二つの〈物語〉の「それぞれに意味づけ、テクストの中に位置づけようとする運動のあり方」として解釈し、テクストが一方の〈物語〉への収斂が回避されていると述べ[⑤]、本稿の考察にも非常に示唆的な視点を提供している。ただ、その二つの〈物語〉を支える根拠、その間にある質の差、及び時代コンテクストにおいて凝視する際浮かび上がってくる力関係などがまだ十分に検討されていない。

また、「『南京のキリスト』には、氏の作品としては珍しく、性の執着と、愛情に対する驚きがあつた」[⑥]と早い時期から本作品におけるエロティシズムの要素が片岡鉄兵によって発見されたにもかかわらず、長い間その側面に対する詳しい考察が欠落している。本作品が発表された前後、芥川は中国の艶情小説を繙読していた。そのなかで、特に『金瓶梅』に心酔していたことはいくつかの書簡、随筆から確認できる。こうした読書体験は「南京の基督」の創作にも影響を与えたように考えられる。同時に、物語の舞台が文人墨客の渇仰の地—古都南京に設定され、そこに梅毒の罹った中国人売春婦、日本人旅行家と日米混血児の無頼漢が配置されているところも印象的である。南京というトポスをめぐる歴史的文脈とそれぞれの登場人物の身分に纏わる時代的な意味合いが、テクストの語りと共振しつつ、豊かな物語空間を作り上げている。本作品が発表されてから、百年近い月日が経った現在においても、絶えず論じられ続けるその研究史自体も、本作品に潜む多様な解釈の可能性を示しているのであろう。

本章では、先行論の成果を踏まえつつ、『金瓶梅』との関連性から金花の人物造型の特徴を考察し、テクスト解釈の新しい可能性を提示してみる。それから、「基督教」、「梅毒」などのモチーフを同時代コンテクストと照らし合わせながら、再検討して、中国旅行前の芥川文学における近代中国の表象問題を問い直したい。

一　「艶情趣味」への傾倒

高い漢文の読解力を持ち、また『聊斎志異』のような艶奇性格の文学を愛読していた芥川が、中国の艶情小説へと読書の世界を広げていくのはきわめて自然である。一九一三年七月一七日付井川恭宛の書簡で、芥川は「此頃剪燈新話だの金瓶梅だの古ぼけた本を少しよんだよ」と書いており、同年の七月二二日付藤岡蔵六宛の書簡では「唯本は少しよんだよんだと云ふ中には古ぼけた虞初新誌や剪燈新話や五才子書や金瓶梅のやうな小説が多い、横文字の本は殆どよまなかつた」と自分の読書体験を報告している。そして、一九一八年一一月二〇日から一九二一年三月二六日中国旅行の直前まで、芥川が頻繁に友人宛の書簡で中国の艶情小説を言及し、友人に勧めたり、書籍の買い求めを依頼していた。この時期、芥川が艶情小説に相当心酔して読んでいたことがわかる。しかも、西村貞吉宛の書簡（一九一八年一一月二〇日）で、「金瓶梅を初め、痴婆子傳、紅杏傳、牡丹奇縁、燈蕊奇僧傳、歓喜奇観などの淫書をよむとどうも支那人の開化した野蛮性が面白くなつてくる」と評価も述べている⑦。なかでも、『金瓶梅』に特別愛着を示し、「雑筆」の「痴情」の項で、次の評価を書き留めている。

男女の痴情を寫盡せんとせば、どしても房中のことに及ばざるを得ず。されどこは役人の禁ずる所なり。故に、小説家は最も迂遠な仄筆を使つて、やつと十の八九を描く事となる。金瓶梅が古今無双の痴情小説たる所以は一つにはこの点でも無遠慮に筆を揮つた結果なるべし。（中略）金瓶梅程の小説、西洋に果たしてありや否や。ピエル・ルイのAphroditeなども、金瓶梅に比ぶれば、子供の玩具も同じ事なり。

（『芥川龍之介全集』第七巻　一一七頁）

日本における『金瓶梅』の流通と受容について、長沢規矩也の考察によれば、正保元年（一六四四）に紅葉山文庫に入った二二冊の明版（筆者注：明万暦四五年版）は日本で流布した最初のものであるという。また、正徳三年（一七一三）二四冊一〇〇回「第一奇書」系の「彭城張竹坡批評金瓶梅」が輸入され、その後儒者の間で流行していた[⑧]。日本近代文学館芥川龍之介文庫に『改過勸善新書』（一〇〇回計十六冊、東京愛田書室印刷所、康熙三四年版）が所蔵されている。第一巻と第九巻の表紙に『増図像足本金瓶梅』と書かれており、冒頭部に、皐鶴堂主人と張竹坡による序文が掲載されている。これは張竹坡の批評を加えた「第一奇書」系の『金瓶梅』であるが、しかし、蔵書（部分）に入っているからと言っても、芥川の読んだのはこの本に限るとは言えない。したがって、以下考察する際、日本に流布された万暦版も視野に入れたい。

いち早く芥川の艶情趣味に注目した大塚繁樹は、「芥川は『金瓶梅』に於てエロ小説的な写実性と面白さとを認めるに過ぎず（中略）彼の理解は皮相的」であると評し、中国の艶情小説に対する芥川の評価が「猟奇的以上にでていない」と断じている[⑨]。しかし、芥川の「艶情小説」に対する評価ははたして「猟奇的」興味だけに留まるものだったろうか。芥川の未定稿に一九一四年頃に創作したと思われる「金瓶梅」（戯曲）が残っているところから、『金瓶梅』を読んで、そこから得た感銘を早速自己の創作に使おうとした青年芥川の姿が伺える。阮毅にも指摘されたように、この試作における主人公の設定及び主題には『金瓶梅』のきわめて大きな影響がある[⑩]。西門慶と潘金蓮の「死」と「生」（肉体の快楽）をめぐる会話を中心に描かれたこの作品は、正に若い作者の『金瓶梅』に対する理解を表しており、しかもその理解が「猟奇的」な域を遥かに越えていると言える。さらに、『金瓶梅』などの艶情小説から読み取った「開化した野蛮性」は、彼が『今昔物語集』に発見した「brutality（野性）の美しさ」を想起させる。そのほか、「動物園」（「サンエス」一九二〇年一月～一〇月）の「麝香獣」の項には「梅紅羅の軟簾の中に、今夜も独り眠つてゐる、淫婦藩金蓮の妖しい夢」とあるように、「南京の基督」の発表前後、『金瓶梅』のモチーフと芥川の創作活動とは密接な関係を有している。

また、『金瓶梅』以外の艶情小説に対しても、芥川が強い関心を持っていたのである。一九一二年七月二〇日付井川恭宛の英文書簡で、芥川は艶情小説『遊仙窟』を読んだ感想を次のように語っており、その作品で描かれた神秘的・詩的な世界への強い憧れをもらしている。

> I read Yusenkutsu, dreaming of a fairyland sunshine and peach-blossoms, where reality turns into a delicious dream and suffering into a life of luxurious pleasure, I wish to forget everything, vulgar and common, in this charming magic land and to live a life, not of men and women, but of gods and goddesses ,under the sapphirine sky of this fairyland, enveloped with the perfume of snowwhite pear-blossoms, with the poet of this fantasia, Chobunsei
>
> （『芥川龍之介全集』第十七巻　八二頁）

このように、芥川が中国艶情小説に求めるのは、なまぐさい情欲の発現ではなく、洗練されたロマティックな情緒であることが右の文で表されている。青春期の芥川の浪漫的審美観が、彼の中国艶情小説に対する評価の基調を定めたと言えよう。また、艶情小説だけではなく、杜牧、趙欧北、韓偓の艶詩も高く評価し、艶詩集『香奩集』を「抒情性的な感情」が「充満している」と評しているし、度々〈擬香奩調〉の漢詩や短歌の創作を試みるなど、芥川は〈艶情趣味〉に深く親炙していたことがわかる。

また、芥川がこうして中国艶情小説に傾倒していた時期と、中国古典文学から素材を求め、「杜子春」（「赤い鳥」一九二〇年七月）、「秋山図」（「改造」一九二一年一月）などの〈中国物〉を創作した時期、また中国旅行を熱心に計画した時期とが重なっていることは見逃せない事実である。芥川が中国艶情小説の世界から読み取った「抒情性」、「開化した野蛮性」は、彼の「中国趣味」の周辺に揺曳していながら、芥川文学における中国像の一側面をもなしている。

二　金花の「恋物語」と典拠

「南京の基督」初出の文末に「（九・六・二二）」の日付があり、初刊本では「大正八年四月」「本篇を草するに当り、谷崎潤一郎氏作「秦淮の一夜」に負ふ所尠からず。附記して感謝の意を表す」の文が付いている。南京の私窩子の話を書き出す動機には「秦淮の夜」（「中外日報」一九一九年二月、「新小説」一九一九年三月）の触発があることは否定できないが、すでに先行研究に指摘されたように、その引用関係は「南京希望街」や「孔子廟」、「姚家巷」などの地名をはじめとして、金花の部屋の光景や装飾、翡翠の耳環や西瓜の種等、主人公身近の小道具に限られている。また、私娼が警察に禁止されるというモチーフも「秦淮の夜」から得たと考えられる。「秦淮の夜」において、「私」の買春体験がリアルに語りだされている。そこに登場した中国女性の容貌だけがクローズアップして描かれ、特に「私」が「希望街の警察署の裏手の家」

で出会った「花月楼」という妓女が肉感的、受動的、内面性を持たず、「精一杯私に媚びを売らうとする」エロティックな存在として語られている。また、「一言半句も支那語」を解さない「私」が彼女達の身振りから読み取るのは積極的に自分を売ろうとする媚態しかない。こうした一元的な語りの中で、彼女達と「私」の関係はただの金銭交換に回収され、彼女達が、また消費・享受されるべく商品として表象されている。西原大輔が指摘するように、谷崎の中国関連作品は大正時代のオリエンタリズムの一典型を成している[11]。それに対して、「南京の基督」においては、「秦淮の夜」と対照的な中国女性像を作り出すことによって、「秦淮の夜」とまったく違った物語空間を構築している。また、本作品における中国女性の造型には、この時期の作者の愛読書『金瓶梅』の主人公潘金蓮の色模様が薄く見えている。

金花の造型と『金瓶梅』の借用関係について、中国の研究者張如意が「『金瓶梅』の内容が中国の「宋」の時代のもので、「宋」は「宋金花」の「宋」に通じ、「金」は「宋金花」の「金」に通じ、「梅」は「花」に通じている。このほかに『金瓶梅』の主人公「潘金蓮」という名前にも、「金」と「蓮」(花)の字がある」と述べ、さらに、「開化した野蛮性」という「藩金蓮」の性質は「宋金花」に通じていると指摘する[12]。示唆的な指摘であり、本稿でもそれを是とするが、ただし、張氏の研究はそこに留まり、詳しい考察が行われていない。『金瓶梅』という書名は主人公の三名の女性—潘金蓮、李瓶児と龐春梅の名の略から構成されているのである。したがって、「金」は潘金蓮のことを指しており、「花」を「蓮」の提喩表現(シネクドキ)と見るならば、「宋金花」は「潘金蓮」に因んで造型された可能性があると言えよう。

周知の通り、潘金蓮は『金瓶梅』における最大のヒロインであり、結局悲惨な形で一生を終えた彼女の物語は『金瓶梅』に描かれた女性の悲劇の中で最も代表的なパターンである。また、彼女の人生の悲劇は西門慶への盲目の愛から始まったとされている。金蓮と西門慶との交際が集中的に描かれたのは、『金瓶梅』の「第八回潘金蓮永夜盼西門慶焼夫霊和尚聞淫声」（潘金蓮が夜ごと西門慶を待ちこがれること　法事に来た和尚がみだらな声を耳にすること）であるが、この章において、夫を毒殺した後の金蓮は夜毎に寂しく西門慶を待ち続け、また西門慶の突然の訪ねに恋（性）の歓喜を味わうことが描かれている。この一節と金花が「外国人」と出会った箇所を読み比べればいくつかの類似点が析出できる。

まず、第八回のプロローグに以下の七言律詩が歌われている。

静悄房櫳獨自猜，鴛鴦失伴信音乖。／臂上粉香猶未泯，床頭楸面暗塵埋。／芳消瘦虚弱鸞鏡，雲鬟蓬鬆墜玉釵。／駿驥不来勞望眼，空余鴛枕涙盈腮。（ひとり静まる部屋で考え込む　なぜにあの人姿をみせぬ　腕の残り香まだ消えもせで　いつかつもる寝台のほこり　うつす姿見むなしくやつれ　玉のかんざし髪から落ちる　今日も来ぬかや待つ身のつらさ）⑬

一人になった金蓮は毎夜静まり返った部屋で、西門慶を待ち続ける。音信絶った西門慶のことを思い出す度に、暗い埃の漂った寝台で悲しく顔を掩っていることが描かれている。「南京の基督」の冒頭部において、「埃臭さうな帷を垂してゐた」陰鬱な部屋で、金花は「古びた卓の上に頬杖をついて」、「退屈さうに」西瓜の種を噛み破っていた様子が語り出されている。彼女の「夜毎に」「長い間」坐ること」から「典型的な〈待つ〉姿勢」を析出し、本作品を芥川の「〈待つ〉行為を対象化した作品の系列」として捉えるのは秦剛の研究であるが⑭、まさにその通りである。物語の始まりにおいて、金花はすでに「悪性の楊梅瘡」に罹り、「二しよに煙草でも吸ひ合ふ外」に、「御客と一つ寝台に寝ないやうに」誓っていたのである。そのため、客が「おひおひ遊びに来ないやうに」なり、彼女の家計も、「一日毎に苦しくなつて行つた」。こういう状況の下で、「今夜も」「長い間ぼんやり坐つてゐた」彼女の「待つ」姿勢には、父と自分の生存のため、客の来訪を待つのは勿論、金花が耶蘇像を見る毎に、「長い睫毛の後の寂しい色が、一瞬間何処かへ見えなくなつて、その代りに無邪気な希望の光が、生き生きとよみ返つてゐるらしかつた」と書かれているように、基督の救いを待ち続けているのである。また、金花にとって耶蘇基督は自分を守る神様であると同時に、寂しい心と悲しい人生を慰める存在でもある。彼女がキリストに男女の愛に近い感情を抱えていることも、外国人客の顔から「キリスト」を見出した時「恋愛の歓喜」を覚えるようになるところの布石となっている。つまり、寂しい金蓮の姿は、目に「寂しい色」を帯びながら、お客（愛情）を待ちつつある十五歳の金花の形象と通底していると考えられる。

『金瓶梅』における潘金蓮は夫を殺した「毒婦」と性欲に執着していた「淫婦」とされてきたが、見方によっては、自己の欲望を強く意識し、積極的に自己主張している人物として読み返すこともできる。いくじなしの武大と結婚した後、性の苦悶に耐えられず、次々とほかの男と密通し、夫を毒殺までした悪女ではあるが、人間（特に女性）の欲望が厳しく抑圧された明朝時代において、彼女の形象にはむしろ積極的な側面がある。動物的・原始的な欲望を求めようとし、与えられた運命を絶えず反抗しようとする彼女は一番「開化した野蛮性」を体現しうる人物であろう。

一方、他人に病気を移さないため、最初から客と夜を過ごすことを拒んできた金花が、見慣れない一人の外国人に身を任せた。その決定的なきっかけは、その客の顔から「受難のキリスト」を見出したことである。しかも、その時点で、金花はその外国人のことを「基督様」と思ったわけではない。それにも関わらず、梅毒に罹って以来絶対客を取らないという決心を思い出す余裕もなく、とうとう彼に身を委ねたのである。その一節は次のように描かれている。

金花は髯だらけな客の口に、彼女の口を任せながら、唯燃えるやうな恋愛の歓喜が、始めて知つた恋愛の歓喜が、激しく彼女の胸もとへ、突き上げて来るのを知るばかりであつた。

（『芥川龍之介全集』第六巻　二四七頁）

冷徹な口調で纏められた作品全体において、やや異質に見える情熱に富んだエロティックな表現である。この一節について、前述したように、片岡鉄平は芥川の「ロマンチシズムの、最極の表れである」と評し、本作品から、「性の執着と、愛情に対する驚き」のテーマを析出したのである。エロティックな要素を作品に織り込むのは、この時期作者の艶情文学への傾倒と無関係ではなかろう。「恋愛の歓喜」に導かれ、それを求めるため、金花が外国人の客に身を任せた。金花のこうした「性への執着」（愛情への渇望）は金蓮とも共通していると考えられる。

また、「敬虔のカトリック」でありながら、春を鬻いでいる金花に内在している聖と俗の両義性を矛盾と捉え、日本人旅行家は「皮肉な調子」で、疑問を突きつける。それに対して、金花は晴れ晴れと微笑みながら「この商売をしなければ、阿父様も私も餓ゑ死をしてしまひますから。」と答える。さらに、「こんな稼業をしてゐたのでは、天国に行かれないと思やしないか」という問いかけに対して、彼女は「ちよいと十字架を眺めながら、考深さうな眼つき」で、「天国にいらつしやる基督様は、きつと私の心もちを汲みとつて下さると思ひますから」と基督に対する確信を告白する。つまり、基督に対する敬虔の信仰心と売春している事実との間に見える所謂「矛盾」が、彼女の「生に対する執着」と基督への純粋な愛によって、解消されている。また、「それでなければ基督様は姚家巷の警察署の御役人も同じ事ですもの」と語るように、金花の中では「基督様」と「姚家巷の警察署の御役人」が対峙的に配置され、金花にとっての基督信仰は抑圧・秩序などとは関係がなく、むしろその信仰を通して、現実生活における秩序や抑圧を超えて行こうという望みが孕んでいるのである。「私窩子」という周辺化され、抑圧されている身分を持ちながら、敢えて父と自己の生存のため、体を売る行為は、一種の自己犠牲でありつつ、抑圧体制のなかでの自己把握と自己主張と言い換えてもよいであろう。こうした意味において、金花は、「秦淮の夜」に描かれた、肉感的、官能的なだけ、内面が空白のままに留まる女性像と一線を画している存在である。

三　病い描写に託された批判

梅毒に冒され、強情に客を拒否し続ける金花は、生存の極限状況に陥っている。こうした状況のなかで、金花の部屋に「見慣れない外国人の一人」が闖入してきた。このシーンまで、語り手は金花の内面に寄り添って、彼女の物語を語ってきたが、この箇所において、語り手が金花と距離を置きながら、外国人のことを「どう見ても泥酔した通行人が戸まどひでもしたらしく思はれるのであつた」と語るようになり、彼の素性を暗示してみせる。一方、金花の視線を共有して語り出す箇所は、

「今まで見てきたどんな東洋西洋の外国人よりも立派であった」となり、金花がその外国人を特別な存在として受け取ったことを仄めかす。さらに、その外国人に「一種の親しみ」を感じ取る箇所も、外国人の顔から基督の顔を見出す箇所も、すべて金花の思い込みであるかのように、彼女の視点で語り出されている。

この語り方に見られる分裂は、作品の最後まで貫かれ、テクストにおける二つの〈物語〉の存在を提示している。一つは、金花の視点で作り上げられる〈恋物語・救いの物語〉であるが、その〈物語〉の成立に大きく関与し、根底からそれを支えるのは金花の「夢」である。一方、その夢のシーンにおいてこそ、金花の〈物語〉と対峙する、もう一つの〈物語〉が暗示されている。

外国人と出会った夜、金花は天国の基督の家を訪ね、〈基督〉と共に食事をする夢を見た。夢の冒頭において、「燕の巣」、「鮫の鰭」、「蒸した卵」など贅沢に尽くした中華料理が彼女の前に並んでいる。「しかもその食器が悉、べた一面に青い蓮華や金の鳳凰を描き立てた、立派な皿小鉢ばかりであつた」。牧野陽子氏がこの箇所について、その中国らしい装飾の描写が、「キリスト教の天国というよりは、夢の中で古い中国の民話や神話の世界に遡っていくような印象を受けるのである」とし、「物語空間が象徴するもの」は「非西欧、近代以前の原初的な心性ということになろう」[15]と述べている。筆者もその指摘に同意である。ただし、金花の夢に登場した中華料理は単なる前近代的な物語空間を醸しだすための小道具だけでなく、隠喩表現の一つとして機能していることを指摘したい。

同じくこの箇所に注目にした田村修一は「南京の基督」の発想が『今昔物語集』第一六巻の「丹後国成合観音霊験語第四」及び「越前の国の郭賀の女観音の利益を蒙る話」からヒントを得たと述べ、金花が食べさせられた料理は基督の体の象徴であり、「キリストが身を削って金花を癒した」⑯と解釈している。非常に示唆的な観点を提示しているが、ただし、後で詳しく論じるが、金花が夢で出会った〈基督〉は救いの神様であるかどうかはまだ疑問の余地があり、この箇所に表出された料理の象徴性も別の意味で読み解くことが可能であろう。

その手がかりとなるのは中国古典文学の世界において、食事はよく情事の隠喩として取り扱われるところである。その典型は、中国最初の詩集『詩経』から見出せる。たとえば、「衛風・氓」篇で歌われた「桑」のイメージがエロティシズムと関係があり、鳥が熟れた桑の実を食うという表現は、性の隠喩として解釈できる。また、「王風・丘中有麻」においても、食事の誘いを通して、性欲を表現するのである。また、「鄭風・狡童」では、性への不満足が飢えということで描かれる。実際、こうした表現は『詩経』以降の文学作品にも引き継がれている。

一九一七年三月、雑誌「黒潮」に発表された「忠義」の中で、「殷鑑遠からず」の一句が書かれ、それは『詩経』「大雅・蕩」の「殷鑑不遠、在夏後之世」から引用したのである。そのほか、芥川が度々漢詩、短歌の中で、『詩経』の表現を援用することも、彼の『詩経』に対する関心を語っている。したがって、『詩経』の表現方法からヒントを受け、自己の創作で実践するのも不自然ではない。また、晩年に書かれた「侏儒の言葉(遺稿)」のなかで、以下のような節もある。「人間的な、余りに人間的なものは大抵は確かに動物的である。」「天国の民は何よりも先に胃袋や生殖器を持つてゐなゐ筈である。」食欲と性欲は人間としての本能的な欲望であり、人間である以上、この二つの欲望を排除できないという芥川の認識が、右の二箇所で端的に表されている。

「南京の基督」において、金花は、外国人客と出会い、病気に罹って以来抑圧されてきた「性への執着(愛情)」が甦ってきた。また、生活の窮地に追い込まれた金花の抱えている「生への執着」と「性への執着」が夢のシーンにおいて、合流された形で顕著になってくる。燕の巣などの豪華な料理は買春客の身体のパロディとして読める⑰。金花は夢で食事をすることは、つまり彼女が基督に見える人と一夜を過ごしたことを暗示しているのである⑱。

また、先行論に看過された陳山茶の話と合わせて検討すれば、その物話の経緯がより明確に見えてくる。山茶は梅毒に悩まされた金花に「あなたの病気は御客から移つたのだから、早く誰かに移し返しておしまひなさいよ。さうすればきつと二三日中に、よくなつてしまふのに違ひないわ」と教える。語り手に「迷信じみた療法」と規定されることもあり、長い間この一節は等閑視された。しかし、この話はむしろ、金花の「体に起こつた奇跡」の根拠――客に移したから癒えたことを暗示しているのではないか。

本作品を構想する段階での創作ノートに「クリスト売春婦の梅毒を癒す―売春婦自身の話」というメモが残される。つまり、金花の病気は彼女が属している前近代の文明の中で、その迷信じみた方法によって癒されたとの解釈も有効であろう。

もう一つ注意すべきなのは、語り手の視線で「耶蘇基督」を語りだす際、呼び方は「その男」、「この外国人」、「彼」であり、最後〈南京の基督〉に変わっていくところである。この語り方に見られるアンビバレンスは〈南京の基督〉の正体を暗示しているのであろう。つまり、金花が夢の中で出会った所謂救いの「基督」像は、南京に降臨する「基督様」ではなく、あくまでも彼女自身の思い込みであり、彼女の想像上の世界にしか存在せず、彼女自身によって作り出された存在である。また、〈南京の基督〉が金花に「まあ、お前だけお食べ。それを食べるとお前の病気が、今夜の内によくなるから」

と料理を勧めながら、自分が「私は支那料理は嫌ひだよ。お前はまだ私を知らないのかい。耶蘇基督はまだ一度も、支那料理を食べた事はないのだよ」と食べることを拒否する。この一節について、中村三春は次のように指摘している。

中国料理を食べないキリストが、「それを食べるとお前の病気が、今夜の内によくなるから」と、それを食べさせることで金花の病を癒すことができる。それは、本来その土地のものではない外来者が、その土地に入り込み、土着の民を支配しようとする行為のイメージ、世界宗教たる基督教の布教や、植民地主義の表象として準えられるだろう。[19]〈南京の基督〉表象の深層に迫る、示唆に富む指摘だと言えよう。金花の夢に登場した〈南京の基督〉も信仰の神様の表象というより、キリスト教宣教の象徴であると捉える方が確実であろう。これはまた、近代中国におけるキリスト教の宣教状況と深く関わると思われる。近代中国におけるキリスト教の宣教活動は、「宣教活動は欧米諸国の中国での勢力を拡張する一手段でもある。特に、米西戦争によって、太平洋国家への跳躍を果たしたアメリカも積極的にアジア、特に中国への進出を図り、宣教活動も盛んに行っていた」。[20]

すでに先行論に指摘されているが、こうしたアメリカの野心が「日本のマスメディアに見抜けられ、一九一〇年代からアメリカの勢力拡大行為に憂慮する言説が相次いで出ている」[21]。また、知識人たちもそこに目を向けている。そのなか、アメリカの宣教活動を批判する長谷川如是閑の観点が、日本に留学した田漢によって、中国にまで紹介されたほどである[22]。長谷川は帝国主義国家の宣教が侵略の手段の一つに過ぎず、宣教対象国民衆の思想を教化するための道具であると批判している。

こうした空気が芥川にも影響しているのではないか。前述した状況を背景にすれば、金花に料理を食べさせながら、食べることを拒絶するということは、金花に目の前の人（その外国人）と一夜を共にさせながら、自ら金花を抱きしめること（＝救い）を拒絶することと同じ意味である。〈南京の基督〉のこうした一見矛盾する行為は、当時中国における宣教活動の一部に見える偽善性を語っていると考えられる。

また、中国人女性が梅毒を感染するという設定も意味深い。芥川の創作手帳では、「売春婦」、「カトリック」、「梅毒」関連のモチーフが次の四箇所に書き留められている。

「手帳1」（一九一六年～一九一八年の記載と推測される）
「femme+homme（梅毒）」
「手帳2」（一九一八年～一九一九年の記載と推測される）
「聖母マリア吉原の女郎となる話　道中の途中より昇天す」
「手帳3」（一九一九年～一九二三年）
「クリスト売春婦の梅毒を癒す——売春婦自身の話」
「手帳3」（一九一九年～一九二三年）
「売笑婦の二重生活 Virtuous life を送りつゝ死ぬ」

（『芥川龍之介全集』第二十三巻　二六一～三一七頁）

右記のように、「南京の基督」が発表される前から、芥川はすでに「梅毒」や「聖母マリア」と「吉原の女郎」のような聖俗両端のモチーフに関心を示している。一九一五年の春、吉田弥生との縁談話が養家の反対で破局され、その反抗として芥川が吉原通いになり、失恋の苦しみを晴らしていた。そうした放浪生活で、以後の生活は乱れ、花柳病になった可能性もしばしば研究者に推測されている。したがって、売春婦と梅毒のモチーフに目を向けたことは、こうした作者自身の体験と無関係ではない。しかし、これらのモチーフが、「南京の基督」として結実された時点で、諸モチーフがすでに個人体験のレベルから脱皮し、同時の時代背景など色んな要素と絡み合うようになった。クロード・ケテルは、「梅毒恐怖の絶頂は二十世紀の前半に、特に両次大戦間の時期に位置づけられる」[23]と述べている。日本では、明治中期から昭和初期にかけて、梅毒への注目が高まり、「東京朝日新聞」の一紙に限っても、梅毒関連の広告や文章が一五〇〇以上ある。その中、中国の台湾・「アイヌ」・シベリアなどがよく梅毒と結びつけられ、その野蛮性の証拠として語られる傾向も見られる[24]。

また、佐藤春夫が台湾での旅行体験を元に創作した「霧社」（「改造」一九二五年三月）において、梅毒に冒され、体が潰れた現地の住民を見た時の衝撃及び恐怖も語られている。このように、日本以外の「オリエント」を語る際、繰り返されたこのモチーフは、時には「野蛮」「後進」のイメージとして生産され、時には「誘惑と恐怖」の他者表象として描き出されている。同時に、その病を「救済」するという論理において植民地主義的な欲望が語られていたのである。本作品における「梅毒」の表象は、時代文脈の意味合いを共有しながら、アヘン戦争以降、植民地政策によって、破壊された「古典中国」の隠喩として捉えることもできる。「私窩子」の一夜を騙した話を得意らしく吹聴した日米混血児は、恣意的に他国の文明を破壊し、傲慢に他国の財産を略奪する侵略者の表象として読み取れる。しかし、彼は「植民地政策の付属品としての〈梅毒〉」[25]をうつされ、発狂という結末を迎えている。植民地主義の罪が自身の罰となったところに、作者の批判意識とアイロニーの手法が明確に示されている。同時に、「無意識」にもかかわらず、金花の梅毒が侵略側の人間に移され、その人を発狂させたところは、ある意味で、被支配者側に潜まれた危険な側面を意味しているのであろう。日米混血児の設定について、中村氏は「脱亜入欧的な近代日本の西洋に対するコンプレックスの凝縮されたイメージが、この混血児が金花を欺き、犯すという叙述には認められる」[26]と述べている。一方、混血の表象が日本文化の雑種性を照射する装置となりうる。日本人旅行家にとって、日米混血児が排除しようとしても排除しきれない「他者」であり、「自己」でもある。日本人旅行家が自己を「無頼漢」の日米混血児から相対化させようとしたが、しかし、本質的には、混血児と同じく買春・支配者側の人間に属している。したがって、彼も常に「無頼漢」と同じ境地になった可能性がなくもない。ここから、日本の侵略活動に対する芥川の思考が読み取れる。

おわりに

「南京の基督」は、金花の〈救いの物語〉と日本人旅行家の〈真実の物語〉という二つの話から構成されている。時々涼しい眼を挙げて、客を待っている気立ての優しい金花を造型する際、中国古典艶情小説、特に『金瓶梅』から素材を借りている。薄暗いランプの光で作りあげた前近代的な空間において、金花は自分の愛するキリストに出会い、梅毒から救われたという美しい〈夢〉を見ていた。一方、金花がキリストだと確信していたのが、ただの無頼漢であり、彼が金花から移された梅毒で、発狂したという〈物語〉が、日本旅行家によって、提示されている。

「おれは一体この女の為に、蒙を啓いてやるべきであらうか」と躊躇する旅行家の眼差しに、近代医学知識などの科学理論を真理とし、そこに優位を置き、前近代の心象を持っている金花を蒙昧者として見下ろす意味合いが帯びている。こうした眼差しは、金花と出会った当時から最後まで一貫している。しかし、旅行家の窮した質問に対し、金花は自分の梅毒が治ったと確信を持って、「顔を輝かせて、少しもためらはずに返事をした」ところに、物語を終える。語り手と旅行家と読者の共犯関係で作り出した「真実の話」が、金花の確信によって相対化されている。西山康一氏が指摘しているように、日本人旅行家の話を相対化することで、本作品は「当時のジャーナリズムの流れ（日本の中国進出をめぐる〈帝国主義〉的な文脈　筆者注）に完全に一致することから逸脱してもいる」[27]。「南京の基督」において、作者はこの二つの〈物語〉に均等な力を入れるように見受けられる。当時の知的構造を前提とした旅行家の〈物語〉に前近代の文明に支えられた金花の〈物語〉より優位性を持たせない。つまり、本作品では、前近代的な文脈は決して排除すべきものとして描かれるのではない。

本作品が発表された翌年の一月から二月まで、中国人女性をヒロインにした「奇怪な再会」が「大阪毎日新聞」で連載された。この二作はヒロインが共に娼婦であるところに共通性を持っている。「娼婦」という身分設定が、芥川の近代中国作品を考察する際、非常に重要である。芥川は中国を語る際、度々娼婦を登場させるのは一九二〇年代日本の文人達が中国を語る際よく遊郭のことを触れるという時代状況と無関係ではない。同時に、中国古典文人世界における文化事情とも深く関わっていると思われる。古代中国において、才芸に優れた娼婦たちは文人たちの恋愛の相手として名を残すことが多い[28]。娼婦という身分に、芥川は文人のロマンチックな想像を寄託しているのであろう。

一方、アヘン戦争以降、西洋諸国の拡張政策で、植民地化されていく近代中国が、商品化され、「植民地化」された娼婦の身体として表象化されたのではないかと考えられる。こうした性格が、舞台空間の「南京」とも一致している。長い間、「詩的空間」・「ロマンチックな都」としての古都南京が、アヘン戦争後の一八四二年、イギリスと清国の間で締結された「南京条約」によって、否応なしに「殖民地」の色合いに染められてきた。ロマンチシズムとコロニアリズムが交差する典型的なトポスで、同じ性格を帯びえた植民地の女（しかも娼婦）の物語が語り出されているのである。

第七章　「奇怪な再会」論――「狂気」の両義性をめぐって

はじめに

「南京の基督」が発表された半年後、同じく中国人女性を主人公とした「奇怪な再会」が創作され、一九二一年一月五日から二月二日まで「大阪毎日新聞」の夕刊に一七回にわたって掲載された。執筆当初、芥川は友人宛の書簡で、「怪しげな小説」(一九二一年一月六日付小澤碧童宛書簡)、「変な小説」(一九二一年一月六日付小穴隆一宛書簡)、「怪談」(一九二一年一月一九日付中西秀男宛書簡)などと自ら規定しており、南部修太郎も「氏の怪奇に対する悪趣味に出発した、露骨すぎる拵えものであり、芸術品を骨董的に愛読する人なら知らず、それ等を頭の遊戯、筆のすさびと非難されても、恐らく作者は一言も無いだらう」①と酷評している。後年、吉田精一は「あまりにも理知的なスタイルや文章が、物凄い筈の感覚や情景をも妙に割り切ったものにしている」②と評しているように、本作が総じて軽視されてきたことは否めない。「奇怪な再会」は、かつて中国人であったお蓮＝孟蕙蓮が陸軍一等主計の妾となり、本所の妾宅に囲われているうちに、昔の恋人金への思いを募らせ、結局発狂して、幻想の中で金との再会を成就する物語である。確かに、お蓮の発狂過程は怪談じみた語りで綴られており、これは幼少時代から養われた芥川の「怪談趣味」とも深く関わることとは否定できない。

一方、本作は「芥川の怪奇小説の系統だけに位置するのではない、（中略）幻想の中で思いの人との邂逅を成就する女性と、背後にある残酷な真実とは、中国趣味と共に「南京の基督」（「中央公論」一九二〇年七月）を彷彿させる」[③]という乾英治郎の指摘に共感を持っている。一方、日清戦争を背景にしたうえで、そこに帝国日本の軍人男子と中国人の娼婦を配置することで、ジェンダーと絡み合う形で政治的力関係を描いている点にも注目すべきである。また、前章で考察したとおり、この時期の芥川は、「艶情趣味」に熱中しており、本作もこうした背景のもとで創作されている。したがって、本章では、前章で提示した芥川の「艶情趣味」を踏まえ、本作の素材を明らかにする。そのうえで、登場人物造型の特徴を分析し、時代コンテクストと照合しながら主人公お蓮の「発狂」における多重の意味合いを考察する。そして、お蓮に向けられた帝国男性のまなざしを取り上げ、女性の身体への性的欲望はとそれにともなった抑圧の構図を浮き彫りにし、その内実を明確に示す。

一　中国古典文学との関わり

芥川の「艶情趣味」及び中国古典艶情小説への傾倒は前章で考察したとおりである。「奇怪な再会」も、中国艶情小説の影響を受けていると考えられる。以下、詳しく考察してみたい。

「奇怪な再会」の物語はかつて威海衛の妓館で客を取っていた妓女、孟恵蓮が陸軍一等主計の牧野に日本に連れてこられ、日本名お蓮と変えられ、本所の妾宅に囲われていたところから始まる。中国にいた時、お蓮には金という恋人がいた。しかし、彼はなぜか突然姿を消した。お蓮は牧野の友人田宮の話から、金が牧野に殺された事が分かり、復讐しようとしたが、とうとう「発狂」し、「私」の友達「K」が経営している脳病院の患者になった。それ以来、中国から持ってきた「支那服」を脱ごうとしなかった。結論を先に述べれば、このプロットには『金瓶梅』の宋恵蓮の話と幾つかの類似点がある。

『金瓶梅』の宋恵蓮は第二二回から登場し、第二五回で自殺に至った。彼女に関する語りは小説の全体に占める文量は多くないが、『金瓶梅』で描かれた女性の悲劇の一つのパターンとしてよく評価されている。以下、やや長くなるが、宋恵蓮の物語を紹介しておきたい。

宋恵蓮は西門慶のお使い旺児の妻で、ただの飯炊き女でありながら、美人で気の利く女である。宋恵蓮は或る日、西門慶に手籠めにされた。その後、西門慶の暴威への反抗に無力であることもあり、西門慶から衣料や金銀を与えられたことも原因で、宋恵蓮は西門慶との不倫に甘んじている。その間、宋恵蓮の夫旺児は東京（明朝の首都）での用事を済ませ、西門慶のところに戻った。西門慶に疎遠にされ、不満と嫉妬で宋のことを恨んでいる西門慶の第四番目の妻妾孫雪娥から宋恵蓮と西門慶の不倫のことを告げ口された。屈辱に耐えられない旺児は西門慶を殺すという話を持ち出した。この話が西門慶のところまで言いふらされた後、旺児はとうとう入獄の身となった。宋恵蓮は旺児を救い出そうと西門慶に泣きついたが、西門慶にいい加減にあしらわれた。結局、夫旺児は追放され生死不明になり、宋恵蓮は夫に対する罪悪感と西門慶に対する失望で、自殺した。「奇怪な再会」を含めたこの二つの話を図式化して読むと、以下のような類似点が見出せる。

◇社会下層にある女（弱い立場にある女）は有力者の男に占有される。
◇男には妻がある⇒女は妾になる（あるいは妾に相当の身分になる）。
◇女には恋人（夫）がある⇒恋人（夫）は有力者の男に殺される（追放される）。
◇女の復讐（反抗）は女の狂気・自殺で終わる。

そのほか、「奇怪な再会」のヒロインお蓮の本名孟恵蓮も『金瓶梅』の宋恵蓮を想起させる。また、宋恵蓮の本名は元々宋金蓮であったが、藩金蓮の機嫌を損ねたため、やむをえず恵蓮と変えたのである。こういう〈名前奪い〉＝強制的な改名のモチーフも『奇怪な再会』と共通している。

『金瓶梅』のほか、『遊仙窟』や『肉蒲団』などの色情小説にも深く興味を持ち、熱心に繙読していたことが、芥川の書箇からわかる。プロットのほか、お蓮が玄象道人に昔の恋人金の行方を占ってもらうところは、唐朝時代の艶奇小説『霍小玉伝』におけるシーンと類似している。それは、霍小玉の恋人李生が約束の時期を越えても帰って来なかったので、李生の行方を知るため霍小玉が「博求師巫、遍詢卜筮」（あちこちの師巫にもたずね、いろいろな易にも相談して）という箇所に当たる。芥川は中国古典色情小説のパターンや要素を充分に理解して「奇怪な再会」を創作したと考えられる。

二　お蓮の造型と「狂気」の意味

「奇怪な再会」の物語はヒロインお蓮が本所横網の妾宅に囲われたところから始まっている。町から離れた「手狭な平家」で女中の婆さんと二人で暮らしているお蓮は旦那の牧野が「来ない夜なぞ寂しすぎる事も度々あった」と他国に流れてきたお蓮が牧野を頼りにしている様子が語られている。一方、寂しい生活の中、過去への思い出を募らせた時、こうした不幸な境遇に追い込んだ牧野に「憎悪の念を燃え立たせる事も時々あった」とお蓮の揺れている心象が描かれる。しかし、敗戦国の女性という弱い立場にあるお蓮は、現実に反抗できないことを自覚している。「東京も満更ぢやありますまい」と牧野に誂われても、お蓮は「微笑を洩らした儘」、酒の相手をすることしかできない。彼女は自分の感情を抑え、身を忍んだ従順な女性を演じざるをえない。

惨めな状況に置かれながらも、牧野から妻と離婚して自分と暮らすという話を聞かされた際にも、すぐに泣きながら「御新造を捨てないでください」と懇願する。明治初年の家族制度の一大改革として、長い間日本家族制度に含まれた「妾」制度が明治一四年いっぱいで法律上消滅した。つまり、明治二八年「妾」になったお蓮は法律上の保護もなにもない④。特に、密入国させられた敗戦国の女である彼女にとっては尚更である。こうした境遇にありながらも、牧野の妻という他人のために結婚を辞退していることからお蓮は善良で献身的精神を持っている女性としても造型されていることがわかる。この点は、「私どもの仕合せの為に、怨みもない他人を不仕合せに致す事」をしない「南京の基督」の宋金花とも共通している。

他国人の髮型をし、他国の衣装を身に纏い、名前まで失われたお蓮は自己喪失の不安と昔の恋人と再会する念願とを抑えてきた。金への思い及び彼と再会しようとする信念がお蓮の悲しい人生を支えてくれる唯一の柱だったと言える。金という「他者」に対する執着の内実には愛情のほか、そこから「孟恵蓮」としての自己主体性を再確認し、再構築しようという意欲も潜んでいる。しかし、それは現実の世界において、実現できない儚い夢であることがすでに作品冒頭において伏線として描かれている。

最初は第二節、お蓮の夢を描くシーンである。「夢十夜」第七夜⑤の描写でも思わせるような黒い波を切って進む船の船室で、金が「悲しそうな微笑を浮かべながら、ぢつと彼女を見下ろしてゐる」とあるように、金は声を発せず、影に近い存在として描かれている。そして、第七節牧野と寄席に行く場面も大事である。日本人女性の姿をしているお蓮は、寄席の客から物珍しそうな視線を感じ取った際、「晴れがましくもあれば、同時にまた何故か寂しくもあった」とあるのは、ほかでもなく自分の主体性に相応しくない格好をしているからである。そして、日清戦争の幻灯を見て、「雪の積もった城楼だの、枯柳に繋いだ兎馬だの、辮髪を垂れた支那兵だのは、特に彼女を動かすべき理由も持っていたのだった」と昔の面影を思わせる事象から、自己のアイデンティティーの存在あるいはその形跡を一生懸命確認しようとするお蓮の姿が浮かび上がっている。今まで無意識のうちに内面化されてきたアイデンティティー（主体性）が映像という外部からの形で提示され、初めてその存在を意識するようになる。とはいえ、お蓮の場合は、それはあくまでも映像の中の幻影に過ぎないのであって、幻想や夢の中にしか存在しない儚いものでしかない。

寄席から帰ってきた夜、お蓮は一人きりで暗い藪もしくは林の中を歩き廻る夢を見た。「とうとう私の念力が届いた。東京はもう見渡す限り、人気のない森に変っている。きっと今に金さんにも、遇う事が出来るのに違いない」と玄象道人の森の予言を想起しながら、金との再会を期待していたが、結局戦争の大砲の音や小銃に途切れてしまった。「戦争だ。戦争だ」と思いながら、走ろうとしても動けない彼女の様子が彼女の人生の悲劇とその原因を端的に語っているのではなかろうか。

日清戦争という時代背景が冒頭の「明治二十八年」で明記されたように、芥川が本作を創作した動機は、決して遊戯的なものではなく、また単なる「中国趣味」に集約できるものでもない。結論を先に言えば、本作が主人公お蓮の悲しい境遇を通して、彼の鋭い時代認識を表す作品となり得ている。お蓮はまさに近代国家が惹起した戦争に人生のすべてを奪われた哀れな女性として描かれている。

しかし、この段階において、お蓮はまだ金と会えるというぼんやりした希望を抱えているのだ。また、突然妾宅に迷い込んできた白い子犬もお蓮の寂しい感情の寄託になっており、彼女のホームシックを慰めている。したがって、子犬が死なれた後、彼女の精神状況が悪くなる一方で犬の黒くるあるべき鼻の先が、赤い色に変わっていた幻影を見るようになった。

田宮の話から分かってきたあの悲惨の真相—金が牧野に殺されたという事実が、お蓮の徐々にエスカレートしつつあった感情を激化させ、彼女の精神状態を崩壊に追い込んだ。自己を抑圧してきたお蓮が、この真相を知り、自分の立場を顧みずに牧野に復讐しようと考えた点に彼女の利他的・献身的性質が表われている。同時に、「狂暴な野性」を内面に押し隠した芯の強い女性でもあることもわかる。「野性」について、孔月は「未開状態—それはいうまでもなく西欧化されていないという意味での中国人の性格を一般化したもので、日本帝国主義による教化/未教化のカテゴリーによる認識にすぎない」⑥と指摘したが、お蓮における「野性」にはこのような解釈に集約しきれない面が含まれている。それは『金瓶梅』などの色情文学に見られる「開化した野蛮性」と通じるし、『今昔物語集』における「野性の美しさ」とも同質のものである。また、中国色情小説に登場した女性達は、大胆に自己主張し、勇敢に愛情を追い求める性質を持つのが一般的であることは看過できない。つまり、芥川は親しく読んだ中国色情小説に養われた感覚でお蓮を造型したのだと言えよう。それゆえ、お蓮という人物には、戴煥が指摘したように、「近代以前の雰囲気を漂わせる」⑦側面もある。

お蓮を含め、「南京の基督」の宋金花及び中国旅行後に発表された「湖南の扇」における玉蘭や含芳など、主人公がいずれも娼婦であることは注目に値する。一九二〇年代、日本の文学者たちが近代中国を語る際、よく遊郭のことに触れているということと無関係ではなかろう。しかし、中国古典文学史においても、娼婦が艶詩や艶情小説などの最大のヒロインであり、勇敢で情熱に富み、また愛情に執着している女性として描かれていることも注目に値する。とくに唐朝時代では、妓女が文人達の恋の相手であり、詩的想像の対象でもある。中国旅行前の芥川が描いた中国人女性像はまさにこういう古典の詩的世界を踏まえていると言えよう。

牧野に復讐しようとしたお蓮が、闇から朋輩一枝の幻聴を聞き、「（金が）明日弥勒寺へ会いに来る」という声がし、思い留まる。翌日縁日の植木を森と幻視し、東京が森になったと幻想した。それで、弥勒寺へ行って、白犬と出会い、その白犬を連れて寝室に戻ったお蓮は、瑠璃灯を眺め、いったんは「まるで昔に返つたやう」な思いを抱く。だが「彼女自身の姿を見ると」お蓮は「悲しさう」に「私は昔の蕙蓮ぢゃない。今はお蓮と云ふ日本人だもの。金さんも会ひに来ないはずだ」と呟く。これは自分の悲劇の原因がアイデンティティーの喪失にあると痛切に自覚した場面だと言えよう。したがって、最後、Kに異常視された「誰が何と云つた所が、決して支那服を脱がなかった」のはお蓮の自己回帰の表現で、その主体を回復しようとしたのである。衣服と身体の関係について、E・ルモワーヌ=ルッチオーニの指摘が示唆的である。

衣服は身体をもつ、と言うことができる。生まれながらの身体に満足できないひとに、衣服は身体を与えもするのでる。（中略）そのままでは、脆く、はかない衣服が、間欠的な主体にとってきっと役に立つのは、たった今そこに主体が存在していたこと、もうそこには存在していないが、その痕跡、さらにはその生き写し（裏地）を残していることを知らせるために現れているあいだだけである。⑧

衣服は現存している主体性の現し場であり、また、かつて消えた主体性の幻影でもある。「衣服は他の何物よりも、民族性の高い象徴であり、民族内部の社会では、それを通じて階級、職業、性、年齢などをはじめ社会組織に直接関連する識別が可能になる」[9]という指摘が示唆するように、「支那服」は、お蓮の「支那人」=中国人としての主体性の宿り場であるとともに、「もうそこに存在していない」「痕跡」でもあった。丸髷に結い上げ、日本の着物を身にまとい、本名の中国名も失ったお蓮が、最後「支那服」を脱ごうとしなかったのは、今失われた「痕跡」としての「支那人」のアイデンティティーを守ろうとする最後の拠り所であり、権力側の男性的機構の中で引き裂かれた「支那人女性」の主体性を自分のもとに取り戻そうとする闘いでもある。

最後、お蓮は白犬が金に変身し、その上、東京も予言の通り森になったことを幻視した。「そんな景色を眺めながら、お蓮は懐しい金の側に、一夜中恍惚と坐っていた」とは如何にも暖かく見える光景である。お蓮という人物に優しい感情を注いだ芥川は、このシーンで、お蓮の狂気についてもう一つの可能性を示唆したのではないか。つまり、彼女が「狂気」の世界において安穏と幸福を手に入れたのである。これは西欧の精神医学と合理主義が定着される前の、前近代的な枠組みの中ではあり得る解釈である。たとえば、前近代の文脈で狂気は、「祖先の霊や天狗や狐などの超自然的存在の憑依によって、急激にひきおこされること」[10]が多い。つまり、狂人は通霊できるという考えがある。したがって、狂気状態にあるからこそ、お蓮は世を去った金と再会することが可能なわけである。

また、こうした解釈もお婆さんの話とお蓮の視点に寄り添う全知的な語り手（「私」のことと思われる）によって構築されてきた怪談じみた世界に裏付けられる。お婆さんの話が三箇所あり、中の二箇所はお蓮と白犬の怪しい様子を第一人称の形で語られてきた。そして、第十節死んだ犬の鼻先の色が黒から赤に変わったことを幻視する場面と第一一節白犬の幻影を見る場面および犬の吠え声を男の声に幻聴する箇所は全知的な語り手「私」によって語られた。こうした語り方が読者の読みを規定する機能を持つことは一柳広孝が指摘したとおりである。一柳は物語の構造に注目しつつ、『私』による確信的なお蓮の描出によって、さらには記述する『私』の恣意的、上位的選択によってKの語りと『婆さん』の語りが並列的に書き留められることでテクスト—読者の関係は、ある一定の〈読み〉に統御されてしまう」[11]と述べている。また、お蓮の「狂気」を語る部分において、小道具としての〈鏡〉(あるいは〈瑠璃灯〉)のガラス類が多用されたことも注目に値する。こうした対象を映し出す小道具は主人公を幻想の世界に導いて行く機能を持っていると同時に、読者をもその幻想の世界へ導いて行く。つまり、婆さんの話と全知的な話者による語りは読者の読みを統御する機能を持つ。したがって、お蓮が狂気の中で金との再会が成就したという読みも不自然ではなくなる。

三　抑圧された主体性——「狂気」のもう一つの側面

以上、お蓮の人物造型と彼女にとっての「狂気」の意味を考察してきた。以下、牧野と田宮の人物形象について考察し、お蓮の「狂気」におけるもう一つの意味を析出したい。続いて、作品の根底に潜む作者の創作意図を探ってみる。

作品の冒頭部、寂しいお蓮と対照的に、逞しい軍服姿で登場した牧野は始終愉快そうに、また突然大声に笑い出す酒癖を持つ傲慢な男としいて描かれる。また、「お蓮の方、東京も満更ぢやありますまい」と上から目線でお蓮を誂うところから、彼の恩着せがましさが読み取れ、牧野が自己中心的な御都合主義の持ち主として描かれていることもわかる。しかも、蓮を手に入れるため、金を殺したり、自分が嫌悪する白犬を毒殺するなど、自己の目的を達するため、手段を選ばない残酷な一面を持っている。その上、自分に逆らう妻と離婚し、従順なお蓮と結婚しようとすることもその自己中心主義によるものである。

日清戦争に参加した軍人であった牧野は寄席の幻燈で日清戦争の光景を見る時、「帝国万歳」と盛んな喝采を送った周囲の観客と違って「戦争もあの通りだと、楽なもんだが─」と戦争から自己を相対化する姿勢を見せている。また、「鞭声粛ヶ夜河を渡る」なぞの「古臭い詩の句を微吟」したりするところから、牧野には前時代を懐古する側面があると伺える。しかし、戦争に対する牧野の態度は批判的なものではなく、むしろそこから積極的に自己の利益を図ろうとするものである。勝戦の便を借り、敗戦国の女を妾にしたり、戦争後の日本社会で、軍人からいち早く御用商人に転身して成功したりするなど、「時代の潮流にうまく棹差す功利的合理精神の持ち主である」⑫。お蓮と比べれば完全に権力側に立つ存在であると言えよう。このような人間があえてリスクを冒し、苦労をしてわざわざお蓮を日本に連れてきたのは、お蓮の美しい容貌に魅了されているだけでなく、お蓮には前近代的な空気を吸わせてくれる要素も備わっているからである。牧野は日本の時代転換期において経済的・政治的利益を図りながら、古い時代に郷愁を感じる人間達の縮図としても造型されていると考えられる。

作品の第九節お蓮の密入国に協力した田宮が訪れ、お蓮の着物姿をめぐり、牧野との間で以下のような会話が交わされている。

「牧野さん。お蓮さんに丸髷が似合ふやうになると、もう一度又昔のなりに、返らせて見たい気もしやしないか?」

「返らせたかつた所が、仕方がないぢやないか?」

(『芥川龍之介全集』第七巻 二二〇頁)

田宮は日本人女性の姿をしているお蓮を昔の「支那人女性」の格好に返させたいという彼の秘かな希望(欲望)を語っている。また、次のような会話はその理由を明示している。

「お蓮さん。その内に一つなりを変へて、御酌を願おうじやありませんか?」

「そうして君も序ながら、昔馴染を一人思い出すか。」

「さあ、その昔馴染みと云うやつがね、お蓮さんのように好縹緻だと、思い出し甲斐もあると云うものだが、――」

(同前掲 二二〇頁)

昔のなりに返らせ、「御酌を願おう」とあるように、牧野と田宮にとって「支那姿」は娼婦孟蕙蓮の面影を思わせるための手段にすぎない。そうした支那服姿に投射されたのは、まさに権力側の男性達の「性的欲望」の眼差しである。「女の身体へ向けられた男性の性的衝動（欲望）は、以後も近代日本の男性主体の構築を促し続けていく。さらに、女の身体に向けられた欲望は、植民地を含むアジアの諸地域への欲望に重なりあい、帝国の担い手としての自意識の構築に深くかかわることになった」⑬と指摘する金恵信の一九二〇年代日本社会におけるモダニズムの風潮に対する評価が示唆的である。また、池田忍の考察によると、一九二〇年代から三〇年代まで「支那服の女」が新たな絵画主題として繰り返し描かれた。そして、「『支那服の女』という表象主題は、他者としての中国をもう一つの「女性」という「他者」に重ねたものであり、それは、両者をコントロールしたいと望む帝国の性的な目差しの対象として差し出されていた」⑭という。『奇怪な再会』における男性達の欲望にはこうした時代文脈も内含されている。つまり、中国人女性を「丸髷が似合う」日本女性に無理やり仕立て上げておきながら、再び中国の衣装に差換えさせようとするこの身勝手な欲望には二重の傲慢さが内包されている。一つは、権力支配による一方的な独善性、すなわち被支配側の意志を全く無視する姿勢であり、二つ目は、お蓮の「支那服」姿による「他者」性の再確認、すなわち差別化とその差別に基づいて、お蓮の身体を性的ななぐさみものとして踏み躙ろうとする征服欲である。これら二重の傲慢さは、権力側の欲望が男性中心的な理屈と軌を一にするものであることを示している。この場面におけるお蓮と「支那服」をめぐる挿話はそのことを端的に物語っている。

牧野と田宮のこうした欲望は、お蓮の拒否により、実現することはなかった。しかし、彼女の反抗は男性達の言説によって、「狂気」に結びつけられ、抑圧される。また、お蓮の中国と日本に引き裂かれた帰属の曖昧な身体と揺れているアイデンティティの問題は「写真」という媒体を通じ、「寂しい支那服の女」に表象化され、消費されてゆく。ただし、そのアイデンティティは声を発することもなく、動きもない、静止画像の中に万感の悲しみを封じ込めた姿でしか表現されないことが何よりも彼女の受けた抑圧の実体を表している。

したがって、お蓮の狂気は主体性の自己回復手段と読み取れる一方、権力側男性原理に排除され、抑圧された傷痕として読むこともできる。

おわりに

中国旅行前の芥川は中国古典世界に強い憧れを持ち、一連の中国題材作品を発表していた。『奇怪な再会』もその一つである。この時期芥川の読書生活が本作品の創作に深い影響があると見え、主人公お蓮という形象の根底に古典艶情小説の世界が流れている。お蓮という人物には前近代の世界に対する芥川の憧れがあると同時に、彼女の悲惨な運命に対する同情も読み取れる。日清戦争における敗戦国の人間として、お蓮の悲しい人生はまさに時代と国家権力に翻弄された弱者の悲劇そのものである。

日本の近代化が進み、周辺のアジア諸国への侵略が拡大していた一九二〇年代では、中国の長い歴史や文化に敬意を持ちながらも、一方ではまたオリエンタリズム的な眼差しで中国を見下ろし、征服しようとする空気も醸成されつつあった。

こうした風潮の中にあって芥川の中国古典に対する並々ならぬ強い憧れと卓越した理解は彼を同時代的な眼差しから一歩距離を置く存在にしたと思われる。『奇怪な再会』におけるお蓮（孟恵蓮）の悲しい運命は帝国主義的な侵略戦争（日清戦争）によってもたらされた彼女のアイデンティティーの喪失とそれゆえに「狂気」の存在として疎外されてゆく〈寂しい女性〉に表象されることになった。芥川はこの作品において、日本（権力側の男性達）が半植民地の近代中国（弱い立場にある女性）に対する征服と支配の欲望を提示している。こういう欲望に対して、芥川の態度は必ずしも明確な反論を示すものではないが、被支配国である中国に対する感情も複雑である。

「奇怪な再会」を芥川の単なる中国趣味に基づいた観念的な遊戯と見るか、あるいはやや情緒的とは言え、彼の世界状況に対する洞察の現れと見るかは、見解の分かれるところであろう。しかし、本作と同じ時期に発表された「アグニの神」において「支那の上海」を舞台とし、アメリカの商人、印度人の妖婆、日本の青年を登場させ、「日米戦争」の話まで持ち出したことから、芥川の国際状況に対する関心および認識は見かけよりも深いものであったと言える。「奇怪な再会」の背景にもそうした側面を忘れてはならない。

また、作中で繰り返された「東京が森になる」というお蓮の願望あるいは幻影も単なる絵空事ではない。例えば、ボルノウが述べたように「森は（熱帯地方の原始林が古い時代の多くの文化の所在地をのみこんで消してしまうように）人間のあらゆる空間形成物をふたたび無に帰してしまうような巨大な脅迫的力として感じとられる」⑮ものである。「東京が森になる」という一文から、近代化された東京の人工的文明が、蜃気楼であり、脆いものであるという芥川の微かな憂慮と思い上がった人類の歴史に対する危惧が読み取れるのではなかろうか。また、近代化の都市空間の形成過程で、破壊され、排除された「自然・原始なるもの」は、逆に近代文明を破滅させる力もあるとも仄めかしている。「奇怪な再会」は一見怪奇趣味の世界と見えながら、意外にも芥川の世界状況や歴史認識をリアルに物語る作品であると言える。

第八章　「お富の貞操」論——近代化された都市と身体

はじめに

「お富の貞操」は「改造」（一九二二年五月号・九月号）に発表され、後『春服』（春陽堂、一九二三年五月）に収録された短編小説である。物語は二つの部分から構成されている。前半部において、上野戦争前夜の明治元年五月一四日、下谷町の小間物店で起こった乞食新公と下女お富の争いが描かれている。店の台所で雨宿りしている新公は、置き去りにされた猫を探しに戻ってきたお富と出会う。新公は、危険を顧みず、一匹の猫のために戻ってきたお富を嘲笑してからかう。怒ったお富は強く反発し、新公と揉み合う。そこへ、新公は短銃を猫に当てて、お富の体を求めるようになる。お富は抵抗をやめ、「ふて腐れた女」のするように体を任せようとしたが、それを見て、新公は冗談だと紛らわし、思いとどまる。

後半部では、二三年後の二人の再会が語られる。内国勧業博覧会の初日、時計屋の女房になっているお富は政府の高官になった新公と、広小路ですれ違う。過去の出来事を回想しながら、馬車を見送ったお富は、心の伸びるような気がして、夫に微笑んでみせた。

本作品が発表された当時、生田長江は登場人物の心理に関する描写を「非常に悪い意味に於て抽象的であり、概念的であり、拵へ物である」①と批判し、小島政二郎も本作品の客観描写の手法を批判しつつ、主題の不明瞭さに不満を述べている②。加藤武雄の評論もこうした類に属し、作品の外面的な描写は「人物の内面的心理によつて十分にうらづけられてゐない」③としている。このように、同時代評の殆どは、登場人物の心理描写に批判の焦点を当てていた。それに対して、吉田精一が作品の主題はむしろ「若い女の突発的な、微妙な心理」にあると評価して以来④、先行論の多くがお富の心理の内実をめぐって展開されてきた。その中、森本修は、お富の自ら帯を解く行為から彼女の「情欲」を見出し、新公が暴行をよしたのはお富に対する嫌悪と「女性の情欲に利用されようとした自分の浅慮」を恥じる複雑な感情が原因とし⑤、作者論を含め、主人公の心理を正面から論じていた。それと対照的に、お富が自分の貞操を猫の命と引き換えにしようとしたのは、彼女自身が自覚していない「彼女のまさに根底をなしている彼女自身の生きる感覚」⑥によるものだとの論説や、「自己の行為に対して強い〈確信〉の念」を抱き、「論理の束縛とは無縁な無垢なる有り様をこそ、析出していく発想が作品の根底には存在していよう」⑦という足立直子の指摘もある。

一方、安藤公美が「内国博覧会」という装置で作り出された「まなざしの制度」がいかに本作品において表象化されているかを提示した視点は新しい⑧。ただし、本作品において、作者が執着的なまでに、舞台空間を具体的に限定させ、密室の「小間物屋」と雑踏の「広小路」を前半・後半に分けて対照的に作り上げていくのである。こうした空間的要素の描写にやはり象徴的な意味が加味されたと思われ、それに対する考察は主題の究明にもつながるのであろう。また、空間の変容だけでなく、そうした空間に囲まれる登場人物達も変容を見せている。このように、トポスと登場人物の身体を重ねながら表象化しているところに、本作品の醍醐味があると考えられる。

したがって、本稿では、先行論の方向を受け継ぎながら、人物の心理活動の有り様と人物形象の変容を、上野戦争前夜の「小間物屋」から第三回内国勧業博覧会開会日の広小路への時間—空間構造の変容の問題と重ね合わせて捉えてみる。上野という〈場〉と人物形象の表象を通して作品に描き出された〈近代〉のありようを考察したい。

そのほか、「貞操」・「処女」・「性暴力」などのモチーフを取り込まれる本作品が発表される以前、同じく「貞操」・「性暴力」を取り扱う「藪の中」（「新潮」一九二二年一月）が発表されたことも注目に値する。この時期、芥川が頻繁に「貞操問題」を取り扱う背景として、性をめぐる同時代言説の影響はありながら、一九二一年三月から七月まで、半年にわたる芥川の中国旅行体験とも無関係ではないと考える。芥川の中国体験と本作品の創作背景の関係性を提示することもまた、本稿の目的である。

一　物語空間と性的なまなざし

「お富の貞操」を構想する段階で、芥川は一九二三年三月三一日付文夫人の弟塚本八洲宛の書簡で、上野戦争前日の天候、町家の状況及び立ち退いた町人の服装などを確認している。

(一) 明治元年五月十四日(上野戦争の前日)はやはり雨天だつたでせうか。

(二) 雨天でないにしてもあの時分は雨降りつづきだつたやうに書いてありますが、上野界隈の町人たちが田舎の方へ落ちるのにはどう云ふ服装をしてゐたでせう?特に私の知りたいのは足拵へです足駄、草鞋、結ひつけ草履、裸足、等の中どれが一番多かつたでせう?

(三) 上野界隈、今日で云へば伊藤松坂あたりから三橋へかけた町家の人々は遅くも戦争の前日には避難した事と思ひますがこれは間違ひありますまいか?念の為に伺ひたいのです　皆面倒な質問ですがどうかよろしく御返事下さいかう云ふ点が判然しないと来月の小説にとりかかれないのです。(後略)

(『芥川龍之介全集』第十九巻　二四四〜二四五頁)

返信は確認できないが、これらの要素が作品前半部の描写に取り込まれているのである。この書簡を取り扱う従来の研究では、「物語に現実性をあたへる為に、背景や事実には動かない所をつかまうとした」⑨と評しており、天候、服装などの要素のすべてがリアルに組み込まれることで、上野戦争前日のイメージが彷彿とさせるとしている⑩。物語の背景の現実性に対する執着は、つまり、上野戦争前日という歴史的瞬間をリアルに再現させることに対するこだわりであろう。後で述べるが、この歴史的瞬間は、また作品の主題と深く関わっている。

まず、作品の前半部の舞台空間について検討してみよう。作品の発端において、「明治元年五月十四日の午過ぎだつた」と物語の時間を示した後、翌日の夜明けに来るべく上野戦争の原因で、一人もいない上野界隈の町家から下谷町二丁目にある小間物屋の台所へと、段階を追って作品空間を限定づけている。外部に「いくさ」の空気が漂うことで、雨にふりこめられ、暗闇であった台所は日常的な空間から非日常的な空間に成り変わるだろう。さらに、「雨は見えない屋根の上へ時々急に降り注いでは、何時か又中空へ遠のいて行つた」と雨声の遠近法より、奥行のある物語空間を作り上げていくと同時に、小間物店の密室性も照らし出している。その非日常性と密室性は後の物語の展開に不可欠な要素となる。そのほか、「小間物屋」という設定は、前半部の舞台空間に潜むもう一つの性格を暗示している。

江戸の風俗を紹介する喜田川守貞の『守貞謾稿』で、小間物屋は高麗物を購買するに因んで「こまもの」と呼ばれ、近世諸玩物の類、紙入、タバコなどのほか、女子髪飾の類を取り扱うところだと紹介している⑪。小間物屋に関する研究では、「小間物屋は女性の客が主だったから、奥女中や後家に秘具なども密売した」⑫との説が見られ、「小間物屋は訪問販売する色男というイメージがあった」⑬との指摘もある。小問物屋には訪問販売をする商人と小間物を扱う店という二種類があったが、前者についてはたびたび江戸時代の春画においても登場しているほど、先述の指摘の通り、色男のイメージが強い。また、店では化粧品類のほかマスターベーションの道具や「強精剤」なども取り扱うことから、小間物屋というトポスにはポルノの側面があると言えよう。このように、小間物屋が江戸下町の風景を代表する存在であると同時に、性をめぐる物語の展開にふわしい場でもあろう。

ここに登場してきたのは濡れ鼠になった乞食新公と猫を取り戻すために帰ってきた下女お富である。二人の間で軽い挨拶を交わしたのち、性的欲望に導かれた新公は、とうとうお富の体を求めるようになり、彼女と揉めるようになった。新公のこうした性的欲望は、作品において次のように表出されたのである。まずお富に対する性的な思いは、彼女が台所に入ってきた当時から、露わに出ているのである。

> 彼女はまだ業腹さうに、乞食の言葉には返事もせず、水口の板の間へ腰を下した。それから流しへ泥足を伸ばすと、ざあざあ水をかけはじめた。平然とあぐらをかいた乞食は髭だらけの顋をさすりながら、じろじろその姿を眺めてゐた。
>
> （『芥川龍之介全集』第九巻　一九七頁）

語り手によって描き出した新公の視線は、まずお富の足元に落される。普段、服地などで覆われる女性の脚部は、不可視な裸体への欲望を喚起できるような部位でもあろう。「ざあざあ」と泥足を洗うお富の姿を眺めながら、新公の中で性的な欲望が動きはじめたのであろう。こうした欲望は、次の箇所で一層端的に語り出される。

彼女は色の浅黒い、鼻のあたりに雀斑のある、田舎者らしい小女だつた。(略)が、活き活きした眼鼻立ちや、堅肥りの体つきには、何処か新しい桃や梨を連想させる美しさがあつた。

(『芥川龍之介全集』第九巻 一九七頁)

新公の視覚において、見られる客体としてのお富の身体は、新しい(=美味しい)桃や梨といった食欲を誘う果物を連想させ、見る側にそれを享受するファンタジーを提供している。右の箇所で、新公の性的欲望が食欲と重ねる形で表出されているが、次の節では、その傾向がより明らかである。

雨に濡れた着物や湯巻、——それらは何処を眺めても、ぴつたり肌についてゐるだけ、露はに肉体を語つてゐた。しかも人目に処女を感ずる若若しい肉体を語つてゐた。

(『芥川龍之介全集』第九巻 一九九頁)

新公の窃視的欲望の中で、濡れた着物に纏われたお富の身体は処女の身体そのものと表象化され、演出されている。また、処女や貞操が「希少価値をもつ商品」⑭とされている時代言説においてこそ、欲望の喚起装置として使われ、読まれているであろう。このように、語り手と新公の共犯関係の中で、女性に性暴力を加えようした男性の道徳問題が隠蔽されてしまう。その代わりに、「お富の貞操」というタイトルが語るように、女性にだけ貞節を問うものとなる。

一方、作品の中で、お富と新公の性をめぐる葛藤が前面に出されるが、二人の争いに潜むもう一つの原因も見逃せない。お富が自己の危険も考えずに、物騒な町へ戻ってきたのは、お上さんの猫を取り戻すためだと聞き、新公は「突然笑ひ出した」のである。新公にとって、お富の行為は無謀であると同時に、お上さんの理不尽な命令にひたすら従う愚かなものでもあろう。しかも、あたかも当たり前のようにその現状を受け入れたお富の振る舞いは尚更である。上野戦争に控え、新旧時代更替の境目に身を置かせた新公は、「明日死ぬかもしれない」と生存の極限状況を直面しながら、「よし又死なずにすんだ所が、この先二度とお前と一しよに掃溜めあさりはしないつもりだ」と語られたように、彼は常に状況を乗り越えようとした向上意識を失わない人間である。戦争といった従来の慣習・制度を覆す背景を背負いながら、命をかけるまで奉公しようとする人間はあるはずはないという認識が新公の中に潜んでいるのであろう。彼の価値判断では、お富の行為は理解不能のことであろう。また、果たして彼女は女の命なる貞操を棄てるまで、お上さんの猫を助けようとするかどうかを試練してみたいという考えも、彼女と揉める内に強くなっていくのであろう。

また、傘に力、力に剃刀、剃刀に短銃をという新公とお富二人の争い場面（あらゆる争いにも当てるが）を図式化して読めばわかるように、二人とも相手に勝ちそうな物（武器）を次々と放り出しているのである。したがって、新公の猫に短銃を当てて、お富を脅迫する行為に、お富の体に対する性的欲望の要素はありながら、お富が貞操を持って、猫の命と引き換えにしないとの予想があり、彼女がもし猫の命を見捨てるなら、それは新公にとって、自分の持っている価値判断の証明となるからであろう。

しかし、お富は「ふて腐れた女のするやうに」容易に自分の貞操を放棄しようとした。したがって、茶の間で帯を解いて「ぢつと仰向けに横たはつてゐた」お富の姿を見た後、新公は逆にたじろぎ、「嫌悪のやうにも見えれば、恥ぢたやうにも見える」顔色を見せたわけである。必死に守るべき貞操をたかが猫一匹のため、男に渡そうとするお富に対する嫌悪と、そのような女と関わろうとした自分に対する嫌悪、その場面に立ち会う恥など、いろんな感情が瞬時に湧いてくるのであろう。争いの後、新公はお富に貞操を棄てるまで猫を助けようとした理由を尋ねたが、お富は「頬笑んだぎり」、次のように答える。

「ああ、三毛も可愛いしね。お上さんも大事にや違ひないんだよ。けれどもただわたしはね。—」（略）「何と云へば好いんだらう？唯あの時はああしないと、何だかすまない気がしたのさ。」

（『芥川龍之介全集』第九巻　二〇五頁）

お富がこうしたのはお上さんのためでも、猫のためでもなく、ただ言語化させることもできない「何だかすまない気がした」によるのである。お富の人物像について、次の章で考察するが、ここで注目したいのは、お富の答えを聞く前「まだ間が悪さうに、お富の顔を見ないやうにしてゐた」新公は、その後、深い思いに落ちたように、ぼんやり坐っていた。世間の価値判断に左右されず、自分の思うままに生きているお富の姿とその活き活きとする生命力の前で、新公は完全な敗北を喫したのである。

二　お富の造型――「野蛮な美しさ」

彼女は色の浅黒い、鼻のあたりに雀斑のある、田舎者らしい小女だつた。なりも召使ひに相応な手織木綿の一重物に、小倉の帯しかしてゐなかつた。（『芥川龍之介全集』第九巻　一九七頁）

新公の眼差しというフィルターを通して表出されたお富はさっぱりとした健康的な色香が漂っている女性である。お上さんの可愛がる猫を取り戻すため、一身の安否を顧みず、「いくさ」の空気が漂った無人の町へ戻ってくることを敢行し、また、新公にからかわれた際、弱りを見せることもなく、「こん畜生！こん畜生！」と罵りながら、傘で新公を叩きつづける。また、力上も男に負けないほどの強い女である。彼女は浮世絵に見られるような、健康で、爽やかで、常に笑顔を絶やさない生き生きとした顔をしている江戸女性の性質と通底しており、伝法肌で生活感のあるおきゃんな娘として造型されているのである。作品のなかで、彼女の形象は以下の箇所で端的に語り出されている。

お富は殆どぢだんだを踏んだ。が、乞食は思ひの外彼女の権幕には驚かなかつた。のみならずしげしげ彼女の姿に無遠慮な視線を注いでゐた。実際その時の彼女の姿は野蛮な美しさそのものだつた。（『芥川龍之介全集』第九巻　一九九頁）

新公からお上さんの批判を聞かされたとき、激しい「権幕」で「ぢだんだを踏んだ」彼女の姿は、「野蛮の美しさそのもの」と新公の目に映される。「野蛮」との言葉に彼女の人物形象が凝縮して表され、また彼女の行為を理解するための手がかりでもあろう。

芥川文学には、野蛮（野性）の系譜ともいうべき、一連の形象群があると清水康次に指摘されている。さらに、これらの野性の形象について、氏が「『羅生門』の下人の形象にその一端が見うけられたような、日常の世界の秩序や偽善を超越し、蹂躙していく、荒々しい力の形象群である」と語り、「日常の世界そのものを打ち砕くほどに強固な自我を有する形象群であり、芥川の願望が思い描く〈存在〉の中で極北に位置するものといえる。」[15]と述べているところは示唆的である。

芥川の作品で、「偸盗」（『中央公論』一九一七年四・七月）の砂金を「恐ろしい野性と異常な美しさとが、一つになった」と造型し、「奇怪な再会」（『大阪毎日新聞』一九二一年一月五日～二月二日）におけるお蓮を「狂暴な野性」を心に潜む人間として描きあげている。砂金は悪女の典型とされてきたにも関わらず、お蓮とともに、いづれも秩序や抑圧などに反抗できる女性だとも言えよう。「生き生き」としたお富にもまさに、秩序や制度などの外的な抑圧と縁の遠い存在である。

性をめぐる争いが終わった後、新公はお富に「貞操」を捨てようとした理由を問いかけ、「肌身を任せると云へば、女の一生ぢや大変な事だ」とお富に話しかける。「貞操」という言葉が出ていないにも関わらず、この箇所は、〈貞操〉をめぐる歴史言説を見事に照らし出せるところとなる。

「処女」、「貞操」が「明治末年から大正初期にかけて、現代的な意味合いに変化するとともに、女性の一生や人生におけるキーワードとして登場」しており、「処女・貞操という名のもとで、未婚・既婚の女性はみずから律するとともに、軛を課せられることにもなった」⑯。一八九二年一〇北村透谷は「処女の純潔を論ず」⑰において、処女の価値を称賛するのを嚆矢に、「処女」という言葉は元来の意味を離脱しはじめる。一九一四年生田花世は「食べることと貞操と」において、自分はかつて生活のため、貞操を失った経験を告白した⑱。その一文に挑発され、激しい反応を見せた安田皐月は、その行為を鋭く批判し、女性にとって貞操の貴重さを語っていた⑲。後に、伊藤野枝、平塚らいてう及び与謝野晶子も加わり、所謂「貞操論争」が行われた。彼女達の論争を通して、「処女や貞操は女性の自我・自己の確立手段として、拠って立つ重要のすべてであるとまでに観念される」とともに、「逆にそれは女性のセクシュアリティを女性自身から疎外するものとなり、再び女性にとっての重荷、抑圧となる」⑳のである。新公の発言はまさにこうした「処女言説」の枠組みを反映しているであろう。

それに対して、お富は明らかに以上のような「貞操言説」の外部に生きている人間である。必死に抵抗した後、「ふて腐れた女のするやうに」、容易に貞操を渡そうとしたお富の心理の内実が多くの先行論に解釈されてきた。しかし、「何と云へば好いんだらう？唯あの時はああしないと、何だかすまない気がしたのさ」と、お富の「諦めのよい」行為は、むしろ合理化解釈を拒否しているように見える。同時代評の批判の種にもなるが、芥川は作品の前半部において、客観描写の手法を一貫させ、「人物心理の明快な描写を周到に避けている」㉑のである。理由の如何はともなしに、大事なのは彼女が自発的にその選択をしたところだと考えられる。論理的な言葉で解釈できないお富の行為を促したのは、外部にある制度や倫理とは無関係な彼女の内面に潜む行動力である。彼女の性質にある「野蛮の美しさ」はこうした行動力を生じた源にあたる。理性の反面とされる「野蛮（野性）」に支えられ、自己の感覚を生きようとした彼女の姿自体は、人間の身体に課せられた束縛・秩序などと自由な存在である。

三　近代化された都市空間と身体

作品の後半部で、二三年後の二人の再会を描き出している。上野と言う同じ舞台空間で演出された二幕のドラマが、「上野戦争の前夜」と「第三回内国勧業博覧会の開会日」と二つの歴史的時間により、対照的な色合いに染められてきた。安藤公美が指摘したように、「お富の貞操」は「時代を引用することで近代のシステムを十分に可視化する」[22]のである。さらに、高啓豪が「貞操」観念形成の過程において、個人身体における近代化の在り様がいかに本作品で表されたかを考察し、有効な方法論のひとつを提示している[23]。ただし、前述したように、登場人物身分の変容は上野というトポスの性格の変容と重ね合わせて表出されたところに本作品の大きな特徴がある。また、本作品の舞台描写は十分に計算された効果が期待されているのである。したがって、物語空間にこめられた象徴的意味をより深く抉り出すことが可能であり、また必要であろう。

江戸時代の上野は徳川幕藩体制と緊密な関わりを持ちながら、江戸庶民の花見の名所でもある。また、一七三七年下谷や上野山下に設けられた火除地が、次第に、見世物小屋や床屋が建ち並んでいる江戸有数の盛り場と発展していく。本作品において、お富と新公の再会した舞台を元盛り場であった上野広小路に設定するのは意味深い。

盛り場は、「日常的秩序からの断絶を制度化していた」場であり、「盛り場の群衆のなかに身を置くことによって、さまざまな社会的差異（男女の違い、貧富の差）は消滅して個人としての平等が優先するものなのだ」[24]との指摘が示唆するように、盛り場は秩序の限界を侵する混沌とした空間である。また、私娼が出没し、春画や裸体などの猥褻な見世物が展示されたりするなど、色情的な要素が色濃く見せている空間でもある。盛り場のこうした性質は前半部の物語空間の性格と通底しているように考えられる。

しかし、一八七二年（明治五）から施行された「違式詿違条例」が、盛り場での興行物の内容、担い手、場所などに対して様々な規制条令を打ち出した。また、一八七三年（明治六年）に出された日本最初の公園法「太政官布達第十六号」で東叡山寛永寺がある上野が新たな公園となり、東京の盛り場が大きな変容を遂げていく。このように、明治政府が盛り場を秩序化させ、秩序側に収束させようと試みていた。上野では、一八七六年上野公園開業の後、グラント将軍来朝歓迎会（一八七九年）、憲法発布記念式典（一八八九年）、日清戦争祝捷大会（一八九四年）、日露戦争祝捷大会（一九〇五年）など数種の国家的イベントが主催され、さらに、博物館（一八八二年）、鉄道駅（一八八三年）、美術館（一八八八年）等の近代施設が設置されたことで、ここは、明治国家の文明開化のシンボルとなっている[25]。特に、一八七七年から一九〇三年まで、五回にわたって主催された内国勧業博覧会は「地方レベルの博覧会の流行を受けつつも、江戸の見世物とは本質的に異なる、新しい意味の秩序の空間を成立させる」[26]のである。さらに、内国博覧会の性格について、吉見俊哉は次のように述べている。

内国博は、近代国家形成期の日本のなかで「発見」されたモノたちを、かつてそれらが置かれていた場所からひき離し、差異性と同一性のなかに位置づけられる記号として存在させていく、そうした近代的なまなざしが、主催者、出品人、見物人の間で交錯する場を用意していったのである。㉗

このように、吉見は内国博覧会が「殖産興業や富国強兵のために欠かせぬ装置」であり、近代化を促進するための手段であると同時に、眼差しを生産、あるいは作り出す場でもあると指摘する。物・商品はその場で分類され、序列化される宿命を課せられると同時に、一方、参加者がそこに置かれた物を「比較・選別」できる眼差し（眼力）を要請されているのである。特に、第三回内国勧業博覧会で日本初のパノラマ館が公開され、しかも題材は「戊辰戦争」の白河の激戦であった。再現された〈歴史〉を事実そのものとして見学者に見せ、また「見ることが知ることに一致するような見方を、教え」㉘たのである。パノラマ館の出現は文明開化と近代日本の文明を象徴するとともに、見学者の知覚を表象を通じて秩序づけ、組織させるメカニズムでもあった。このように、都市空間の秩序化とそこを生きる人間の身体の秩序化が同時に進行されるように見え、また共振しつつある。このような背景で、後半部に登場する二人もまた、都市空間において変容し、秩序化へと向かいつつある近代的「身体」なのである。

前半部において、新公を乞食と設定したのは、江戸時代の乞食が制度外に浮遊する存在であり、ある意味では、個別の身体を自由に規定できるような人間であるからであろう。それと対照的に、二三年後の新公は、「金モオルの飾緒だの、大小幾つかの勲章だの、いろいろの名誉の標章に埋まつて」いる政府の高官となった。立身出世の形で、見事に制度内の人間と成り得たのである。同時に、お富は「明治四五年頃に、古河屋政兵衛の甥に当る、今の夫と結婚した。夫はその頃は横浜に、今は銀座の何丁目かに、小さい時計屋の店を出してゐた」。この設定はいかにも象徴的であろう。一八七二年（明治五）新橋と横浜の間に、日本初の鉄道が敷かれた。文明開化の先端である横浜は一八六一年の幕末からすでに西洋から時計を輸入しはじめ、しかも数量が年々増加した[29]。また、銀座となると、明治五年二月の火災で、地味な商街外の全域がほぼ焼失したので、この地域に「当時の国家予算の二十七分の一を投入したいわれる大規模な国営事業としての西欧風煉瓦街計画を実現させることとなった」[30]。食品、洋服、時計など西洋からの舶来品を真っ先に取り入れたことで、明治二〇年以降、銀座煉瓦街は著しい発展を見せはじめた。銀座は「煉瓦街計画を契機に日本橋方面にとってかわり、新時代を代表する商店街に成長した」[31]。まさに、外国への窓、日本の文明開化を象徴する都市空間として「銀座」が作り上げられた。お富の夫は明治国家による文明開化の路線に沿って、個人の事業を展開しているように思われる。時代潮流をうまく読み取れるような人間である。しかも、扱っていた時計はおそらく洋時計であろう。明治政府は明治五年一一月九日（西暦一八七二年一二月九日）に改暦詔書を出し、従来の太陰暦を太陽暦に変更した。改暦は「脱亜入欧」のためであるが、社会システムの西欧化を象徴する改革ともなる。要するに、「時計」によって西洋近代的な均質化された時間に組み込まれたとも考えられる。輸入時計の店を経営することは、個人レベルにおける生活の西欧化を象徴していると言えよう。小間物屋の下女であったお富も、時計屋の夫を持つことにより、文明開化の風潮を受け続け、近代化されてきた。また、当時

「貞操観念」に束縛されず、身体感覚を生きていた田舎娘も、現在「良妻賢母」となり、近代セクシュアリティの枠組みに収められているのである。

　五つになる次男を抱いた夫は、袂に長男を縋らせた儘、目まぐるしい往来の人通りをよけよけ、時時ちよいと心配さうに、後ろのお富を振り返つた。

（『芥川龍之介全集』第九巻　二〇六頁）

　前を歩いている夫と息子達、その後についてくるお富と娘。この構図も家庭内の男女関係を示すものとして意味深い。度々「心配そうに」後ろのお富達を振り返る夫の眼ざしには、彼の温厚な性質を表す一面があると同時に、お富を自立している〈大人〉として捉えず、また家長として自分の所有物の確認・管理する意味合いも読み取れなくもない。

　ただし、「しかし目の中に冴えた光は昔と余り変わらなかつた」との描写が暗示するようにお富には守り続けてきた変わらない側面がある。新公と再会し、二十年前の記憶が思い出され、「彼女はあの日無分別にも、一匹の猫を救ふ為に、新公に体を任さうとした。その動機は何だつたか、——彼女はそれを知らなかつた」と自分の行為を回顧し、また、「知らないのにも関わらず、それらは皆お富には、当然すぎる程当然だつた」と再確認する。二十年以上の月日が経ち、身にまつわる環境・状況のすべてが変容していったが、彼女の心の深層に潜む生きる感覚と生命力は昔のままである。自ら貞操を捨てようとした行為も彼女の人生に、彼女の自己認識に影を落としたことがない。近代のセクシュアリティの枠組みに収束された後でも、自分なりに「活き活き」と生命力に満ちた人生を送っているのである。

おわりに

「お富の貞操」の前半部において、上野戦争の前夜という新旧時代の更替する混沌たる時間に、小間物屋という密室空間にお富と新公の二人を配置した。そこで、演出された性をめぐる争いが、新公の性的眼差しと欲望で挑発され、お富の簡易に貞操を放棄しようとした行為とその後の新公の改心により、事無きを得た。その辺の登場人物の心理に対して、曖昧な描写で書かれたので、それぞれの本意は不明のままである。結果としては、この争いを通して、同時代言説を相対化した貞操観を提示したと思われる。

作品の後半部では、近代化が進むなかでの二人の有り様が語り出されている。新公が立派な立身出世を実現したに対して、お富は近代的な銀座で新興産業の商いをし、「良妻賢母」を演じながら、依然としてどこかで近代以前の心性を保ちつづける。「お富の貞操」では、登場人物の身体と都市空間の編制を、明治元年（慶応四年）と明治二三年という二つの歴史的時間の中で表出していく。本稿では先行論に見逃された物語空間と人物の身体性との関係を取り上げ、またそれを明らかにした。

前述したが、「お富の貞操」が発表された半年前に、レイプというモチーフを取り扱う「藪の中」が発表された。この時期、芥川が「貞操」を取り扱う背景として、一九二〇年代「セクソロジーがマスメディアのなかで絶頂期を迎えて、いよいよもって〈性〉はセンセーショナルなトピックスとなる」[32]という時代状況や一九二〇年二月の尼港事件、及びそれをめぐるマスコミの言説状況の影響があることは否定できない。一方、前年の一九二一年三月下旬から七月上旬まで、芥川は大阪毎日新聞の特派員として、中国の上海・南京・長沙・北京などの都市を訪れた体験とも無関係ではないと指摘したい。「お富の貞操」が掲載される一ヶ月前、「支那游記」の創作が難航していることを吐露し、本作品の掲載はじめた一九二二年五月、芥川は長沙での旅行を語る「長江游記」を構想していることが当時の書簡から確認できる[33]。また、一九二五年一一月に刊行された『支那遊記』に収録される「雑信一束」で、長沙の天心第一女子師範学校で見学することが書かれ、女学生の排日運動とその寄宿舎で起こった兵卒によるレイプ事件に触れている。「手帳6」においても、「天心第一女子師範学校。（略）○寄宿舎。Rape があるといけませんから」と記載されている。その体験は、芥川に少なからぬ衝撃を与えたと考えられる。

さらに、中国では、一九一八年五月一五日周作人は与謝野晶子の「貞操は道徳以上に尊貴である」を翻訳し、「貞操論」と名づけて、雑誌「新青年」第四巻第五号に発表したことを皮切りに、胡適と魯迅もそれぞれ「貞操問題」（「新青年」第五巻第一号）「私の節烈観」（「新青年」第五巻第二号）を発表し、周作人を応援する。特に、胡適は従来の「貞女両夫に見えず」などの社会観念とそれを支持する法律を徹底的に批判していた。これは藍志先の反発を招いたが、胡適は更に一九一九年四月『論貞操問題』（『新青年』第六巻第四号）を発表し、藍に反論する。以降、周作人も加入し、主としてこの三人の間で論争していた。所謂中国の「貞操論争」が行われたわけである。芥川は北京に滞在した間、胡適とすくなくとも二回の面談をしていたことが胡適の一九二一年六月二五日と二七日の日記から確認できる。二人の談話の中で〈貞操〉問題に直接触れていた記録はまだ見当たらないが、中国社会に一つのおける大きな出来事として、「ジャーナリストの才能」を誇る芥川もその空気を吸い込んできたのであろう。異国での旅行体験と他者との出会いは、自己を相対化させ、今まで暗黙のうちに当然と思ってきたことを考え直す契機となりうる。芥川は中国旅行より、自分の国―日本から一旦離れ、遠いところで凝視する視点を獲得したと思われる。

「お富の貞操」と「藪の中」とは、性暴力を事実上受けたか、受けていなかったかにより、二人の女性の人生が違う展開を見せるという相違点を持ちながら、この二作の研究史は一つの共通点を有している。多元視点の語りで隠された事件の真相と客観描写の手法で曖昧化させた登場人物の心理は多義的な解釈を生んできた。それについて、木股知史に指摘された通り、「作者と作品と読者がおちあう〈場〉に存在している。そうした〈場〉では、見えない規範的な観念が作用している」㉞。つまり、お富と真砂の貞操観念に焦点を与えた解釈は、作品の描写に導かれながら、論者自らのイデオロギーを露呈させるのである。この点から、読み手に「貞操」に対する思考の契機を与えようとし、作者は意図的にこうした手法を取ったのではないか。中国から帰国した後、作者は「藪の中」と「お富の貞操」を通して、貞操観念に対する思考を改めて喚起しようとしたのではないか。今後、芥川の中国旅行体験、特に長沙での体験を考察する際、本作品を視野に入れる必要もあるだろう。

第九章「湖南の扇」論——変容する中国人女性像をめぐって

はじめに

「湖南の扇」（「中央公論」一九二六年一月）は芥川龍之介の中国旅行四年後に創作された短篇小説である。発表された当時、「出来損ひ」（一九二五年一二月三一日付　斎藤茂吉宛書簡）や「仕舞の方が出来損つてゐる」[①]など、芥川自身はたびたび不満を漏らし、同時代評も芳しくなかった[②]。

本作は、「僕」が長沙での旅行見聞を回想する「過去」の部分とプロローグ及び結末の「現在」の部分から構成されている。作者と思われる「僕」は、プロローグの部分で、「黄興」、「蔡鍔」、「宋教仁」など湖南出身の革命家を挙げ、「湖南の民自身の負けぬ気の強いこと」を提示している。後、「情熱に富んだ湖南の民の面目」を示すために、旅行当時の「僕」の視点から、ある「小説じみた小事件」を語りだしている。しかし、二人の「僕」の間に時間的な隔たりがあるだけでなく、旅行地長沙に向けた眼差し及びそこで遭遇した「小事件」に対する認識にも亀裂が潜まれている。つまり、本作には旅行当時の「僕」と現在回想している「僕」という二つの視点が存在している。

また、旅行当時の「僕」は、言語と文化の二重の疎外を受けて、限られた情報のみで旅行したため、そこにはいくつか不可解な謎が残った。現在の「僕」はそれを回想しながら、当時の体験に取捨選択のフィルターをかけ、諸要素を意識的に配置し、謎の内実を暗示しているのだと考えられる。その謎の中心人物は「僕」の案内人を務めた友人「譚永年」である。彼をめぐる論には、「日本の帝国の侵攻に、その脅威と、商業主義的利権ゆえに甘んじなければならないながら、同時に深い憎悪を内蔵していた、当時の中華民国の体制側」に通底しているとの指摘[③]や芥川の創作「手帳」に残された「戊戌の變。譚嗣同。詩的。畢永年。僧になる。哥老会。」のメモから、革命者譚嗣と畢永年を参考にして造型されたとの論[④]が挙げられる。しかし、譚はみずから「僕」を迎えに来たのに、「僕の見送りに立たなかつた」のはなぜか。留学時代誰にも「悪感を与えたことはなかつた」彼が、玉蘭を苦しめたのはなぜか、など、「譚永年」をめぐる謎には先行論ではまだ論じきれていない。

そのほかにも、本作の草稿の結末部に「扇」をめぐる描写は一切ないが、定稿では「扇」に関する描写を書き加え、首尾照応の形で「扇」存在をより印象的に描き出しているのはなぜであろうか。本作の発表された半年前に、佐藤春夫は中国の台湾を舞台にした「女誡扇綺譚」(「女性」一九二五年五月)を発表した。また、「湖南の扇」と同じ時期に塩谷温の主宰で、中国古典文学の翻訳シリーズ『支那文学大観』が刊行され、孔尚任の『桃花扇』も翻訳され、収録されている。右記の二作で、「扇」はいずれも重要なメタファーとして使われている。それでは、本作における「扇」はどのような意味合いがあるのか。芥川は本作を創作する際、「扇」のモチーフを取り扱った「女誡扇綺譚」と『桃花扇』から、どのようなヒントをうけたのだろうか。

本稿では、まず旅行当時の「僕」のまなざしを検討し、「僕」の人物造型の特徴を明らかにする。そして、譚永年の形象を考察し、彼をめぐるいくつかの謎を解いてみる。また、芥川文学における中国女性像の系譜のなかで、本作に描かれた中国女性表象の特徴を析出しながら、「扇」の象徴性も明確にする。

一　相対化された「僕」の眼差し

長沙に上陸した当時の「僕」の目には、現地の風景と民衆が次のように映っている。

高い曇天の山の前に白壁や瓦屋根を積み上げた長沙は予想以上に見すぼらしかつた。殊に狭苦しい埠頭のあたりは新しい赤煉瓦の西洋家屋や葉柳なども見えるだけに殆ど飯田河岸と変らなかつた。僕は当時長江に沿うた大抵の都会に幻滅してゐたから、長沙にも勿論豚の外に見るもののないことを覚悟してゐた。（中略）すると薄汚い支那人が一人、提籃か何かをぶら下げたなり、突然僕の目の下からひらりと桟橋へ飛び移つた。それは実際人間よりも、蝗に近い早業だつた。（中略）彼等は互いに押し合ひへし合ひ、口々に何か騒いでゐる。

（『芥川龍之介全集』第十三巻　一三七頁）

時代の隔たりがあるにもかかわらず、「僕」の感想は夏目漱石「満韓ところどころ」（「朝日新聞」一九〇一九年一〇月二一日〜一二月三〇日）における以下の箇所を容易に想起させる。

船が飯田河岸の様な石垣へ横にぴたりと着くんだから海とは思へない。河岸の上には人が沢山並んでゐる。けれども其大分は支那のクーリーで、一人見ても汚らしいが、二人寄ると猶見苦しい。斯う沢山塊ると更に不体裁である。余は甲板の上に立つて、遠くから此群集を見下しながら、腹の中で、へえー、此奴は妙な所へ着いたねと思った。（中略）余は欄干に頬杖を突きながら（中略）船は鷹揚にかの汚ならしいクーリー団の前に横付になつて止まつた。止まるや否や、クーリー団は、怒つた蜂の巣の様に、急に鳴動し始めた⑤。

この二作の語り手はともに、高い視点（物理的と心理的の両方）から現地の風景に対する失望をもらし、現地の民衆を異物として見下げている。ただし、「満韓ところどころ」の場合、「飯田河岸」は単なる言い換えの表現であるに対して、本作では現地の風景に対する「失望」や「幻滅」を喚起するトリックとなる。飯田河岸は明治二〇年代に新設された明治期を起源とする河岸で、明治以降のわずかな期間で急速に開発された。一八九五年に甲武鉄道の飯田町駅が開業し、飯田河岸は鉄道と舟運の結節する物流拠点として隆盛していた。それに対して、一九〇四年「長沙通商口岸租界章程」が結ばれ、同年の七月一日長沙は通商租界として開港された。それ以降、西洋列強の勢力がこぞって入り、領事館・教会・外資系企業など洋風の建物が相次いで建てられた。その過程において、長沙の伝統的な都市空間も、近代化された。内発的にせよ、外圧的にせよ、長沙の近代化につれ、現地の伝統的な風景が失われ、他者と自我（この場合は長沙と東京であるが）の差異は不可避的に解消していく。本来の「異国的な風景」を求めにきた旅行者にとっては、目の前の風景が失望にしか繋がらないのも当然であろう。

風景に幻滅した「僕」は、引用文で示すように、現地の民衆に対する軽蔑の感情も焦燥感とともに顕著になっている。また、「殊に一人の老紳士などは舷梯を下りざまにふり返りながら、後にいる苦力を擲ったりしていた」と現地民衆の苦痛を見つめつつ、長江遡って来た「僕」の見慣れた風景として、「僕」の苛立たしさを高めるだけであった。このように、民衆を見下ろし、民衆の苦痛に無関心な「僕」の姿はプロローグに見られる湖南民衆の情熱への思いとの間に、明らかな分裂があると言えよう。その後、「僕」は旧友譚永年の不快を予期しながら、「土匪の斬罪」の話を持ち出す。一九一七年一〇月三〇日付文夫人宛の書簡において、芥川は山本喜誉司からもらった匪賊斬罪の絵葉書について、以下のように語っている。

兄さんがこの間満州から匪賊の首を斬る所の画はがきをくれました　斬つてしまつた所です　満州は野蛮ですね。あんな野蛮な所を旅行してかへつて来て文ちゃんに叱られては可哀そうです

（『芥川龍之介全集』第十八巻　一六二頁）

日本では、一八七九年一月四日梟首刑が廃止され、一八七九年一月三一日高橋お伝が市ヶ谷の刑場で斬首されたのが斬首の最後となる⑥。しかし、斬首に対する猟奇的な趣味は、長い間流行していた。また、「野蛮」のイメージと結び付けられ、この刑罰を保持する国の後進性と野蛮性を照らし出し、同時に日本の文明開化を逆照射するメカニズムとして、度々取り上げられた。「内心長沙の人譚永年の顔をしかめるのを予想」しながら、あえて「斬首」の話をだす「僕」の行為には、猟奇的な心理の動きがあり、一種の文化的優越感を持ち、中国人の譚永年を揶揄しようとする意図もあると考えられる。

ただし、「僕」の心情は「僕」の接した風景と旅行体験の変化によって、常に変貌を見せている。翌々日、麓山寺や愛晩亭へ見物に出かけた「僕」の目に両岸の風景が鮮やかに映り、「僕等の右に連つた長沙も白壁や瓦屋根の光つてゐるだけにきのうほど憂鬱には見えなかつた」のである。麓山寺が二六八年に建てられた仏寺で、湖南仏教の発源地でもある。愛晩亭は一七九二年、羅典によって建てられた江南四大名亭の一つとされている。杜牧の名句「停車坐愛楓林晩」に因んで、命名された。「僕」の心情の変化はこうした古典的な空間への期待と無関係ではない。一方、「日本人は一人も見当らなかった」埠頭の空間とは違い、現在の「僕」は在留日本人に「中の島」と呼ばれる三角洲を左にし、「日本領事館」と「日清汽船会社」などで作り上げられた擬似共同体空間に向かう。したがって、「僕」の上陸当初の苛立ちも一掃されていった。

しかし、このような安らぎも「湘南工業学校」への参観によって、以前遭遇した「或女学校」での「烈しい排日的空気」を喚起することとなり、不安へと引き込まれていった。このモチーフは作者の実体験に裏付けられている。『支那游記』(改造社　一九二五年一〇月)に収録された「雑信一束」「七　学校」において、芥川は長沙の天心第一女子師範学校並びに附属高等小学校を参観した際の見聞を紹介している。当地の女学生は皆排日のため、日本産の鉛筆などの文房具の使用を拒否し、筆で幾何や代数をやっていたという。こうした光景の背後に潜むのは、湖南民衆の革命の決心と強烈な革命情熱であるが、「僕」は、無論その背景には無関心である。後、妓館で局票に書かれた女性達の名前を見ながら、「それ等はいずれも旅行者の僕には支那小説の女主人公にふさわしい名前ばかりだつた」と古典文学に描かれた「中国趣味」の典型的女性像で、現実の中国女性を把握する姿勢を取っている。旅行当時、中国の社会状況に目を向けようとしない「僕」は、譚永年、玉蘭達の言動を理解するための回路を閉ざしたのである。

一方、妓館で譚が「こんな迷信こそ国辱だね」と言い捨てながら、「人血ビスケット」を取り出した際、僕は「それは斬罪があるからだけさ、脳味噌の黒焼きなどは日本でも嗰んでゐる」と述べた。日本では「脳味噌の黒焼き」が「梅毒」や「肺病」などの「妙薬」として長い間民間で密かに流行し、死体の脳味噌を密売する事件が度々起こっていた⑦。この習俗を取り扱った明治以降の記事から、それを「迷信」、「野蛮」として批判した文脈が確認できる。そのなかで、「人間の首を売買するといへバ阿弗利加内地の探検談の如く」とし、「兎にも角にも文明国における一大怪事にして、我が同胞の一大汚点を発見せし」と嘆いた記述もある⑧。文明国の国民としてはふさわしくない、未開地民衆にありうる行為として、その習俗を位置づけている。

同時に、明治大正時代の新聞記事や旅行記に、近代中国の迷信性を訴える記述も度々見られる。その文脈において、迷信に囚われるものを蒙昧者として軽蔑し、あるいは啓蒙すべき存在とした。このイデオロギーは、当時の日本の海外進出を正当化するロジックにおいても使われていた。しかし、本作の「僕」は文化批判の立場で「血のビスケット」の習俗を批判することなく、むしろそこから自国との同一性を見出している。この意味では、彼は古い俗習の持つ国の民衆を啓蒙すべき対象として捉える当時のイデオロギーと異なる考え方を持つと言える。ただし、「僕も嘸んだ。尤も子供のうちだつたが。」の一句が示すように、「僕」は「現在」の軸で評価するのではなく、そこから「過去」を見出し、懐古的な感情に浸っている。

このように、「僕」は「中国趣味」に惑溺していた旅行者として造型された。「僕」の「中国趣味」は観察相手が持つ強い現実感と葛藤し、現実の前で屈折しながら、結局得体の知れない、空虚なる「無気味」さへと変貌したのである。

二　元留日青年——譚永年の造型

文化と言語の二重疎外を受けた「僕」の旅行体験は、案内兼通訳の譚の導きのもとに築きあげられたとも言える。留学時代、日本人との寄宿舎生活中、誰にも悪感を与えず、順従な姿を演じた譚永年は、今回「僕」の旅行を支配する「強者」として立ち現れる。従来の先行論に看過されたが、譚の留学経験の設定は意味深い。

譚は「僕と同期に一高から東大の医科へはいつた留学生」と設定されている。芥川は一九一〇年に一高に入学し、一九一三年東京帝国大学文科大学英文科に進学したのであるが、それを鑑みれば、譚も同じ時期に日本に留学したと想像できよう。日清・日露戦争後、中国人に対して友好的感情を抱えた人勿論はいたが、日本国内では中国人に対する軽蔑の感情が広まり、侮辱事件が度々起こり、留学生達の反発を引き起こしたほどである。また、連戦連勝で国民感情が増長してくるにつれて中国人を露骨に軽侮するようになり、留学生に対する態度も冷やかとなった。日露戦後まもなく清国留学生取締規則事件が起こったほどである⑨。それに対する留学生側の反応として、事件に対する憤怒から、大森海岸に投身した同盟会の発起人陳天華の「憤死」はあまりにも有名であろう。

また、当時の留学生はどのような教育をうけ、またどのような生活を送っていたのであろうか。一九一九年六月東亜同文会が発行した「支那留学生状況調査書」によると、当時多くの学校では中国人留学生を対象に「精神科目」を設置し、校長もしくは教官が講話して、個人道徳・国家関係・処世法などを「涵養セシメアリ」とある。また、「排日騒擾」を起こした留学生の強制帰国（東京高等師範学校）、あるいは「監獄二入レラレたル者」（第一高等学校）もいたのである⑩。こうした状況のしたで、譚の「愛想のよい」は彼の性質によるものとは考えにくく、むしろ屈辱や抑圧を背負いながら、感情を抑え込み、本音を隠した行為と理解してよかろう。

そして、意識的と思われる譚が「案内地」とした場所からも彼の真意が読み取れるであろう。彼の案内にまず出てくるのは、日本の海外進出の拠点にあたる日本領事館と日清汽船会社である。特に、日清汽船株式会社は一九〇七年三月、日本郵船、大阪商船、湖南汽船会社及び大東汽船株式会社の四社によって設立され（資本金八一〇万円）⑪、政府の介入と支援もあり、長江流域への資本進出を積極的に行っていた。その後、譚がすぐに「張継尭と譚延闓との戦争」の話を持ち出し、張の部下の惨死振りを語っている。関連の記述は芥川の「手帳6」にも見られるが、「張継尭」は張敬尭の誤りである。一九一八年三月から一九二〇年まで、督軍兼省長として湖南を支配していた軍閥張敬尭は、経済略奪、言論統制、日本帝国の権力を保護するために学生の排日運動を弾圧するなど、湖南民衆に憎まれた存在である。一九二〇年六月一一日、張が湘軍の攻撃を受け、岳州へ逃走したが、その動乱のなかで、日清汽船の武陵丸は長沙で掠奪を受け、長沙出張中の大津來徳が張の弟張敬湯に似ているため、湘軍に殺害された。この事件が、当時日本国内の新聞に「長沙事件」あるいは「湖南事件」として、頻繁に取り上げられた。したがって、この記事を挿入するのは、張の失脚と部下の惨死を語る行為を通して、譚の中に潜んだ日本帝国及びその権力に屈服する軍閥勢力に対する憎しみを表出させようとしたのであろう。

また、「僕」に土匪斬首の話を突き付けられた時、譚は「僕」の予想通りにではなく、「もう一度愛想の好い顔に返つたぎり、少しもこだわらずに返事をした」箇所はどのように解釈すればいいのか。近代中国における土匪団体(秘密結社)の多くは、清朝打倒運動をその底流として生じた。その代表的なものとして、青幇・紅幇があげられるが、芥川のメモにもある「哥老会」は紅幇の一つの流れで、華中、長江流域を中心に活動した。これらは反清運動に動員され、重要な役割を果たした。同時に、酒井忠夫が指摘するように、「阿片戦争後、先進列挙の汽船による運輸業の進出と外国商品の流入が、中国の民族経済に大きな打撃を与え」、「そのため、各地の「流氓」の勢力が増大し、民衆の排外意識をたかめた。」[⑫]という。

つまり、土匪団体には革命的な側面があり、時には排外勢力の一派でもある。芥川の手帳に、「日清汽船の傍、中日銀行の敷地及税関と日清汽船との間に死刑を行ふ。刀にて首を斬る。支那人饅頭を血にひたし食ふ。—佐野氏。」という記述があるが、人血饅頭の話は人血ビスケットと変えられ、玉蘭の物語の核となっている。しかし、先行論では「中日銀行の敷地及税関と日清汽船との間に死刑を行ふ」の箇所にあまり注目していない。黄六一の斬首を創作する際、この箇所の記述が芥川の念頭にあったのであろう。おそらく黄六一はただの「悪党」ではなく、排外運動にも参加した一員であり、それが原因で斬首されたのかもしれない。「土匪」の内実について、青柳達雄は、「匪」と称される人の中に「革命者」も少なくないと述べ、尾崎秀実の『現代支那論』の記述を引き、「土匪群の共産主義への流れ込み」の可能性を提示している⑬。溝部優実子はその研究を受け、黄六一の処刑の日は五月九日の国恥記念日であると指摘し、黄には「反体制的な色彩」が強いとしている⑭。

このように、「張継尭と譚延闓」の南北戦争と土匪の斬首の話のいずれも「日本領事館」、「日清汽船会社」という空間と緊密な繋がりを持っている。さらに、譚が「湘南工業学校」を参観させたことも意識的な行為だと考える。芥川の「手帳6」に「湘南公立工業学校」としてメモされているが、正確には嶽麓山にある「公立工業専門学校」⑮である。この学校は、国貨維持と日貨排斥運動を高揚していた拠点の一つである。運動を推進するため、工専の学生達が「湖南麓山学校工廠」の建設を提案し、実現の運びになった⑯。この背景に注目すれば、譚の提案は「単なる嫌がらせを越えて、自国の自負を内在させた所以であり、強固な自国意識と対抗意識に支えられていた」という指摘は適切であろう。つまり、譚が「僕」を案内してくれたのは、帝国進出と現地民衆の反抗活動の激しく交錯する空間であった。意図的にそれを「僕」に示して見せようとした譚も、排日的な側面を持っていると言えよう。

また、譚永年は「武勇話」のような土匪黄六一の生涯を「殆ど黄六一を崇拝してゐるのかと思う位、熱心にそんなことを話しつづけ」ながら、黄の情婦であった玉蘭に会った時「殆ど仇にでも遭つたやう」になり、わざと黄の血を染み込ませたビスケットを玉蘭に食べさせたのはなぜであろうか。譚が語った黄六一の話には、作者芥川の愛読した緑林物語『水滸伝』の投影もあると考えられる。また、本作が発表される一年前に刊行された長野朗の『支那の土匪と軍隊』で、土匪の親分について、「唯の物取り強盗でなく種々の風変りの分子が含まれ、間には傑物も少くない」とし、「この乾分と親分との関係はどうかと云ふに、日本の侠客の親分乾分に似たものである」と語っている。さらに、「土匪道徳の真髄は義にある。然諾を重んじ、義侠のためには命も抛げ出す、仲間の間や土匪団の間柄は信義で凝まつて居るので、そこには嘘も偽りもない」と土匪仲間の義侠心を称えている⑰。大阪毎日新聞社の北京特派員波多野乾一はこの著書の発行人であり、彼もまた芥川の北京滞在中の案内人である。したがって、芥川がこの本を読んだ可能性も否定できない。黄六一は、まさに長野の記述と軌を一にし、義侠心を持つ存在である。また、「歩兵を射倒した」など、反体制・反秩序側の人間として造型されたのである。譚は黄六一から自分と共通している革命精神を見出し、共感を持っているかもしれない。

一方、黄が「湘譚の或商人から三千元を強奪した」との話もあるように、裕福なブルジョア層とは対立した人間である。「長沙にも少ない金持の子だつた」譚永年は従来の官紳階級側の人で、黄とは対立関係があると推測できる。そのため、譚が黄と黄の情婦玉蘭に敵意を持つことも、妓館で玉蘭と含芳を苦しめたのも自然であろう。ただし、人血ビスケットを食べる迷信を「国辱」として厳しく批判しながら、あえて「僕」の前でこうした文化の暗黒面を晒け出そうとしたのは、一種の自虐的な行為として理解でき、単なる階級的敵意に集約できない側面もある。「僕」の旅行計画をした譚は、案内地、見物の内容及び「僕」に会わせる人すべてを把握しているため、血のビスケットを玉蘭に食べさせることも、彼の計略だと考えられる。「わたしは喜んでわたしの愛する……黄老爺の血を味わいます」という玉蘭の衝撃の言葉を「逐語訳」した際、譚は「テエブルに頬杖」をついたという呑気な姿勢を取ったところから、譚は玉蘭の行為を予想としたうえで、その「いじめ」をした可能性は高い。譚は、この自虐的な行為を通して、「情熱に富んだ湖南民衆の面目」と反抗精神を「僕」に伝えようとしたのではないか。

一方、留学時代誰にも嫌悪感を与えず、優しかった彼は、妓館で下層民衆をいじめ、あるいは支配しようとした行為を通して、自分の上位性を示している。日本にいた時の弱ものに、権力を振う強い側面があり、順応したものも、いつか反抗していくことを、譚永年という人物形象によって語っているのであろう。ちなみに、「湖南の扇」が発表される一年ほど前に、芥川は西村貞吉宛の書簡（一九二四年三月二五日付）で「けふ滕固と云ふ支那留学生に会つた。上海の「創造」同人のよし。又支那が恋しくなつた」と語っている。滕固、字若渠、江蘇宝山県の出身である。上海美専学校から卒業した後、一九二一年から一九二四年まで日本東洋大学で美術を学んでいた人物である。日本にいた時、創造者の早期メンバーと知り合り、『迷宮』『銀杏の果実』『睡蓮』など彼の作品の多くもこの時期に創作されていた。これらの作品には、社会の残酷と抑圧を批判しつつ、享楽の夢が崩壊した後の病的、退廃的な自我像をよく描いている⑱。そして、一九二六年八月光華書局より己の留学生活を語った『迷宮』が刊行され、日本近代文学館所蔵の芥川の蔵書にも入っている。時期にはズレがあるが、『迷宮』のなかで、語り手の「私」は、かつて日本の政府機関で文書処理の兼職をした時、虐められたことを回想している節もある。「譚永年」が滕固をモデルにしたとは言えないが、「湖南の扇」を創作したさい、芥川の周りに参考になれる留学生がいたことは確実である。

三　「扇」のメタファー

「湖南の扇」における物語の中心は妓館で起こった「小説じみた小事件」であるが、この「小事件」に関わる二人の登場人物―玉蘭と含芳の人物造型を検証することも、本作の主題を考察するうえで不可欠である。

先行論で指摘された通り、本作の物語空間は、「芥川の中国各地での体験や見聞をある意図のもとに再構成したものである」⑲。また、妓館の描写は上海妓館での体験を彷彿とさせる。上海体験を記録したメモ「○萍郷、京調の党馬　○秦楼、西皮調の汾河湾（胡弓）。」が、「しかし僕は京調の党馬や西皮調の汾河湾よりも僕の左に坐つた芸者に遥かに興味を感じてゐた」という描写に生かされている。そのほか、「上海游記」の「南国美人」に、次のような節がある。

> その一人の洛娥と云うのは、貴州の省長王文華と結婚するばかりになつていた所、王が暗殺された為に、今でも芸者をしてゐると云う、甚薄命な美人だつた。これは黒い紋緞子に、匂の好い白蘭花を挿んだきり、全然何も着飾つてゐない。その年よりも地味ななりが、涼しい瞳の持ち主だけに、如何にも清楚な感じを与えた。（『芥川龍之介全集』第八巻　四七頁）

ここで取り上げた王文華は貴州の省長ではなく、貴州興義系軍閥の「新派」の中心人物である。五四運動前後、王は「旧派」とは違って、革命を支持する姿勢を示していた⑳。「旧派」の利益を損害した王は、一九二一年三月一六日上海一品香旅館の前で射撃され、当日の夜死去した。芥川が上海に上陸したのは、王の亡くなった一二日後である。「玉蘭」と「白蘭花」のイメージ、恋人の他界、芸者をしているところに、玉蘭と洛娥の関連性が析出できる。芥川が玉蘭を造型する際、上海で出会った洛娥のことを再び想起し、参考にしたのであろう。

しかし、「清楚な感じを与えた」「薄命な美人」という洛娥のイメージとは対照的に、玉蘭は野性的、動物的エネルギーを持つ女性として描かれている。妓館の飾りとして、鳥籠に閉じ込められた二匹の栗鼠が珍しいものとしてクローズアップされている。そこに登場した林大嬌が「この部屋の空気と、——殊に鳥籠の中の栗鼠とは吊り合わない存在」としているが、「笑う度にエナメル」のように光る玉蘭の歯並は、「僕」に栗鼠を思い出させる。つまり、鳥籠に閉じ込められた二匹の栗鼠が、抑圧を受けている玉蘭と含芳（特に玉蘭）の象徴として描き出されている。

一方、「格別美しいとは思はれなかつた」という玉蘭に対する第一印象とは違って、半開きの扇をかざした含芳の姿を、典型的な「支那美人」として「僕」は捉えたのである。また、栗鼠のイメージを強く想起させる玉蘭とは違い、含芳は「日かげの土に育つた、小さい球根」を思い出させる。この箇所について、王書偉は「動物的なイメージはエネルギーが満ちて、常に動いているのに対し、植物的なイメージは無害で、静かで可愛らしい」と述べ、「動物的イメージは近代的な革命都市の湖南を代表する玉蘭であれば、植物的イメージは古典的な中国を代表する含芳であると言えよう」と示唆している㉑。ただし、含芳の形象には、「僕」の目に映された「表」と彼女の一連の行為から読み取れる内面があることは看過できない。

従来の研究で殆ど注目されていないが、含芳が北京出身と設定されるところが重要である。

芥川は大阪毎日新聞社の特派員として、一九二一年六月から七月上旬、約一ヵ月間北京に滞在した。そこでの旅行体験は「北京日記抄」といくつかの書簡にしたためられている。「上海游記」や「長江游記」などに散りばめられている批判的な描写と作者の焦燥感や嫌悪感が、北京関連の記述にはほとんど見られない。「北京はさすがに王城の地だ 此処なら二三年住んでも好い」(一九二一年六月一四日付岡栄一郎宛書簡)、「北京にある事三日既に北京に惚れこみ候(中略)北京の壮大に比ぶれば上海の如きは蛮市のみ」(一九二一年六月二一日付室生犀星宛書簡)、「北京は王城の地なり」(一九二一年六月二四日付滝井孝作宛書簡)などの書簡からわかるように、上海ほど近代化が進んでおらず、古典の風物がまだ破壊されていなかった北京は、芥川を大いに満足させた。北京滞在中、毎日「支那服」の姿で芝居、建築、絵画、書物などを見回った芥川は、存分に古典の中国空間を享受していた。

したがって、「中国趣味」に耽溺していた「僕」が、北京出身の含芳から古典の美を見出そうとしたのは自然であろう。一九二三年一月「女性」に発表された「わが散文詩」の「線香」節に、無言かつ病的で弱々しい北京八大胡同の美しい妓女を登場させている。静止画像のように、動きもしない彼女の形象は、「僕」の目に映った「子供のよう」で、「病的な弱々しさ」のある含芳像と通底している。しかし、土匪斬首の話を聞いた時、「耳環を震わせながら、テエブルのかげになつた膝の上に手巾を結んだり解いたりしてゐた」含芳の姿は、「手巾」(「中央公論」一九一六年一〇月)における子供と死別した母を想起させる。その母と同じように、含芳も仲間を失った苦痛を抑えようとしたのである。また、玉蘭が人血のビスケットを噛みはじめたのを見て、手を震わせながら耐える含芳は、恥を忍んで重責を負うような人物であり、決して受動的で弱々しい存在ではない。玉蘭と含芳の形象について、革命者、特に共産党員である可能性が指摘されているが㉒、少なくとも反抗心を持つ人物であることは確実である。実際、辛亥革命前後、妓館は革命同士情報交換の秘密場所として、利用されたことが多い。また、妓女のなかで、命がけで革命者を保護し、革命に協力した人も多い。代表的な例として、一九一六年袁世凱の脅迫を受けた蔡鍔は、北京雲吉班の妓女小鳳仙の協力を得て、袁の支配から逃げ出し、袁の皇政復活に反旗を翻したことが挙げられる。そのほか、一九一九年五・四運動の時、排日運動に参加した妓女もいた㉓。このような中国女性表象、特に含芳の造型を通して、「僕」の期待する古典的・受動的な中国女性像の必然的な崩壊を暗示しているのだと考えられる。

また、「湖南の扇」において、「扇」が作品の冒頭部と結末部に二回登場し、作品のタイトルにもなっている重要なモチーフである。塚谷周次は「扇」のモチーフを取り上げ、「湖南の扇」と「女誡扇綺譚」との関連性を考察し、「佐藤の作品においては、扇はエピローグに至る大切な伏線の役をになっているに対して、芥川の場合、扇はいかにも唐突な形で点出されていることである」と述べ、さらに「佐藤作において、中国製の絢爛な扇は、それとして作品の異国趣味を物語る表徴的役割をになっているとすれば、芥川もまたこの女持ちの扇を点出させることで、玉蘭という妓の残香をとどめようとしたに違いないが、成功しているとは言いがたい」と論じている㉔。

佐藤春夫の「女誡扇綺譚」は台湾を舞台にした作品である。日本人記者の「私」と台湾の友人「世外民」が台湾で遊覧している時、ある廃屋を発見し、近所の老婆からその家主沈家の盛衰と一人娘の悲しい生涯を聞いた。沈家が天災で転落した後、沈女の縁談も破談になった。しかし、彼女は親からもらった「女誡扇」に書かれた「専心」と「一女不事二夫」の倫理を貫き、婚約者を待ち続け、結局発狂し花嫁姿のまま死骸となった。「私」は廃屋を再訪した時「女誡扇」を拾ったが、廃屋で逢曳きをしていた穀物商の下婢に求められ、扇を渡した。その下婢が後、「内地人」との婚約を嫌って、恋人の死んだ数日後、殉死した。「女誡扇綺譚」を異国情趣の文学とする論が研究者に長く継承されてきた。近年、下婢の死に焦点をあてて、この作品から作者の「植民地台湾の現実と将来に対する強烈な関心」を読み取り、「台湾人下婢の自殺を通して台湾ナショナリズムの誕生を逆説的に宣告した」[25]という藤井省三の研究は新しい展開を提示している。「女誡扇綺譚」において、「女誡扇」が象徴する貞淑な恋の主題は、植民地統治とかかわり、ナショナリズムの問題へと転じてゆくのである。したがって、その絢爛な扇は「異国趣味を物語る」というより、「野性によつて習俗を超えた少女」[26]という最後の持ち主の反抗を通して、台湾民衆の反抗と台湾ナショナリズムの台頭を語っている。

また、「扇」のモチーフの関連性から、孔尚任の『桃花扇』も提起できる。一七〇八年に刊行された『桃花扇』は、明朝滅亡という動乱の時代背景で、文士侯朝宗と秦淮の名妓李香君との恋愛悲劇を描いた戯曲である。「扇」は二人が婚約する際、侯が夫婦の契を定めるべく扇に詩文を題し、李にあげたものである(第六齣)。李香君が命をかけて守ろうとした「扇」は、恋の誠を象徴している。しかし、最後明が亡び、崇禎皇帝の法要で再会した二人は喜ぶが、庵主張薇が怒って「桃花扇」を裂いて、地面に投げつけ、「こら、二人のたはけもの奴。よく見ろ。国がどこにある。家がどこにある。君がどこにある。父はどこにゐられる。ただ、たかが男女の浮気沙汰。それが醒め切れないとは、何ごとだ。」[27]と一喝する。それで、二人は悟り、情愛の世界から離れ、ともに出家した(第四〇齣)。このように、明の遺民孔尚任が「桃花扇」のモチーフに託したのは、国家の存亡に直面する際、個人のロマティックな情緒の無力さというテーマであろう。裂かれた「桃花扇」は、こうした情緒との決別を示していると理解できる。

「湖南の扇」が発表された二ヶ月後、中国文学、特に古典戯曲を中心に翻訳した『支那文学大観』が刊行を開始した。その第五巻と第六巻に今東光訳の『桃花扇』が収録されている。その解説を担当したのは、中国明清小説・戯曲の専門家で東京帝国大漢文科の教授塩谷温である。芥川自身も第一巻元曲選を担当していたが、様々原因で第七巻、第九巻、第一三巻、第一四巻と同じように、刊行できなかった。ただし、日本近代文学館の芥川文庫に『桃花扇傳奇』（宣統一年刊）全二冊が所蔵され、第一から第四齣まで多くの書き込みがある。それらの書き込みには注釈類があり、また原文の表現を書き直すところもあるなど、そこから作者の編集意識が読み取れる。おそらく、「湖南の扇」を創作する時期、芥川が『桃花扇』を読み、そこから感銘をうけ、「扇」をめぐる創作手法を実践したのではないか。

現に、本作における「扇」のモチーフは、「女誡扇綺譚」と『桃花扇』のそれと類似する側面を持っている。冒頭の部分で、含芳の「扇」が「僕」のエキゾチシズムを醸し出す役割を果たすが、「扇」の表象はやがて誰かが置き忘れた「桃色の流蘇を垂らしていた」扇へと変貌していく。また、「無気味」さを覚えた「僕」は、すでに「扇」に関心を向ける余裕がなく、再び譚の顔と彼に抱えた疑問を思い出す。「僕」がかつて持っていた、「扇」に対するロマンティックな想像、あるいは北京式の詩的世界は、激動する現実世界（湖南式の革命の世界）を前にして、すでに無意味なものになってしまう。「扇」の持主であった含芳達も、「中国趣味」の言説に作り上げられた古典的な女性像から逸脱し、動乱の世界と階級の抑圧を背負いながら、反抗の情熱を失わず、負けぬ気の強い女性として登場している㉘。「湖南の扇」に見られる中国女性像は、中国旅行前に発表された「南京の基督」と「奇怪な再会」と通底しつつ、激動中の中国と深く関わる存在として造型されるところに、確実の変容を示している。そして、もう一つ注目すべきのは、この三作における中国人男性の形象も変容してきた。「南京の基督」で一回も姿を見せない金花の父が、「腰も立たない」老人と描かれ、「奇怪な再会」におけるお蓮の恋人金は、「四角な枕へ肘をのせながら、悠々と鴉片を燻らせてゐる」幻影として登場する。こうした老衰で後進的なイメージが付きまとっているとは対照的に、本作の譚永年はエリートとして造型されながら、強気で支配的な存在に成り変わる。

おわりに

「湖南の扇」のプロローグで、語り手は歴代の湖南出身の革命者を挙げて、「湖南の民自身の負けぬ気の強いこと」を述べ、「小説じみた小事件」を通して、「情熱に富んだ湖南の民の面目を示す」という主題を提示している。その後、かつての旅行体験を回想しはじめる。しかし、「僕」の語りは、単に過去の体験を再現するものではなく、むしろ回想を通して、その「出来事」をめぐる謎及び諸人物関係を捉え直そうとしたのであろう。

長沙滞在中の芥川が一九二一年五月三一日付滝井孝作宛の書簡で、「長沙は湘江に望んだ町だが、その所謂清湘なるものも一面の濁り水だ　暑さも八十度を越へてゐる　バンドの柳の外には町中殆樹木を見ぬ　此処の名物は新思想とチブスだ」と長沙に対する印象を述べている。さらに、「雑信一束」の「六　長沙」において、「往来に死刑の行はれる町、チフスやマラリアの流行する町、水の音の聞える町、夜になつても敷石の上にまだ暑さのいきれる町、鶏さへ僕を脅すやうに「アクタガハサアン！」と鬨をつくる町」と語っている。長沙の風景に対する失望感や滞在中の焦燥感と不安がそのまま旅行中の「僕」の人物造型に使われたと思われる。

中国旅行当時の芥川は、同時代の日本人旅行家と同じように、異国情緒に浸り、古典文学に描かれた詩的な古典中国を求めようとしたところがある。ただし、内憂外患の境地にある当時の中国は、すでに古典文学に詩的な世界ではない。冷徹な目で現実を見つめていた芥川は、到底谷崎のように悲惨かつ俗悪な現実に美化のフィルターをかけることができず、杭州で「傍若無人にも立小便をした」「亜米利加」と遭遇して、「ロマンティシズムよ、さようならである」（「江南游記」）と諦念しざるを得ない。さらに、「この国民の腐敗を目撃した後も、なほ且支那を愛し得るものは、頽唐を極めたセンジュアリストか、浅薄なる支那趣味の憧憬者であらう。いや、シナ人自身にしても、心さへ昏んでゐないとすれば、我我一介の旅客よりも、もつと嫌悪に堪へない筈である。……」（「長江游記」）と痛烈な批判を言い出した芥川は、すでに「中国趣味」を相対的に捉えるようになり、その思考を本作で結実させたと考えられる。

作品の結末部で、四年後の「僕」は当時の心情を回想しながら、「しかし僕の滞在費は――僕は未だに覚えている、日本の金に換算すると、丁度十二円五十銭だった。」と関心事が日常へと後退する。中国民衆特に湖南民衆の排日運動や関税自主権運動が盛んに行われ、中国におけるナショナリズムの台頭など、頻繁にマスメディアに取り上げれていた時期に、「僕」は湖南民衆の革命情熱に好意的関心を示し、憧れもありながら、積極的に激動する時代の流れに乗ることはできない。複雑な世界状況のなかで、自分にとって確実に把握できるのは、身近なささやかなことしかない。その箇所から、詩的な世界はおそらく永遠に失わったのではないかという芥川の寂しさとやるせなさが読み取れるのではないか。

終章　まとめと今後の課題

本書では、芥川龍之介の中国関連の作品を軸に、主にテクストにおける戦争表象、自己と他者の位相、女性表象、都市空間と物語の相乗関係を考察し、そこに見られる近代の諸相及び作者の近代批判を検討した。研究対象として取り扱ったものは、芥川の中国旅行前後に発表された近代中国を舞台にしたもの、あるいは中国人を主人公にした作品と女性を主人公にした〈開化物〉に限定した。本研究では、二部にわけて、上記の様相を以下の通り考察した。

第一部では、芥川文学における戦争表象を手掛かりに、芥川の戦争認識や近代認識を検討した。第一章では、日清戦争を背景にした「首が落ちた話」を対象に、作者は抽象的な手法で、一人の中国兵士の心象風景を通して、戦争の残酷さと非人道を表す創作方法を示した。「他者」の立場から語りだし、自他を問わず両国兵士の運命に同情を注いだところに、作者のヒューマニズムと博愛主義が指摘できた。また、同時期に発表された「西郷隆盛」との比較研究によって、権威とされてきた日本の歴史言説への不信感も抉り出せた。そして、日露戦争を主題とした「将軍」と照らし合わせつつ、一九二一年三月から七月までの中国旅行が、いかに芥川の戦争認識を深化させたのかを析出した。第二章では、上海を舞台にした童話「アグニの神」を考察した。この作品において、「ランプ」、「香炉」、「魔法書」などの小道具で飾られた「二階の部屋」及びそこにいる「インド妖婆」は、前近代の表象として仕上げられている。それに対して、「ピストル」、「懐中電燈」、「懐中時計」を持ち歩いた「書生遠藤」は近代の知識や成果を頼りにしている人間として登場する。しかし、作品では、彼は印度人の妖婆に勝てない無用な存在として造型され、明治以降の冒険小説に見られる日本人を英雄化する傾向と異なる方向性を示していることを明らかにした。そこから、「近代／前近代」「科学／迷信」「自己／他者（特に野蛮なる他者）」「信仰／理性」など既成の対立関係に絡んだ力関係を再定義しようとした作者の志向性も浮き彫りにした。この作品における対立の構図と力関係の反転は、後に発表された「第四の夫から」と「桃太郎」で具現化されている。

第三章では、チベットを舞台にした「第四の夫から」を対象に、国籍を捨てた「僕」の造型を通して、文明、制度化された婚姻及び国民アイデンティティーの自明性に対する作者の疑問を提示した。この作品では、河口慧海の『西蔵旅行記』を材料にしながら、逆転した立場でチベットの風俗・制度を取り扱い、野蛮視された「一妻多夫」の合理性を主張している。そこから「文明／野蛮」という二分法を批判する作者の姿勢を提示した。一方、〈さまよへる猶太人〉と自称し、国籍・婚姻制度・既成の文明規範の束縛から逃れようとしながら、またみずから桎梏を作り出してしまう「僕」の人物形象から、芥川の「脱中心化」への試みが見られると同時に、その限界も読み取れた。そして、この二律背反は後半部の「桃の花」の描写を通して、完全なるユートピアの不在というテーマへと繋がっていく。

第四章で取り上げた「桃太郎」からも「文明／野蛮」という対立構図への批判を明白に提示した。ここで注目したのは、「鬼が島」が「南洋」のイメージと重ねて表出されるところである。新渡戸稲造は「南進論」の文脈で〈桃太郎〉噺を取り上げ、「南洋」を開発し、原住民を教化した植民行為を、「鬼」を征伐した桃太郎達の「功績」に例えて、度々青年達に呼び掛けた代表者である。本章では、「鬼が島」の造型を考察し、芥川がいかに新渡戸稲造の「鬼が島」のイメージを受け継ぎながら、植民主義の論理へ批判を加えているかを明らかにした。

第二部では中国人女性を描いた三つの作品と開化期の日本を描いた「舞踏会」と「お富の貞操」を対象に女性表象に託した近代批判の有り様を検討した。まず、第五章では、「舞踏会」を対象に、西洋が開化期の日本へ向けた皮肉的な眼差しがいかに屈折した形で美化されていたのかを考察した。そして、作品の原典にあたる「江戸の舞踏会」の翻訳史を視野に入れながら、ロティの原作で賛美された「中国人公使」の姿が、日本の受容史でいかに再生産され、変形してきたかを検討した。

第六章と第七章では、「南京の基督」と「奇怪な再会」の創作には、中国古典艶情小説からの影響があることを芥川の「艶情趣味」の内実を提示したうえで、考察した。芥川が中国の古典艶情文学に求めたのは生臭い欲望の発散ではなく、ロマンチックな情緒でありながら、秩序や制度から自由でありうる「野性」の精神であり、原始的な生命力でもある。こうした性質が中国人女性の造型に貫かれ、オリエンタリズムの言説に見られる受動的な女性像と一線を画していることを明らかにした。一方、「南京の基督」では、ヨーロッパ植民地主義の付属品「梅毒」が中国人娼婦の体を通して、「日米混血児」に移り彼を発狂させたという設定は、植民地主義の危険性を暗示しつつ、植民地の民衆（近代中国の場合は半植民地であるが）を搾取した帝国行為へのアイロニーであると解釈できた。また、日本人旅行者が混血児を「無頼漢」として排除しようとしても、「日米混血」という設定が示している搾取関係においては、両者は同じ立場を取ることになる。したがって、無頼漢という「他者」の発狂はいずれ自己へ回ってくるという可能性もテクストから析出できた。「奇怪な再会」では、日本帝国主義への批判を主人公お蓮が受けた抑圧と発狂を通して読み取れた。恋人が殺されたうえ、異国に拉致されて元のアイデンティティーまで奪われた主人公の発狂は、「帝国男性」言説によって生産されたものであり、順応しない彼女を排除し抹殺しようとする暴力の表象である。同時に、彼女にとって、発狂は自己回復の手段であり、抑圧から解放されるための通路である。この二作から、芥川の弱い立場にある「他者」へ向けた温かい目線を析出した。ただし、その目線には異国の女性＝「他者」を懐古趣味の喚起を促す存在として見つめている側面も指摘しておいた。

第八章では、「お富の貞操」を対象に、上野戦争前夜から「第三回内国勧業博覧会開会日」という歴史的時間のなかで、登場人物の身体性の変容を、都市空間の近代性と重ね合わせて検討した。お富の造型に見られた「野蛮の美しさ」は、芥川文学における中国人女性の形象と共通している性質であり、主人公を秩序や制度、束縛などから解放させる原動力であると定義できた。近代化にともない、お富も「良妻賢母」の枠組に限定され、身体から生活までのあらゆる面で近代化されてきたにもかかわらず、心の深層に依然として「活き活き」とした原始の生命力――「野性」を内包している。そこには、作者の近代化されない人間の本質に対する思考と秩序、制度などに縛られない人間の在り方への憧れが読み取れた。

第九章では、「湖南の扇」を対象に、旅行当時の「僕」と四年後に回想している「僕」との間にある視線の亀裂と変容を明らかにし、懐古趣味に溺れていた旅行者から距離を置こうとした作者の意図を分析した。また、中国知識人「譚永年」が「僕」に対した態度の変化から、それぞれの歴史と時代を背負った中日知識人の間にある感情のギャップを検討してみた。そのほか、本作における女性達が娼婦でありながら、革命者との親密な関係もほのめかしている。こうした決定的な変化は芥川の中国旅行体験と無関係ではないと明確にした。作中に描かれた「扇」の考察によって、「僕」がかつて抱いていた懐古趣味が、激動する現実の中国ではすでに空虚で無意味なものになったという主題を確認することができた。

本研究は、芥川の中国関連の作品と〈開化物〉を対象として扱い、芥川文学におけるいくつかの問題系譜を抽出した。まずは、正当化されてきた日本の対外戦争とそれをめぐる歴史言説の権威性への懐疑である。こうした懐疑は、戦争を支配するイデオロギー及びそれによって構築された多様な対立的な構図の自明性の批判へと導いていく。その過程において、制度化された自己主体性を解体し、再構築の模索も生み出されたことが確認できた。また、外部にいる他者へ向けた「両義的な眼差し」を指摘した。中国人女性を主人公にした三部作から、近代中国と娼婦を重ねて表象するところに内包されているコロニアルな欲望と、この時代の呪いから脱出し、それを相対化しようとする志向性の両方が読み取れる。芥川文学における中国人女性は、抑圧され、排除される側に置かれ、時には「やまい」と絡んだ形で描かれながら、植民者によって生産されたステレオタイプの「理想的な他者像」ではなく、むしろ「野性」の生命力に充ちた反抗精神あるいは「危険性」を備えた存在となっている。芥川文学において、彼女達の持つ「野蛮性」「後進性」が近代文明によって教化し、飼い馴らすべきものではなく、近代文明へのアンチ・テーゼとして提示されているところを明らかにした。

一方、内部の他者へ向けた眼差しから、より複層な様態が析出できる。その一つは西洋文明の影響を自己存在の深層にまで受けた知識人が抱えざるを得ない引き裂かれた主体性の矛盾である。具体的に言えば、擬似的な「自己」＝西洋という「鏡」にうつされた「自己像」に遭遇し、そこから「他者性」を見出した場合、西洋の基準に即して、それと平等に対話できるような「自画像」を描きながら、「鏡」にうつった「自己の性質」を周辺の他者に植えつけることを通じて、排除しようとする現象である。もう一つは、秩序や制度化されたものと異なった次元で、自己の感覚を生きている人間への憧れである。今まで考察してきたように、こうした性質は、「野性の美しさ」として、近代中国人女性の造型にも通底ている。

本研究を通して明白にしてきたのは、近代化の道を邁進する大正時代に花開いた芥川文学には、近代に対する反省と批判が内在されている点である。中国関連の作品から析出できるのは、同時代の言説によって構築された対立的構図への批判と野蛮視されたものの価値を積極的に発見しようとする姿勢である。その中に込められた周辺価値の復権は、西洋文明を絶対価値として非西洋を同化・植民地化しようとする傾向への反動と捉えられ、ポストモダン的性格と時代的超越性を析出することもできる。

第一部の作品から共通して見られる「脱中心」・「脱構築」の志向、第二部の作品から読み取れる「野性への憧れ」と人工的美に対する虚無感は、「文芸的な、あまりに文芸的な」で打ち出した晩年の芥川の芸術観を支え、「「話」らしい話のない小説」の価値主張及び「詩的精神」への追及を胚胎させていると言えよう。「三十「野性の呼び声」」の節で言及されている、かつて「不快」の対象であった「ゴオガンの「タイチの女」」に惹かれはじめ、そこから「野性の呼び声」を感じつつも、「若し画面の美しさを云々するとすれば、僕は未にタイチの女よりもフランスの女を採りたい」という「矛盾に似たるもの」は、第二部の女性表象の根底を流れていると考えられる。芥川の文芸観の問題も含め、これらの問題を今後の課題にしたい。

註

序章

①マリウス・B・ジャンセン著　細谷千博訳「近代化に対する日本人の態度の変遷」（『日本における近代化の問題』岩波書店　一九八六年七月　五九～六〇頁）
②福沢諭吉『文明論之概略』巻之一（『福沢諭吉全集』第四巻岩波書店　一九五九年六月　一六～一八頁）
③福沢諭吉「脱亜論」（『福沢諭吉全集』第十巻　岩波書店　一九七〇年七月　二四〇頁）
④藤田　昌志「明治・大正の日本論・中国論　総論」（「三重大学国際交流センター紀要」第一一巻　二〇一六年三月　七四頁）
⑤吉見俊哉「〔総説〕帝都東京とモダニティの文化政治」（小森陽一、千野香織ほか編『拡大するモダニティ　一九二〇～三〇年代』岩波書店　二〇〇二年六月　五五頁）
⑥西原大輔『谷崎潤一郎とオリエンタリズム――大正日本の中国幻想』（中央公論　二〇〇三年七月　一四頁）
⑦矢作武「芥川龍之介と中国文学（一）―聊斎志異との関係」『谷崎潤一郎―古典と近代作家―』第一集所収　笠間書院　一九七九年三月　一八一頁
⑧和田繁二郎「芥川龍之介と中国文学」（「国文学　解釈と教材の研究」第五号　一九五九年四月　六八頁）
⑨神田由美子「芥川龍之介と中国」（『芥川龍之介と江戸・東京』双文社　二〇〇四年五月　二二〇頁）
⑩川本三郎「支那服を着た少女」（『大正幻影』岩波書店　二〇〇八年四月　一八九頁）

⑪邱雅芬『芥川龍之介の中国——神話と現実』（花書院　二〇一〇年三月　一七頁）

⑫例えば、韩侍桁は「雑論現代日本文学」において「私は『中国游記』を読んで以来、芥川氏に対して好感を抱いておらず、さらに彼の出世作「鼻」と「羅生門」を読むにいたって、この作家の芸術的良心について根本的な疑念が芽生えたのだ」（小野寺史郎訳）と強烈な反感を語っている。（『文学評論集』上海　現代書局、一九三四年）巴金も「いくつかのぶしつけな話」の冒頭部で「長江游記」の中国批判を引きながら、「しかしかの聡明なる芥川氏は、帰国後「中国」を「日本」に置き換えて同じ問題を日本人に尋ねたであろうか。」（鈴木将久訳）と反論しながら、芥川文学の全体まで批判していく。（「几段不恭敬的話」「太白」第一巻第八期一九三五年一月）（引用文は張競　村田雄二郎編『敵か友か一九二五—一九三六』岩波書店　二〇一六年四月　一七七頁、一八〇頁による）

⑬吉田精一『芥川龍之介の藝術と生涯』（一九五一年一一月　河出書房　一六九頁）

⑭上原専禄　柳田泉　勝本清一郎　猪野謙二「〈座談会・近代日本文学史13〉明治から大正へ」（「文学」一九六一年九月）

⑮史書美著　何恬訳《现代的诱惑　书写半殖民地中国的现代主义（一九一七—一九三七）》（『モダニティへの誘惑　半植民地中国を記すモダニズム（一九一七—一九三七）』）江蘇人民出版社　二〇〇七年四月　二七頁）

⑯青柳達雄「芥川龍之介と近代中国　序説」（「関東学園大学紀要」第一四集　一九八八年一二月）、「芥川龍之介と近代中国序説（承前）」（「関東学園大学紀要」第一六集　一九八九年一二月）、「芥川龍之介と近代中国序説（畢）」（「関東学園大学紀要」第一八集　一九九一年三月）

⑰関口安義『芥川龍之介の歴史認識』（新日本出版社　二〇〇四年一〇月　一八二頁〜一九一頁）

⑱王志松編著『中国当代日本研究（二〇〇〇〜二〇一六）』（社会科学文献出版社　二〇一九年三月　二一三頁）

⑲秦剛「芥川龍之介と谷崎潤一郎の中国表象——〈支那趣味〉言説を批判する『支那游記』—」（「国語と国文学」一一月特集号　二〇〇六年一一月　六〇頁）

⑳高潔「〈疾首蹙額〉の旅行者——「支那游記」における批判言説のもう一つの解読」（「中国比較文学」第三期　二〇〇七年）

㉑金孝順「芥川龍之介の文化観　女性・西欧・アジア・階級をめぐって」（筑波大学博士学位論文　二〇〇五年二月　一四八頁）

㉒関口安義「第Ⅰ章　芥川龍之介の時代」(『芥川龍之介の歴史認識』二〇〇四年一〇月　新日本出版社　一九頁)
㉓関口安義「第一章　大川の水とともに」(『芥川龍之介とその時代』筑摩書房　一九九九年三月　三八頁)
㉔井口和起「日本人の国際政治観」(井口和起編『日清・日露戦争』吉川弘文館　一九九四年一〇月　二三九頁)
㉕篠崎儀次(述)諏訪三郎(文)「敗戦教官芥川龍之介」(「中央公論」第六七巻第三号　一九五二年三月)
㉖中山弘明『第一次大戦の影　世界戦争と日本文学』新曜社　二〇一二年一二月　一六五頁)
㉗関口安義『芥川龍之介とその時代』(筑摩書房　一九九九年三月　五〇〇頁)
㉘山中秀樹「関東大震災と芥川龍之介」(前掲関口安義編『生誕一二〇年　芥川龍之介』七九頁)
㉙エドワード・W・サイード著　今沢紀子訳「潜在的オリエンタリズムと顕在的オリエンタリズム」『オリエンタリズム　下』平凡社　一九九三年六月　二二三頁)
㉚小森陽一『ポストコロニアル』(岩波書店　二〇〇一年四月　一九頁)

第一章

①田中純「所謂新技巧派の人々＝芥川・里見・有嶋三氏の作を読む＝」(「時事新報」一九一八年一月二六日～二七日・二九日～二月一日)
②道村春川「前月文章史」(「文章俱楽部」第三巻第二号　一九一八年二月)
③吉田精一『近代文学講座一一芥川龍之介』(角川書店　一九五八年六月　三三二頁)
④島田謹二「芥川龍之介とロシア小説―比較文学講演」(「比較文学研究」第一四号　二六六頁)
⑤吉田俊彦「「首が落ちた話」(芥川龍之介)小考―認識面における漱石の影響」(「岡大国文論稿」第一七号　一九八九年三月　六五頁)
⑥高橋龍夫「首が落ちた話」(庄司達也、関口安義編『芥川龍之介全作品事典』勉誠出版　二〇〇〇年六月　一四七頁)
⑦関口安義「人生のしたたかな眼―『首が落ちた話』」(『世界文学としての芥川龍之介』新日本出版社　一二七頁)

⑧辻吉祥「芥川龍之介「首が落ちた話」論—叛乱する記憶」(「国文学　解釈と鑑賞」七五巻　二〇一〇年二月　九〇頁)
⑨邱雅芳「神話構築の舞台としての中国」(『芥川龍之介の中国—神話と現実』　花書院　二〇一〇年三月　六三頁)
⑩田山花袋「一兵卒」(『花袋全集』第一巻臨川書店　一九三六年六月　六〇九～六一〇頁)
⑪前掲『花袋全集』六一六～六一七頁
⑫金子佳高「芥川龍之介『首が落ちた話』論　日清戦争と語りの戦略」(『文学研究論集』第四三号　二〇一五年一一月　一六七頁)
⑬生方敏郎「日清戦争のころ—明治大正見聞史」(初出春秋社　一九二六年一一月　引用文は橋川文三編『現代日本記録全集六日清・日露の戦役』筑摩書房　二八頁による)
⑭佐谷真木人『日清戦争「国民」の誕生』(講談社現代新書　二〇〇九年三月　二〇二頁)
⑮葉再生『中国近代現代出版通史』第一巻(華文出版　二〇〇二年一月　六七九頁を参照)
⑯島津長次郎編『上海案内』第七版(引用は『近代中国都市案内集成　第一版』ゆまに書房　二〇一一年五月　一四〇頁による)
⑰前掲生方敏郎「日清戦争のころ—明治大正見聞史」二八頁
⑱正岡子規(「羽林一枝」(『子規全集』第十二巻　講談社　一九七五年一〇月　七四頁)
⑲添田知道『流行歌明治大正史』(刀水書房　一九八二年九月　七七頁)
⑳吉田精一『芥川龍之介』(新潮文庫　一九五八年一月　二〇一頁)
㉑清水茂「芥川龍之介と「明治」」(石割透『芥川龍之介　作家とその時代』所収有精堂　一九八七年一二月　一〇頁)
㉒坂元昌樹「将軍」(関口安義　庄司達也編『芥川龍之介全作品事典』勉誠出版　二〇〇〇年六月　二五〇頁)
㉓島田昭男「将軍」(稲垣達郎ほか編『研究と批判　芥川龍之介』芳賀書店　一九七二年一一月　二五五頁)
㉔松本常彦「将軍」(『アプローチ　芥川龍之介』所収　明治書院　一九九二年五月)
㉕谷口佳代子「芥川龍之介『将軍』論—「時代」を生きる群像—」「福岡大学日本語日本文学」第一一巻　二〇〇一年　一一九頁)
㉖孔月「偶像の時代・精神の自由—「将軍」における〈中間的〉まなざしの意味」『芥川龍之介中国題材作品と病』学術出版会

二〇一二年九月　一三六頁)

㉗奥野久美子「芥川龍之介「将軍」考—桃川若燕の講談本『乃木大将陣中珍談』との比較」(「国語国文」七二巻　二〇〇三年三月　八八五頁)

㉘荒正人「鷗外・漱石・龍之介」(『市民文学論』一九五五年六月　青木書店)

第二章

①滑川道夫「芥川龍之介の児童文学」(「国文学　解釈と鑑賞」一九七一年一一月　五六頁)

②大高知児「芥川龍之介「アグニの神」を中心として」(「国文学　解釈と鑑賞」一九八三年一一月　一五二頁)

③関口安義「アグニの神」『芥川龍之介と児童文学』(久山社　二〇〇〇年一月　九七頁)

④五島慶一「「アグニの神」論　「運命の力」は誰に示されたか」(「三田国文」二〇〇五年六月　八頁)

⑤佐藤春夫『苦の世界』と『妖婆』(「新潮」一九二〇年一〇月)

⑥宮坂覺「「妖婆」論」(村松定孝編『幻想文学の伝統と近代』所収　双文社　一九八九年五月)

⑦一柳廣孝「怪異と神経——芥川龍之介「妖婆」の位相」「国語研究」第一七・一八合併号二〇〇〇年　二〇〇頁)

⑧関口安義「芥川龍之介「妖婆」論」(「都留文科大学研究紀要」第七二号　二〇一〇年)

⑨「外人の眼に映じたる上海」(島津長次郎編『上海案内』　引用は孫安石編『近代中国都市案内集成　第2巻』　ゆまに書房　二〇一一年五月三三頁)

⑩長谷川潮「七　太平洋の波高し　さまざまな「日米未来戦」物語」(『児童戦争読み物の近代』久山社　一九九九年三月　七六頁)

⑪張宜樺「芥川龍之介「アグニの神」論—〈神〉を超えた「運命の力」」(「三田国文」二〇〇七年九月　三一頁)

⑫井上寿一『第一次世界大戦と日本』(講談社現代新書　二〇一四年六月　一三九頁)

⑬外務省通商局著『香港事情』啓成社刊　一九一七年（引用は濱下武志　李培徳『香港都市案内集成　第2巻』ゆまに書房　二〇一三年一一月　七九頁による）
⑭五島慶一　前掲論文　二頁
⑮大高知児　前掲論文　一五五頁
⑯西原大輔『谷崎潤一郎とオリエンタリズム—大正日本の中国幻想』（中公叢書　二〇〇三年七月　一〇四頁）
⑰夏目漱石「琴のそら音」（『夏目漱石全集』第二巻　岩波書店　一九九三年一二月　一一九頁）
⑱東京都東京百年史編集委員会編集『東京百年史』第三巻（ぎょうせい出版　一九七九年七月　五九三頁を参考した）
⑲一柳廣孝『催眠術の日本近代』（青弓社　一九九七年一一月　五六頁）
⑳一九〇八年六月八日「河北新報」（引用文は前掲一柳廣孝『催眠術の日本近代』三〇頁による）
㉑劉建輝『魔都上海』（講談社　二〇〇〇年六月　六～八頁）
㉒久米正雄「支那船」（「赤い鳥」一九二一年一月　六一頁）
㉓「アグニ」（Agni）の性質について、「「火」を意味する一般名詞であり、古代インドの『リグ・ヴェーダ』讃歌の主たる神々の一人。炉の守護神であると同時に、供物を神々のところまで運び、神々と人間の媒介役をはたすところから、供犠の祭火の神とされている。アグニは稲妻の姿で空に現われ、残虐性と優しさを兼ね備えている」という説がある。（レイチェル・ストーム『世界の神話百科　東洋編　エジプトからインド、中国まで』原書房　二〇〇〇年一〇月　一七九頁）。「残虐性と優しさを兼ね備えている」という両面性は、本作の設定にも生かされていると考えられる。

第三章

①鷺只雄「第四の夫から」（菊地弘、久保田芳太郎、関口安義編『芥川龍之介事典』　明治書院　一九八五年一二月　三〇九頁）

②須田千里「『芥川龍之介全集』未収録の文章について」（「日本近代文学」第四三集所収　一九九〇年一〇月）

③須田千里　「芥川龍之介『第四の夫から』と『馬の脚』―その典拠と主題をめぐって―」（「光華日本文学」第四号　一九九六年八月　七九～八〇頁）

④小林幸夫「第四の夫から」（関口安義、庄司達也編『芥川龍之介全作品事典』勉誠出版　二〇〇〇年六月　三二四頁）

⑤管美燕「芥川文学における西洋追随への抵抗―中国旅行前後の作品をめぐって―」（『日本語日本文学』第四三巻　二〇一五年五月　一〇三頁）

⑥高木康子『『西蔵旅行記』前のチベット事情紹介」（『近代日本におけるチベット像の形成と展開』芙蓉書房　二〇一〇年二月　八四頁）

⑦李徳成「清代駐京八大呼図克図述略」（「中国蔵学」二〇一一年第二期、六四～七五頁）

⑧釈妙舟『蒙蔵仏教史』（広陵書社　二〇〇九年五月　二一〇頁）

⑨寺本婉雅は一八七二年愛知県東郡大野村に生まれ、一八八四年九月小学校から卒業した後、東本願寺大谷派高倉大学寮で修業し、東本願寺の海外布教の刺激をうけ、一八九九年から中国西蔵に入ることを企み初めた。一九〇〇年北京に着き、宗教活動のみならず、日本陸軍の翻訳とスパイ活動もしていた。中国西蔵の高僧を日本に招待すること、その政治活動の一環である。（秦永章『日本渉蔵史―近代日本与中国西蔵』　中国藏学出版社　二〇〇五年八月　一五～二四頁、一〇〇～一〇三頁を参考にした）

⑩前掲『近代日本におけるチベット像の形成と展開』（一〇一～一〇二頁）

⑪河口慧海『西蔵旅行記』上巻（博文館　一九〇四年三月　一頁）

⑫西蔵研究会編『西藏』「第一章」（嵩山房　一九〇四年九月　一頁～九頁）

⑬前掲河口慧海『西蔵旅行記』上巻　（一八七頁）

⑭矢津昌永「西蔵」（『清国地理誌　高等地理』　丸善　一九〇五年六月　三六一頁）

⑮角田政治「西蔵」（『外国地理集成』上巻　隆文館　一九一一年一〇月　四一〇頁）

⑯大畑裕司／三上俊治「関東大震災下の『朝鮮人』報道と論調」（下）（「東京大学新聞研究所紀要」第三六号　一九八七年三月　二四二頁）

⑰『毎日新聞百年史　一八七二―一九七二』（毎日新聞社　一九七二年一月　三六八頁）
⑱河口慧海『西蔵旅行記』下巻（博文館、一九〇四年五月、一二頁）
⑲藤井貴志「「さまよへる猶太人」――〈黙示録的想像力〉の帰趨」（宮坂覺編『芥川龍之介と切支丹物　多声・交差・越境』翰林書房　二〇一四年四月　一八三頁）
⑳「詔書（「官報」号外第一二号　一九二三年九月一二日）
㉑「詔書」（「官報」号外一九二三年一一月一〇日）
㉒『芥川龍之介資料集図版1』（山梨県立文学館　一九九三年一一月）
㉓駒尺喜美「認識者の没落」（『芥川龍之介の世界』法政大学出版局　一九六七年四月　六一頁）
㉔宮坂覺「さまよへる猶太人」（「国文学　解釈と鑑賞」第四八巻第四号　一九八三年三月　四二頁）
㉕芥川龍之介「新潮合評会　第四十三回（一月の創作評）」（「新潮」一九二七年二月）
㉖邱雅芬「第三節　東洋のエピキュリアン」『芥川龍之介の中国―神話と現実―』（花書院　二〇一〇年三月　二七七頁）
㉗初出のタイトルは「女仙」である。
㉘前掲『芥川龍之介の中国―神話と現実―』（二八三頁）
㉙秦剛「『支那游記』―日本へのまなざし」（「国文学　解釈と鑑賞」第七二巻第九号　二〇〇七年九月　一八六頁）
㉚「Frazer」はイギリスの人類学者ジェイムズ・フレイザー（Sir James George Frazer 一八五四～一九四一）のことであろう。西洋古典学を専攻していたフレイザーは、エドワード・バーネット・タイラーの『原始文化』に触発され、人類学へ転じ、初期の人類学者の中で最も多くの本を売り上げた人類学者となった。原始民族の宗教、儀礼、呪術などを研究する『金枝篇』（The Golden Bough）が人類学者だけでなく、T・S・エリオット、エズラ・パウンド、D・H・ローレンス、J・R・ギブリングなどの文学者や詩人をも魅了している。
㉛吉見俊哉「〔総説〕帝都東京とモダニティの文化政治」（小森陽一、千野香織ほか編『拡大するモダニティ　一九二〇年三十年代』岩波書店　二〇〇二年六月　三六頁）

第四章

①滑川道夫『桃太郎像の変容』（東京書籍　一九八一年三月　二六〇頁）

②桑原三郎『福澤諭吉と桃太郎―明治の児童文化―』（慶應通信　一九九六年二月一八頁）

③Tierney, R.T., The Adventures of Momotaro in the South Seas, Tropics of Savagery The Culture Of Japanese Empire in Comparative Frame. California:University of California Press, 2010

④土屋忍「大正期・南洋文学の展開―鶴見祐輔と芥川龍之介」（『南洋文学の生成　訪れることと想うこと』新典社　二〇一三年九月　一二七頁）

⑤前掲滑川道夫『桃太郎像の変容』（六二頁）

⑥巖谷小波「桃太郎」（『日本昔噺』第壱編　一八九四年七月　博文館　引用文は『日本昔噺（東洋文庫６９２）』二〇〇一年八月　平凡社による）

⑦上田信道「解説」（前掲『日本昔噺』　四七九～四八〇頁）

⑧前掲巖谷小波「桃太郎」（二九頁）

⑨巖谷小波「桃太郎主義の教育」（東亜堂　一九一五年二月）

⑩続橋達雄『児童文学の誕生――明治の幼少年雑誌を中心に』（一九七二年一〇月　桜楓社）

⑪講演の記録は「台湾教育」一六八号　一九一五年九月に掲載されている。

⑫関口安義『芥川龍之介と児童文学』（久山社　二〇〇〇年一月　一二頁）

⑬前掲滑川道夫『桃太郎像の変容』（四五頁）

⑭前者として、森桂園「日本再生桃太郎」（「征露再生桃太郎」改題　富里書店　一九〇四年一二月）があり、後者としてはアニメ映画『桃

太郎の海鷲』（一九四三年）と『桃太郎　海の神兵』（一九四五）がある。（鳥越信『桃太郎の運命』ミネルヴァ書房　二〇〇四年五月参照）

⑮曲亭馬琴「桃太郎」『燕石雑志』（文金堂　一八一〇年八月　四五〇頁）

⑯新渡戸稲造「桃太郎の昔噺」（『新渡戸稲造全集』第五巻　教文館　一九七〇年八月）

⑰前掲『新渡戸稲造全集』第五巻

⑱新渡戸稲造「文明の南進」（「実業之日本」南洋号　一九一五年三月）

⑲「台湾学生のために」初出「東洋時報」二〇二号（通巻）一九一五年七月、本文の引用は「〈資料〉台湾学生のために」（「拓殖大学百年史研究」四号、二〇〇〇年三月）

⑳中国台湾原住民（いわゆる〈蕃人〉）を指す。

㉑矢野暢『「南進」の系譜　日本の南洋史観』（千倉書房　二〇〇九年五月　三九～五四頁）

㉒前掲『燕石雑志』三三頁

㉓本文は以下の通りである。ももたろふが、おにがしまにゆきしは、たからをとりにゆくといへり。けしからぬことならずや。たからは、おにのだいじにして、しまいおきしものにて、たからのぬしはおになり、ぬしあるたからを、わけもなく、とりにゆくとは、ももたろふは、ぬすびとともいふべき、わるものなり。もしまたそのおにが、いつたいわろきものにて、よのなかのさまたげをなせしことあらば、ももたろうのゆうきにて、これをこらしむるは、はなはだよきこと、たからをとりてうちにかへり、おぢいさんとおばあさんにあげたとは、ただよくのためのしごとにて、ひれつせんばんなり。（福澤諭吉「ひゞのをしへ」『福澤諭吉全集』第二十巻　岩波書店　一九七一年六月　四三三頁）

㉔尾崎紅葉「鬼桃太郎」（『紅葉全集』第二巻　岩波書店　一九九四年七月　四三三頁）

㉕中村青史「「桃太郎」論」（「方位」第四号　一九八二年五月）

㉖前掲土屋論（一二九頁）

㉗黄暁波「隠蔽されたストーリー―芥川「桃太郎」の生成について―」(「文学研究論集」二五号　二〇〇七年三月)
㉘佐藤春夫「魔鳥」(『定本　佐藤春夫全集』第四巻　臨川書房　一九九八年五月)
㉙海老井英次〈桃太郎〉草稿」(『芥川龍之介資料集・解説』山梨県立文学館　一九九三年一一月　二六頁)
㉚中村古峡「蕃地から」(「中央公論」一九一六年七月　二三〇頁)
㉛山中秀樹「関東大震災と芥川龍之介」(関口安義編『生誕一二〇年　芥川龍之介』翰林書房　二〇一二年一二月)

第五章

①芥川龍之介「舞踏会」(「新潮」第一号　一九二〇年一月　二九六頁)
②田中純「正月文壇評」(「東京日日新聞」一九二〇年一月一一日)
③廣津和郎「新春文壇の印象」(「新潮」第二号　一九二〇年二月)
④水守亀之助「新春の創作を評す」(「文章世界」一九二〇年二月)
⑤三好行雄「青春の〈虚無〉―「舞踏会」の世界―」(『芥川龍之介論』筑摩書房　一九七六年九月　引用文は『芥川龍之介作品論集成4　舞踏会・開化期・現代物の世界』翰林書房　一九九九年六月　二一頁~三〇頁)
⑥菊地弘「舞踏会―知の感覚と抒情の美」(海老井英次　宮坂覺編『作品論芥川龍之介』双文社　一九九〇年一二月　二〇四頁)
⑦海老井英次「「文明開化」と大正の空無性」(『開化・恋愛・東京―漱石・龍之介―』おうふう　二〇〇一年三月　一六二頁)
⑧宮坂覺「「舞踏会」試論―その構成の破綻をめぐって」(「文芸と思想」第三九号　一九七五年二月　引用文は前掲『芥川龍之介作品論集成4　舞踏会・開化期・現代物の世界』翰林書房　一九九九年六月　三二頁~四九頁)
⑨足立直子「『舞踏会』論―芥川の開化期認識を探って」(『芥川龍之介　異文化との遭遇』双文社　二〇一三年二月　一三一頁)
⑩前掲『芥川龍之介　異文化との遭遇』(一四四頁)

⑪落合孝幸『ピエール・ロティ——人と作品』（駿河台出版社　一九九二年九月）を参考にした。
⑫安田保雄「舞踏会　鑑賞」（『評釈現代文学2　芥川龍之介』　西東社　一九五六年五月）
⑬同引用五　三好行雄論
⑭ピエール・ロティ著　高瀬俊郎訳『日本印象記』「江戸の舞踏会」（新潮社　一九一四年一一月　五七頁）
⑮前掲「江戸の舞踏会」（五九頁）
⑯吉田城「ある文明開化のまなざし　芥川龍之介「舞踏会」とピエール・ロティ」（『仏文研究』一九九八年九月　一二六頁）
⑰格清久美子「芥川龍之介「舞踏会」の〈夢〉と〈現実〉ヴァトーの「雅宴画」と描かれなかった民衆」（『近代文学研究』二〇〇七年七月）
⑱歴史上の伯爵の夫人にあたる存在は井上武子であるが、一八五〇年三月、埼玉県新田郡田島村を領する武士新田俊純の娘として生まれたのであり、芸者の経験は無論ないのであるが、（富田仁『鹿鳴館—擬西洋化の世界』白水社　一九八五年六月を参考した）、ロティは武子を伊藤博文の後妻、元芸者であった伊藤梅子と混同した可能性がある。芥川もその誤解をそのまま受け継いでいると考えられる。
⑲安藤宏「「舞踏会」論——まなざしの交錯」（『国文学　解釈と教材の研究』第三七巻第二号　一九九二年二月　八六頁）
⑳島内裕子「「舞踏会」におけるロティとヴァトーの位相」（『放送大学研究年報』一九九五年三月）
㉑眠花道人「江戸の舞踏会」（『明治文庫　短編小説　第八編』博文館　明治二七年　一六〇頁）
㉒同前掲　眠花道人「江戸の舞踏会」（一六〇頁）
㉓小松裕「近代日本のレイシズム　民衆の中国（人）観を例に」（『文学部論叢』第七八巻　二〇〇三年三月　五〇頁）
㉔「江戸の舞踏会」（『秋の日本』村上菊一郎、吉水清訳　平凡社　一九二六年六月）
㉕研究史では、芥川が「舞踏会」を創作する際、高瀬俊郎訳「江戸の舞踏会」を参考したとされるのが一般的である。最近の研究によって、高瀬俊郎は芥川と同じ第一高等学校の一級上に在籍し、共にヴェルレーヌブームの影響を受けていることや、芥川が無署名で訳した『クレオパトラの一夜』の一部である「クラリモンド」が、高瀬訳の『日本印象記』と同じく大正三年の新潮文庫シリーズで刊行

されたことなど、芥川と高瀬の接点が改めて明確されていた。(松尾清美「『日本印象記』の訳者高瀬俊郎と「舞踏会」の芥川龍之介の接点」二〇二〇年一二月『芥川龍之介研究予稿集』による)

㉖ 高瀬俊郎訳『日本印象記』「解題」(新潮社　一九一四年一一月)

㉗ 日本近代文学館所蔵の芥川龍之介旧蔵書には「お菊さん」の英訳「Madame Chrysantheme」(Hettie E.Miller Chicago Donohue, 1892)が所蔵されている。

㉘ 野上臼川「ロティのために(序に代へて)」(ピエール・ロティ作　野上臼川訳『お菊さん』新潮社　一九一五年五月　八頁)

㉙ 永井荷風『永井荷風集(一)』(筑摩書房　一九六九年一〇月　三二一頁)

第六章

① 南部修太郎「最近の創作を読む　六」(「東京日日新聞」一九二〇年七月一一日)

② 安倍能成「七月の雑誌を見て『六』」(「読売新聞」一九二〇年七月一三日)

③ 久米正雄「続七月の文壇「二文」」(「時事新報」一九二〇七月一四日)

④ 越智幸恵「芥川龍之介「南京の基督」論」(「玉藻」第二一号　一九九六年三月)

⑤ 五島慶一「「南京の基督」論――〈物語〉と語り手」(「日本近代文学」六二号　二〇〇〇年五月　六六頁)

⑥ 片岡鉄兵「作家としての芥川氏」(『文芸春秋』一九二七年九月)

⑦ ほかにも、一九二〇年一月一九日付江口渙宛の書簡と一九二一年三月二六日付沢村幸夫宛書簡が挙げられる。

⑧ 長沢規矩也「我国に於ける金瓶梅の流行」(『書誌学』第二〇巻第一号　一九三八年一二月　九頁)

⑨ 大塚繁樹「中国の色情小説及び怪奇小説と芥川竜之介」(「愛媛大学紀要　第1部」一九六二年一月一二四～一二五頁)

⑩ 阮毅「芥川龍之介と『金瓶梅』」(「愛知大学国文学」四七号　二〇〇七年一一月　二七～四一頁)

⑪西原大輔『谷崎潤一郎とオリエンタリズム―大正日本の中国幻想』（中公叢書　二〇〇三年七月）

⑫張如意「「南京の基督」試論――芥川における中国社会認識」（「宮城学院女子大学大学院人文学会誌」六号　二〇〇五年三月　八〇頁）

⑬笑笑生『金瓶梅詞話』第一巻（明萬暦本　引用は一九六三年四月大安に発行された完全復刻版による　一六五頁）日本語訳は小野忍訳『金瓶梅一』（岩波書店　一九七三年六月）を参照。

⑭秦剛「〈自己〉、そして〈他者〉表象としての「南京の基督―同時代的コンテクストの中で―」（「芥川龍之介研究」二〇〇七年九月　三頁）

⑮牧野陽子「芥川龍之介「南京の基督」における〈語りの構図〉」（『成城大學經濟研究』一七〇巻　二〇〇五年　五～七頁）

⑯田村修一「南京の基督」（『国文学　解釈と鑑賞』七二巻九号　二〇〇二年九月　一二七頁）

⑰高橋博史は『芥川文学の達成と摸索―「芋粥」から「六の宮の姫君」まで』（志文堂、一九九七年五月）に所収される「第5章「南京の基督」」において、「それらの料理の数々が、商品の買い手という資格で金花の前に現れ、消えていった様々な客たちの姿と通じ合っていることは見やすい」と指摘している。

⑱溝部優実子も「『南京の基督』〈少女〉／〈娼婦〉としての金花」（「芥川龍之介研究年誌」第五号　芥川龍之介研究年誌の会　二〇一一年七月　三八頁）で「次々に運ばれる食事は、金花の飢餓感に由来していたともいえようが、性的なものの充溢とアナロジカルにつながっていたといえないだろうか」と述べ、食を性の隠喩として読んでいる。

⑲中村三春「混血する表象―小説「南京の基督」と映画『南京の基督』―」（『日本文学』五一巻　二〇〇二年一一月　一八頁）

⑳山本澄子『中国キリスト教史研究』（山川出版社　二〇〇六年六月　一六頁）

㉑孔月「〈病〉と植民地の出会い――芥川龍之介『南京の基督』論」（『芥川龍之介中国題材作品と病』学術叢書　二〇一二年九月　二〇五頁）

㉒田漢「日本学者対「非宗教運動的批判」」（「少年中国」第三巻第十期　一九二二年一月　四四頁）

㉓クロード・ケテル著　寺田光徳訳『梅毒の歴史』（藤原書店　一九九六年九月　一五頁）

㉔たとえば、一八九九年一一月三〇日「台湾土産（十一）」第七面、一九〇一年三月三一「あいぬものがたり」第一面、一九〇三年七月一四日「世界雑話・野蛮民族滅亡の原因」第三面

㉕梅毒がコロンブスの船団でアメリカから渡来してきたという説が「南京の基督」が発表された頃、日本皮膚科学家土肥慶蔵が著した「世界黴毒史」の論説で、主流となる。

㉖中村三春　前掲論　一七頁

㉗西山康一「「幻想」／「迷信」としての〈中国〉——芥川龍之介「南京の基督」における〈科学〉と〈帝国主義〉」（『文学』三巻　岩波書店　二〇〇二年五月　二〇八頁）

㉘斎藤茂『妓女と文人』（東方書店　二〇〇〇年一月）

第七章

①南部修太郎『現代作家に対する批判と要求——全人間的な体現（その一、芥川龍之介氏）』（「新潮」一九二二年六月）

②吉田精一「夜来の花」（『芥川龍之介』（新潮文庫　一九五八年一月　一五五頁）

③乾英治郎『芥川龍之介新辞典』（関口安義編　翰林書房　二〇〇三年十二月　一四二頁）

④孔月「芥川龍之介「奇怪な再会」——隠喩としての狂気」（「日本語と日本文学」第四二巻　二〇〇六年二月　三九頁）

⑤戴煥「芥川龍之介「奇怪な再会」論——日清戦争を背景とした中日の表象」（「九州大学成果文献」二〇〇七年一一月号　三一～三二頁）

⑥E・ルモワーヌ＝ルッチオーニ著　鷲田清一　柏木治訳『衣服の精神分析』（産業図書　一九九三年五月　二六頁）

⑦小田晋『日本の狂気誌』（講談社　一九九八年七月　三五六頁）

⑧一柳広孝「芥川龍之介における〈夢〉・覚書——「奇怪な再会」まで」（「名古屋経済大学開学10周年記念論集」一九九〇年三月　五五七頁）

⑨多木浩二『天皇の肖像』（岩波新書　一九八八年七月　四二頁）

⑩金恵信、池田忍「植民地「朝鮮」と帝国「日本」の女性表象」（『拡大するモダニティ一九二〇—三〇年代2』岩波書店　二〇〇二年二五五頁）

⑪池田忍　「「支那服の女」という誘惑——帝国主義とモダニズム」（「歴史学研究」二〇〇二年八月　一頁）

⑫前掲戴煥「芥川龍之介「奇怪な再会」論——日清戦争を背景とした中日の表象」（三三頁）

⑬高柳真三『明治初年に於ける家族制度改革の一研究—妾の廃止—』（日本法律研究会　一九四一年二月五日　四六頁を参考

⑭夏目漱石「夢十夜」（「東京朝日新聞」、「大阪朝日新聞」一九〇八年七月二五日から八月五日）「第七夜」には「只黒い煙を吐いて波を切つて行く」「ただ波の底から焼火箸のような太陽が出る」とある。『奇怪な再会』にも「黒い波の重なった向うに、月だか太陽だか判然しない、妙に赤光のする球があった」という描写がある。

⑮オットー・フリードリッヒ・ボルノウ著　大塚恵一・池川健司・中村浩平訳『人間と空間』（せりか書房　一九七八年三月　二〇八頁）

第八章

①生田長江「九月号の創作から（一）」（「読売新聞」一九二二年九月二日）

②小島政二郎「不満なるもの二三」（「時事新報」一九二二年九月七日）

③加藤武雄「九月文壇の作品（一）」（「報知新聞」一九二二年九月七日）

④吉田精一『芥川龍之介』（三省堂　一九四二年一二月　二二四頁）

⑤森本修「お富の貞操」（清水康次編『舞踏会　開化物・現代物の世界』所収　翰林書房　一九九九年六月　一三二頁）

⑥千石隆志「龍之介覚え書——「お富の貞操」についての考察」（初出「早稲田大学高等学院研究年誌」三九号　一九九五年三月　引用文は前掲書一四四頁による）

⑦足立直子「芥川龍之介『お富の貞操』論―芥川の貞操観とお富の〈確信〉―」（『日本文芸研究』五三号　二〇〇二年三月　七一頁）
⑧安藤公美「貞操・戦争・博覧会――「お富の貞操」（『芥川龍之介　絵画・開化・都市・映画』翰林書房　二〇〇六年三月）
⑨前掲吉田精一『芥川龍之介』二二四頁
⑩前掲足立直子「芥川龍之介『お富の貞操』論―芥川の貞操観とお富の〈確信〉―」六二頁
⑪喜田川守貞著「横山町辺、小間物屋」『近世風俗志（守貞謾稿）（一）』（宇佐美英機校訂　岩波文庫　一九九六年五月　一七五頁）
⑫渡辺清次郎「化粧品屋・小間物屋」（『国文学　解釈と教材研究』一九六四年九月　五二頁）
⑬塚本学「小間物屋の文化――江戸と田舎を通じて」（『朝日ジャーナル』二九巻　一九八七年一〇日　五三頁）
⑭川村邦光『セクシュアリティの近代』（講談社　一九九六年九月　二二八頁）
⑮清水康次「『野性』の系譜」（宮坂覚編『芥川龍之介理智と抒情』有精堂　一九九三年六月　五頁）
⑯牟田和恵「戦略としての女――明治・大正の「女の言説」を巡って」（『思想』八一二号　一九九二年二月　二二四頁）
⑰初出「女學雑誌」（一八九二年一〇月　三二九号）
⑱生田花世「食べることと貞操と」（『反響』五号、一九一四年九月）
⑲安田皐月「生きる事と貞操と――『反響』九月号「食べる事と貞操と」を読んで」（『青鞜』第一一号　一九一四年一二月）
⑳前掲清水康次「『野性』の系譜」二二七頁
㉑登尾豊「『お富の貞操』」（菊地弘・久保田芳太郎・関口安義編『芥川龍之介研究』明治書院　一九八一年三月　一一五頁）
㉒安藤公美「貞操・戦争・博覧会――「お富の貞操」一九五頁
㉓高啓豪「近代化された身体――芥川龍之介「お富の貞操」について」（『北海道大学大学院文学研究科研究論集』一三号　二〇一三年一二月）
㉔フィリップ・ポンス『江戸から東京へ　町人文化と庶民文化』（神谷幹夫訳　筑摩書房　一九九二年一〇月　六一頁）
㉕吉見俊哉『都市のドラマトゥルギー　東京・盛り場の社会史』（河出文庫　二〇〇二年一二月　一三七頁）

㉖前掲吉見俊哉『都市のドラマトゥルギー　東京・盛り場の社会史』一二四頁
㉗吉見俊哉「文明開化と博覧会」(『博覧会の政治学　まなざしの近代』中央公論社　一九九二年九月　一三〇頁)
㉘榎並重行・三橋俊明著『近代性の系譜学　空間・知覚編　細民窟と博覧会』(松文堂　一九八九年二月　二九八頁)
㉙「第一章　幕末・明治初期の商況」(『神奈川県史　資料十八』神奈川県弘済会　一九七五年五月　一四頁)
㉚三枝進「銀座から路地が消える日」(『東京下町の昭和史　明治・大正・昭和一〇〇の記録』一九八三年三月　七三頁)
㉛藤森照信『明治の東京計画』(岩波書店　二〇〇四年一一月　四五頁〜五四頁)
㉜前掲川村邦光『セクシュアリティの近代』一〇頁
㉝一九二二年四月二三日付佐藤春夫宛書簡で、「僕の支那游記は中々出さうもなし」と書かれ、一九二二年四月二四日付真野友二郎宛書簡の中で「シナ紀行もなまけてゐますがその内にそろそろ書き續けます」と語る。また、一九二二年五月二八日付薄田淳介宛絵葉書で「長崎へ参るの途大阪の社へよるべき所長江游記の稿末成らず恐縮の餘り近づきがたし(略)帰京後はきつと長江游記にとりかかり申すべく候」との記述がある
㉞木股知史「〈もう一つの別の物語〉—『藪の中』をめぐって—」(『日本文学』一九九四年一一月　引用文は浅野洋編『芥川龍之介』若草書房　一九九九年一〇月　一四一頁)

第九章

①「新潮合評会　第三十一回(新年の創作評)」(「新潮」一九二六年二月)
②田山花袋が「出来の好い方ではあるまい」、「不足な点も非常に多い」(「一月の小説(九)」(「読売新聞」朝刊　一九二六年一月二一日))と批評し、また、宇野浩二はまた、「努力の跡は見えない」と述べている(「報知新聞」一九二六年一月一三日)
③溝部優実子「『湖南の扇』—含芳の「扇」を糸口として」(「日本女子大学紀要」四八巻　一九九八年三月　三〇頁)

④青柳達雄「芥川龍之介と近代中国序説　畢」(「関東学園大学紀要」経済学部編　第一六集　一九八九年一二月と劉耕毓「「湖南の扇」論　中国革命との関連をめぐって」(「九大日文」一五号　二〇一〇年三月)

⑤夏目漱石「満韓ところどころ」(『定本漱石全集』第十二巻　岩波書店　二〇一七年九月　二三四頁)

⑥重松一義『日本刑罰史年表　増補改訂版』(柏書房　二〇〇七年七月　一四八頁)

⑦たとえば、一八八三年七月一八日「大阪朝日新聞　朝刊」、一八九二年一〇月二八日「東京朝日新聞」、一九〇二年一〇月二八日「東京朝日新聞　朝刊」、及び一九〇七年一〇月七日「東京朝日新聞　朝刊」に掲載された「脳味噌の黒焼き」を梅毒の薬として売った事件。本作が発表される二年前の一九二四年一〇月二二日「読売新聞」に「半焼の死体から脳味噌を絞す　火葬人夫が母と共謀　肺患者に売る」という記事が載せられている。

⑧「人間の首、売買　黒焼きにして売薬」(「読売新聞」一九〇二年二月一四日)

⑨厳安生『日本留学精神史』(岩波書店　一九九一年一二月)

⑩『アジアにおける日本の軍・学校・宗教関係資料　第3期日本留学中国人名簿関係資料第7巻』(龍溪書舎　二〇一四年七月)に収録された抄録版を参照。

⑪日清汽船株式会社『日清汽船株式會社三十年史及追補』(日清汽船株式会社　一九四一年四月を参考にした)

⑫酒井忠夫『中国民衆と秘密結社』(一九九二年二月　吉川弘文館　二八頁)

⑬青柳達雄「芥川龍之介と近代中国序説(承前)」(「関東学園大学紀要」経済学部編　第一六集　一九八九年一二月　七七〜七八頁)

⑭溝部優実子「『湖南の扇』——含芳の「扇」を糸口として」(「日本女子大学紀要」四八巻　一九九八年三月　二九頁)

⑮在長沙日本領事館編『在長沙帝国領事館管轄区域内事情』(外務省通商省　一九二四年一三五頁)

⑯清水稔『湖南五四運動小史』(一九九二年一月　同朋舎　六七頁)

⑰長野朗『シナの土匪と軍隊』(燕塵社　一九二四年　一三〜一七頁)

⑱楊義『中国現代小説史』(人民文学出版社　二〇〇五年四月　六三二〜六三五頁)

⑲ 単援朝「芥川龍之介「湖南の扇」の虚と実——魯迅「薬」をも視野に入れて」(『日本研究　国際日本文化研究センター紀要』二〇〇二年二月　一一四頁)
⑳ 貴州軍閥史研究会著『貴州軍閥史』(貴州人民出版社　一九八七年一〇月　一一一頁)
㉑ 王書偉「「湖南の扇」論——黄六一を糸口にして」(『千葉大学人文社会科学研究』三四号二〇一七年三月　九頁)
㉒ 前掲溝部優実子氏の論と姚紅氏「「湖南の扇」論——情熱的な中国女性」(『文学研究論集』二七号　二〇〇九年二月)が挙げられる。
㉓ 邵雍『中国近代妓女史』(上海人民出版社　二〇〇六年八月　一四三頁)
㉔ 塚谷周次「「湖南の扇」論考——芥川龍之介晩年の位相」(『日本文学』一一号　一九七二年一一月　五八頁)
㉕ 藤井省三「大正文学と植民地台湾—佐藤春夫「女誡扇綺譚」」(『台湾文学この百年』東方書店　一九九八年五月　九三頁)
㉖ 佐藤春夫「女誡扇綺譚」(『定本佐藤春夫全集第5巻　創作3』臨川書店　一九九八年四月　一七二頁)
㉗ 孔尚任著　今東光訳『桃花扇』(『支那文学大観　第六巻』支那文学大観刊行会　一九二六年一一月　三五〇頁)
㉘ 女性の革命志士秋瑾が一九〇四年横浜で、革命派と秘密会党との連携で結成された革命組織「三合会」に入会した際、「白扇」(軍師、参謀)の称号を与えられている(孫江『近代中国の革命と秘密結社—中国革命の社会史的研究(一八九五～一九五五)』(汲古書院二〇〇七年三月　一三七頁)。芥川が中国旅行中、秋瑾の墓にも詣でに行き、その事情が「江南游記」(一九二二年一月一日～二月一三「大阪毎日新聞」朝刊)に書き留められている。

参考文献

日本語文献

和田繁二郎『芥川龍之介』（創元社　一九五六年三月）
森本修『新考・芥川龍之介伝』（北沢図書　一九七七年四月）
東洋文庫近代中国研究委員会編『明治以降日本人の中国旅行記　解題』（東洋文庫　一九八〇年三月）
浅野洋ほか（編）『芥川龍之介　作品と資料』（双文社　一九八四年三月）
前田愛『近代読者の成立』（岩波書店　一九八九年五月）
三好行雄編『芥川龍之介必携』（学燈社　一九九三年六月）
正木恒夫『植民地幻想』（三陽社　一九九五年七月）
瀧本和成『森鷗外　現代小説の世界』（和泉書院　一九九五年一〇月）
姜尚中『オリエンタリズムの彼方へ―近代文化批判』（岩波書店　一九九六年四月）
奥武則『スキャンダルの明治　国民を創るためのレッスン』（筑摩書房　一九九七年一月）
小森陽一・紅野謙介・高橋修編『メディア・表象・イデオロギー　明治三十年代の文化研究』（小沢書店　一九九七年五月）

レイ・チョウ（著）本橋哲也（訳）『ディアスポラの知識人』（青土社　一九九八年四月）
中川成美『語りかける記憶　文学とジェンダー・スタディーズ』（小沢書店　一九九九年二月）
浅野洋・芹澤光興・三嶋譲編『芥川龍之介を学ぶ人のために』（世界思想社　二〇〇〇年三月）
山室信一『思想課題としてのアジア——基軸・連鎖・投機』（岩波書店　二〇〇一年一二月）
金子明雄ほか編『ディスクールの帝国——明治三〇年代の文化研究』（新曜社　二〇〇〇年四月）
佐藤泰正『芥川龍之介論』（翰林書房　二〇〇〇年九月）
大木康『中国遊里空間　明清秦淮妓女の世界』（青木社　二〇〇二年一月）
佐藤泰正編『芥川龍之介を読む』（笠間書院　二〇〇三年五月）
レイ・チョウ（著）田村加代子（訳）『女性と中国のモダニティ』（みすず書房　二〇〇三年八月）
齋藤希史『漢文脈と近代日本　もう一つのことばの世界』（日本放送出版協会　二〇〇七年二月）
ベネディクト・アンダーソン（著）白石隆・白石さや（訳）『定本想像の共同体　ナショナリズムの起源と流行』（図書出版　二〇〇七年七月）
柄谷行人『定本　日本近代文学の起源』（岩波書店　二〇〇八年一〇月）
中山弘明著『第一次大戦の「影」　世界戦争と日本文学』（新曜社　二〇一二年一二月）
ジョン・バージャー（著）伊藤俊治（訳）『イメージ　視覚とメディア』（筑摩書房　二〇一三年一月）
小林洋介『「狂気」と「無意識」のモダニズム　戦間期文学の一断面』（笠間書院　二〇一三年二月）
張競『夢想と身体の人間博物誌　綺想と現実の東洋』（青土社　二〇一四年八月）
王徳威（著）　神谷まり子・上原かおり（訳）『抑圧されたモダニティ』（東方書店　二〇一七年六月）

中国語文献

貴州軍閥史研究会著『貴州軍閥史』（貴州人民出版社　一九八七年一〇月）

陶慕宁『青楼文学与中国文化』（東方出版社　一九九三年七月）

王書奴『中国娼妓史』（岳麓書社　一九九八年九月）

中国社会科学研究会編『中国与日本的他者認識』（社会科学文献出版　二〇〇四年三月）

陳平原　王徳威編『北京　都市想像与文化記憶』（北京大学出版社　二〇〇五年五月）

邵雍『中国近代妓女史』（上海人民出版社　二〇〇六年八月）

邱雅芳『帝国浮夢　日治時期日人作家的南方想像』（聯経出版　二〇一七年四月）

王昇遠『文化植民与都市空間』（生活・読書・新知三聯書店　二〇一七年一二月）

英語文献

Mary Louise Pratte, Imperial Eyes:Travel Writing and Transculturation, London: New York: Routledge, 1992.

Joshua A.Fogel, The Literature of Travel in the Japanese Rediscovery of China, 1862-1945, Stanford: Stanford University Press, 1996.

初出一覧（本書にまとめるにあたり、それぞれ修正、加筆を施している）

第一部

第一章　「芥川龍之介「首が落ちた話」論――素材と中国への眼差しをめぐって」（『日本語言文化研究』第五輯　延辺大学二〇一八年六月）

第二章　「芥川龍之介的〈魔都〉表象――以童話「火神阿耆尼」為中心」（『日本文学研究　日本文学研究会杭州年会論文集』青島出版社二〇一八年八月）

第三章　「芥川龍之介「第四の夫から」論――〈さまよへる猶太人〉としての「僕」をめぐって（「芥川龍之介研究」一三号　二〇一九年五月）

第四章　「芥川龍之介文学における「南洋」表象――「桃太郎」を中心に」（「外地」日本語文学研究論集』　外地日本語文学研究会二〇一九年四月）

第二部

第五章　第二回東アジア日本研究者協議会（於　南開大学　二〇一七年一〇月）における口頭原稿をもとに、改めたものである

第六章　「芥川龍之介「南京の基督」論——エロスと無垢の中国人女性表象をめぐって」（「日本近現代文芸学研究」創刊号　日本近現代文芸研究会　二〇一八年一〇月）

第七章　「芥川龍之介「奇怪な再会」論——中国古典文学との比較を起点として」（「日本文芸学」第五三号二〇一七年三月）

第八章　「芥川龍之介「お富の貞操」論——人物形象と物語空間をめぐって」（「阪神近代文学研究」第一九号　二〇一八年五月）

第九章　「芥川龍之介「湖南の扇」論」（「立命館文学」六六二号　二〇一九年三月）

图书在版编目（CIP）数据

继承与超越：芥川龙之介文学的现代性批判研究：日文 / 周倩著. -- 北京：中译出版社, 2022.3

ISBN 978-7-5001-6670-2

Ⅰ.①继… Ⅱ.①周… Ⅲ.①芥川龙之介(1892-1927)－小说研究－日文 Ⅳ.①I313.074

中国版本图书馆 CIP 数据核字（2021）第 108813 号

出版发行 / 中译出版社
地　　址 / 北京市西城区新街口外大街 28 号普天德胜大厦主楼 4 层
电　　话 / (010) 68359719
邮　　编 / 100088
电子邮箱 / book@ctph.com.cn
网　　址 / www.ctph.com.cn

责任编辑 / 张　旭
特约编辑 / 郭　勇　李孝秋
特约审校 / 三上聡太
封面设计 / 程　语
排　　版 / 北京竹页文化传媒有限公司

印　　刷 / 北京玺诚印务有限公司
经　　销 / 新华书店

规　　格 / 880 毫米 ×1230 毫米　1/32
印　　张 / 7.75
字　　数 / 200 千
版　　次 / 2022 年 3 月第 1 版
印　　次 / 2022 年 3 月第 1 次

ISBN 978-7-5001-6670-2　定价：68.00 元

中　译　出　版　社